中国古代通俗小说序跋题记汇编

萧相恺 / 辑校

五

人民文学出版社

于公案奇闻

于公案奇闻序

《尚书》云："非佞折狱,惟良折狱。"是知折狱之条,不在乎截截善言,而在乎忠贞慈谅也。即如本朝于公讳成龙者,为人峭直刚毅,与人不苟合,一毫不取,故人亲党干谒,一切谢绝。之山东直隶,为之语曰有奇闻贤公于老,以其比黄河清焉。当时童稚妇女,未有不知其为"于奇闻"者。而一时普天之下,于公所历之区,盖几无含冤负屈之民矣。昔吾夫子,尝以"片言折狱"赞仲由氏。予谓两造具陈,烦言迭起,不得其情,虽万言亦觉少;苟得其情,虽片言亦为多。《康诰》曰:服念五六日,至于旬。《吕刑》曰:察词于差,非从惟从。曾子之告阳肤又曰:如得其情,则哀矜勿喜。夫子又曰:"无情者,不得尽其辞。"当思如何是得情,如何是不得尽?此处关头,莫要草草看过。倘处心未必青天白日,遇事漫云行云流水,吾不知于奇闻以为何如?虽然堂上堂下，远于万里，左右蔽之耳。滑吏舞文，积书弄法，吾未如之何也。已矣！昔于公尝恶吏擅权，民有重罪者，求救不得其门，于公恶其侵权，竟与以轻（疑阙一"罪"字）而去。夫以于公之明，不免为衙蠹侵权如此，乃今之拟招，是衙人用事，吾不知弊将安极也？又况操刀而割者，未必奇闻乎！愿为民父母者，请焚（香）熟读《奇闻公案》一过。庶几三尺之下，无报冤之魂也乎。时嘉庆庚申重阳选书。

说明：上序录自集锦堂本《于公案奇闻》，北京大学图书馆藏。此本内封三栏，分题"新刻""于公案传""集锦堂梓行"。首《于公案奇闻序》，尾署"时嘉庆庚申（五年）重阳选书"。序多处不通。例如："民有重罪者，求救不得其门，于公恶其侵权，竟与以轻而去。夫以于公之明，不免为衙蠹侵权如此"，就读不通。与《龙图公案序》一比，方知此序乃由《龙图公案序》删改而成。因删改时不细心，造成了脱漏，以致不能连贯。查《龙图公案》，此处作"民有得重罪者，求救于吏。吏曰：'汝当鞫问时，但哀求不已，我自有处。'临刑，民果哀呼不已，吏在旁喝道：'快领罪去，不得在此叫号。'包公恶其侵权，竟与以轻罪而去。夫以包公之明,不免为衙□侵权如此。"序后为"新刻于公案奇闻目录",凡八卷,每卷回数不等,卷一四十回、卷二三十八回、卷三三十二回、卷四三十二回、卷五三十六回、卷六四十回、卷七四十六回、卷八二十八回。正文第一叶卷端题"于公案奇闻一卷",不署撰人。半叶十行,行二十五字。版心单鱼尾上镌"于公案奇闻",下镌卷次、叶次。

何典

《何典》序

太平客人

昔坡公尝强人说鬼。辞曰：无有。则曰"姑妄言之"。汉《艺文志》云：小说家者流，盖出于稗官，街谈巷语、道听途说者之所为也。由是言之，何必引经据典而自诩为鬼之董狐哉？吾闻诸天有鬼星；地有鬼国；南海小虞山中有鬼母；卢充有鬼妻，生鬼子；《吕览》载黎邱奇鬼；《汉书》记爘亭冤鬼；而尺郭之朝吞恶鬼三千，夜吞八百，以鬼为饭，则较锺进士之啖鬼尤甚。然或者造无为有，典而不典。若乃"三年伐鬼"，则见于《书》；"一车载鬼"，则详于《易》；"新鬼大，故鬼小"，则著于《春秋》。岂知韩昌黎之送穷鬼，罗友之路见揶揄鬼，借题发挥，一味捣鬼而已哉？今过路人务以街谈巷语记其道听途说，名之曰：《何典》，其言则鬼话也，其人则鬼名也，其事实则不离乎开鬼心、扮鬼脸、怀鬼胎、钓鬼火、抢鬼饭、钉鬼门、做鬼戏、搭鬼棚、上鬼当、登鬼籙，真可称一步一个鬼矣。此不典而典者也。吾只恐读是编者疑心生鬼，或入于鬼窠路云。太平客人题。

《何典》序

过路人

无中生有，萃来海外奇谈；忙里偷闲，架就空中楼阁。全凭插科打诨，用不着子曰诗云；讵能嚼字咬文，又何须之乎者也。不过逢场作戏，随口喷蛆；何妨见景生情，凭空捣鬼。一路顺手牵羊，恰似拾蒲鞋配对；到处搜须捉虱，赛过掖迷露做饼。总属有口无心，安用设身处地；尽是小头关目，何嫌脱嘴落须。新翻腾使出花斧头，老话头箍成旧马桶。阴空撮撮，一相情愿；口轻唐唐，半句不通。引得人笑断肚肠根，欢天喜地；且由我落开黄牙床，指东话西。天壳海盖，讲来七缠八丫叉；神出鬼没，闹得六缸水弗浑。岂是造言生事，偶然口说无凭；任从掇册查考，方信出于《何典》。新年新岁，过路人题于罨头轩。

《何典》跋

海上餐露客

《何典》一书，上邑张南庄先生作也。先生为姑丈春蕃二尹之尊人，外兄小蕃学博之祖。当乾嘉时，邑中有十布衣，皆高才不遇者，而先生为之冠。先生书法欧阳，诗宗范、陆，尤劬书。岁入千金，尽以购善本，藏书甲于时，著作等身，而身后不名一钱，无力付手民。忆余龆龄时，犹见先生编年诗稿，蝇头细书，共十馀册，而咸丰初，红巾据邑城，尽付一炬，独是书幸存。夫是书特先生游戏笔墨耳，乌足以见先生？然并是书不传，则吉光片羽，无复留者，后人又何自见先生？爰商于缕馨仙史，代为印行，庶后人藉是书见先生，而悲先生以是书传之非幸也。光绪戊寅端午前一日，海上餐霞客跋。

说明：上序跋录自申报馆排印本《何典》。原本藏南京图书馆。此本内封前半叶中题"何典"，左署"戊寅七月署作"，后半叶题"申报馆仿聚珍板印"。首《序》，尾署"太平客人题"。次《序》，尾署"新年新岁，过路人题于卷头轩"，此为作者张南庄自叙，过路人亦作者之号。复次"何典目录"，凡十回。正文第一叶卷端镌"何典卷一　缠夹二先生评　过路人编定"。半叶十二行,行二十四字。版心单鱼尾,上镌"何典",下镌回次、叶次。

过路人,即张南庄,字不详,号过路人。上海人。

缠夹二先生,即陈得仁,长洲(今江苏苏州)人。

缕馨仙史,即蔡尔康(1851—1921),字紫绂,上海嘉定人,曾任《申报》主笔,还曾参与《万国公报》《字林沪报》《新闻报》的编辑工作。

关于何典的再版

刘复

关于《何典》的再版,有几句话应当说明:——

(一)这回增刻的,有鲁迅的一篇《为半农题记〈何典〉后作》,有林守庄先生的一篇序。

(二)"空格令人气闷"这一句话,现在已成过去。

(三)我容纳了许多读者的指示,在注释上及句读上,都有相当的改正;我就顺便在此地对于赐教诸君表示极恳挚的谢意。

（四）半月前，我又在冷滩上买到了一部不完全的石印小书，其内容即是《何典》的下半部，但封面上写的是《绘图第十一才子书》，书中的标目，却又是《鬼话连篇录》。这都没有关系，因为上海翻印小书的人，往往改换名目。可是原书中的"缠夹二先生评，过路人编定"，在这翻印本里已改做了"上海张南庄先生编，茂苑陈得仁小舫评"。从这上面，我们不但可以决定张南庄是上海人而不是上虞人（因为有许多人这样怀疑），而且连缠夹二先生的真姓名也知道了。不过这张、陈两先生的身世，现在还无从考查。从前我在《语丝》上登了个启事，希望能有人替我在上海张氏家谱上查一查；现在我再在此处重申前请，希望爱读《何典》而能见到上海张氏家谱的人，不吝赐教。

一九二六，一二，一一，刘复。

何典题记

鲁迅

《何典》的出世，至少也该有四十七年了，有光绪五年的《申报馆书目续集》可证。我知道那名目，却只在前两三年,向来也曾访求,但到底得不到。现在半农加以校点,先示我印成的样本,这实在使我很喜欢。只是必须写一点序,却正如阿 Q 之画圆圈,我的手不免有些发抖。我是最不擅长于此道的。虽然老朋友的事,也还是不会捧场,写出洋洋大文,俾于书,于店,于人,有什么涓埃之助。

我看了样本,以为校勘有时稍迂,空格令人气闷。半农的士大夫气似乎还太多。至于书呢?那是:谈鬼物正像人间,用新典一如古典。三家村的达人穿了赤膊大衫向大成至圣先师拱手,甚而至于翻筋斗,吓得"子曰店"的老板昏厥过去;但到站直之后,究竟都还是长衫朋友。不过这一个筋斗,在那时,敢于翻的人的魄力,可总要算是极大的了。

成语和死古典又不同,多是现世相的神髓,随手拈掇,自然使文字分外精神;又即从成语中,另外抽出思绪:既然从世相的种子出,开的也一定是世相的花。于是作者便在死的鬼符和鬼打墙中,展示了活的人间相,或者也可以说是将活的人间相,都看作了死的鬼画符和鬼打墙。便是信口开河的地方,也常能令人仿佛有会于心,禁不住不很为难的苦笑。

够了。并非博士般脚色,何敢开头?难违旧友的面情,又该动手。应酬不免,圆滑有方:只作短文,庶无大过云尔。中华民国十五年五月二十五日,鲁迅谨撰。

为刘半农题记何典后作

鲁迅

还是两三年前,偶然在光绪五年(1879)印的《申报馆书目续集》上看见《何典》题要,这样说:

> 《何典》十回。是书为过路人编定,缠夹二先生评,而太平客人为之序。书中引用诸人,有曰活鬼者,有曰穷鬼者,有曰活死人者,有曰臭花娘者,有曰畔房小姐者:阅之已堪喷饭。况阅其所记,无一非三家村俗语;无中生有,忙里偷闲。其言,则鬼话也;其人,则鬼名也;其事,则开鬼心,扮鬼脸,钓鬼火,做鬼戏,搭鬼棚也。语曰,"出于何典"?而今而后,有人以俗语为文者,曰"出于《何典》"而已矣。

疑其颇别致,于是留心访求,但不得:常维钧多识旧书肆中人,因托他搜寻,仍不得。今年半农告我已在厂甸庙市中无意得之,且将校点付印;听了甚喜。此后半农便将校样陆续寄来,并且说希望我做一篇短序,他知道我至多也只能做短序的。然而我还很踌躇,我总觉得没有这种本领。我以为许多事是做的人必须有这一门特长的,这才做得好。譬如,标点只能让汪原放,做序只能推胡适之,出版只能由亚东图书馆;刘半农,李小峰,我,皆非其选也。然而我却决定要写几句。为什么呢?只因为我终于决定要写几句了。

还未开手,而躬逢战争,在炮声和流言当中,很不宁帖,没有执笔的心思。夹着是得知又有文士之徒在什么报上骂半农了,说《何典》广告怎样不高尚,不料大学教授而竟堕落至于斯。这颇使我凄然,因为由此记起了别的事,而且也以为"不料大学教授而竟堕落至于斯"。从此一见《何典》,便感到苦痛,再也说不出一句话。

是的,大学教授要堕落下去。无论高的或矮的,白的或黑的,或灰的。不过有些是别人谓之堕落,而我谓之困苦。我所谓困苦之一端,便是失了身分。我曾经做过《论"他妈的!"》早有青年道德家乌烟瘴气地浩叹过了,还讲身分么?但是也还有些讲身分。我虽然"深恶而痛绝之"于那些戴着面具的绅士,却究竟不是"学匪"世家;见了所谓"正人君子"固然决定摇头,但和歪人奴子相处恐怕也未必融洽。用了无差别的眼光看,大学教授做一个滑稽的,或者甚而至于夸张的广告何足为奇?就是做一个满嘴"他妈的"的广告也何足为奇?然而呀,这里用得着然而了,我是究竟生在十九世纪的,又做过几年官,和所谓"孤桐先生"同部,官——上等人——气骤不易退,所以有时也觉得教授最相宜的也还是上讲台。又要然而了,然而必须有够活的薪水,兼差倒可以。这主张在教育界大概现在已经有一致赞成之望,去年在什么公理会上一致攻击兼差的公理维持家,今年也颇有一声不响地去兼差的了,不过"大报"上决不会登出来,自己自然更未必做广告。

  半农到德法研究了音韵好几年,我虽然不懂他所做的法文书,只知道里面很夹些中国字和高高低低的曲线,但总而言之,书籍具在,势必有人懂得。

所以他的正业,我以为也还是将这些曲线教给学生们。可是北京大学快要关门大吉了;他兼差又没有。那么,即使我是怎样的十足上等人,也不能反对他印卖书。既要印卖,自然想多销,既想多销,自然要做广告,既做广告,自然要说好。难道有自己印了书,却发广告说这书很无聊,请列位不必看的么?说我的杂感无一读之价值的广告,那是西滢(即陈源)做的。——顺便在此给自己登一个广告罢:陈源何以给我登这样的反广告的呢,只要一看我的《华盖集》就明白。主顾诸公,看呀!快看呀!每本大洋六角,北新书局发行。

想起来已经有二十多年了,以革命为事的陶焕卿,穷得不堪,在上海自称会稽先生,教人催眠术以糊口。有一天他问我,可有什么药能使人一嗅便睡去的呢?我明知道他怕施术不验,求助于药物了。其实呢,在大众中试验催眠,本来是不容易成功的。我又不知道他所寻求的妙药,爱莫能助。两三月后,报章上就有投书(也许是广告)出现,说会稽先生不懂催眠术,以此欺人。清政府却比这干鸟人灵敏得多,所以通缉他的时候,有一联对句道:"著《中国权力史》,学日本催眠术。"

《何典》快要出版了,短序也已经迫近交卷的时候。夜雨潇潇地下着,提起笔,忽而又想到用麻绳做腰带的困苦的陶焕卿,还夹杂些和《何典》不相干的思想。但序文已经迫近了交卷的时候,只得写出来,而且还要印上去。我并非将半农比附"乱党",——现在的中华民国虽由革命造成,但许多中华民国国民,都仍以那时的革命者为乱党,是明明白白的,——不过说,在此时,使我回忆从前,念及几个朋友,并感到自己的依然无力而已。

但短序总算已经写成,虽然不像东西,却究竟结束了一件事。我还将此时的别的心情写下,并且发表出去,也作为《何典》的广告。

五月二十五日之夜,碰着东壁下,书。

《何典》序

林守庄

《何典》快要再版,半农先生来信教我发表些关于方言考订上的意见,我是很高兴的;虽是我并没有什么高明的意见,而这几天又病得三分像人,七分像鬼。

我说考订方言之难,就难在这一个"方"字:大方里有小方,小方里又有小方,甚至河东的方言和河西的不同,这家的方言和那家的不同。譬如乡镇上的某家攀了城里的亲眷,于是城里的语音语调,会传染到某家来,而某家的语言在乡镇上另成了一支。

曾国藩说:"风俗之厚薄奚自乎?自乎一二人之心之所向而已。"这方言的形成,也大半仗一般少数的"方言作家":他们有的是三家村的冬烘先生,有的是吃吃白相相的写意朋友,有的是茶坊酒馆里的老主顾,有的是烟榻上的老老小小的烟鬼,以及戏台上的丑角,书场里的说书先生,……他们都会拆空心思,创造出无数的长言俗语:有譬喻,有谜语,有警句,有趣语,有歌谣,有歇后,(《何典》里没有这一类的语句,别的书上也少见,这种语法,在苏沪一带很占一个方言上的位置。如"括勒松□"歇为"脆",谐音则为"臭",臭读如脆;"乒灵乓□"歇为"冷",也是谐音;"结格罗□"歇为"多"……等,这种歇后很是有趣,很是盛行。)……形形色色,花样很多,其中精到的,再得了相当的机会,就会传之久远。

有许多方言都有很有趣的来历:譬如"吃马屁者"叫做"喜戴高帽子",它的来历是:"尝有门生二人,初放外任,同谒老师,老师谓'今世直道不行,逢人送顶高帽子,斯可矣。'其一人曰:'老师之言不谬,今之世,不喜高帽如老师者有几人哉!'老师大喜;既出,顾同谒者曰:'高帽已送去一顶矣!'"又如"羞耻"叫做"鸭尿(读如死)臭(读如脆)",它的来历是:"鸭性好洁,偶一遗尿,必赴水塘浴之,恐污其羽,又恐被人知也。故鸭一名羞耻。见诸宋汪龙锡《目存录》,明丘喦《遗闻小识》,王恪遁《笔谈》诸书。"——胡德《沪谚》。照这样看来,"三婶婶嫁人心弗定"一定也有一段典故,可惜已无从考据了。

方言的转辗流传大都是靠口耳的,所以极容易转变,这种转变的例真是举不胜举,张南庄时代的"肉面对肉面"现在会变成"亲人对肉面";"飞奔狼烟"现在已失传,只存类似的"飞奔虎跳";而上海的"二婶婶"已晋级,江阴的却老不长进。

方言里最重要的一部分是只有声音写不出字

体的,即使写出也全无意义的,在《何典》上有"蓦""投""戴""账""壳账""推扳"(按推扳应作"差"解。沪语中有"瞎子吃面,推扳一线"句;说这人本事不差,可说做这人本事不推扳。)……等字。这类字若是有自作聪明的生客,费了九牛二虎之力来做训诂,考证的功夫,其结果是要劳而无功的。所以当世尽有段玉裁,王念孙其人,若是他们要驾言出游,却没有得到土著的向导,那末他们难免迷失道路,或是白走了一遭,徒劳跋涉。

至于考订古方言那更是难之尤难了!那些训诂家,考据家,终身埋首在古书堆中,把心血洒成了自信并能取信于人的见解理论,一面自己在沾沾自喜,恐怕古人还在一面嗤笑他呢!但是,我要郑重声明一句:这段话我并不挖苦考古家,反对考古。

末了,我看考订方言固然是一件难事,但是各方的人如能专管本方的事,先做一个深入的研究,倒是容易成功的。我很希望有志于此的,大家"一方燕子衔一方泥",把自己的"大方"或"小方"里的言,着手搜集,分析,综合,考证,注释起来,做成《□□方言考》《□谚》……一类的书;或是就学半农先生的办法,多著些《瓦釜集》出来,给贵方言出出风头,教外方人尝尝异味。

就让这再版的《何典》鼓励大家做这个工作罢。

一九二六,一〇,二七,林守庄序于畏烟楼病榻上。

重印何典序

刘复

吴老丈屡次三番的说,他做文章,乃是在小书摊上看见了一部小书得了个诀。这小书名叫《岂有此理》;它开场两句,便是"放屁放屁,真正岂有此理!"

疑古玄同耳朵里听着了这话,就连忙买部《岂有此理》来看,不对,开场并没有那两句;再买部《更岂有此理》来看,更不对,更没有那两句。这疑古老爹不但是个"街檐头"(是他令兄"红履公"送他的雅号),而且是一到书摊子旁边,就要摊下铺盖来安身立命,生男育女,生子抱孙的。以他这种资格,当然有发现吴老丈所说的那部书的可能,无如一年又一年,直过了五六七八年,还仍是半夜里点了牛皮灯笼瞎摸,半点头脑摸不着。于是疑古老爹乃废然浩叹曰:"此吴老丈造谣言也!"

夫吴老丈岂造谣言也哉?不过是记错了个书名,而其书又不甚习见耳。

我得此书,乃在今年逛厂甸时。买的时候,只当它是一部随便的小书,并没有细看内容。拿到家中,我兄弟就接了过去,随便翻开一回看看;看不三分钟,就格格格格的笑个不止。我问为什么。他说:"这书做得好极,一味七支八搭,使用尖刁促搩的挖空心思,颇有吴老丈风味。"我说"真的么?"抢过来一看,而开场词中"放屁放屁,真正岂有此理"两句赫然在目!

于是我等乃欢天喜地而言曰:吴老丈的老师被我们抓到了。

于是我乃悉心静气,将此书一气读完。读完了将它笔墨与吴文笔墨相比,真是一丝不差,驴头恰对马嘴。

一层是此书中善用俚言土语,甚至极土极村的字眼,也全不避忌;在看的人却并不觉得它蠢俗讨厌,反觉得别有风趣。在吴文中,也恰恰是如此。

二层是此书中所写三家村风物,乃是今日以前无论什么小说书都比不上的。在吴文中碰到写三家村风物时,或将别种事物强拉硬扯化作三家村事物观时,也总特别的精神饱满,兴会淋漓。

三层是此书能将两个或多个色采绝不相同的词句,紧接在一起,开滑稽文中从来未有的新鲜局面。(例如第四回中,六事鬼劝雌鬼嫁刘打鬼,上句说"肉面对肉面的睡在一处",是句极土的句子,下句接"也觉风光摇曳,与众不同",乃是句极飘逸的句子。)这种做品,不是绝顶聪明的人是弄不来的。吴老丈却能深得此中三昧;看他不费吹灰之力,只轻轻的一搭凑,便又搗了一个大鬼。

四层是此书把世间一切事事物物,全都看得米小米小;凭你是天皇老子乌龟虱,作者只一例的看做了什么都不值的鬼东西"这样的态度"是吴老丈直到"此刻现在"还奉行不背的。

综观全书,无一句不是荒荒唐唐乱说鬼,却又无一句不是痛痛切切说人情世故。这种做品,可以比做图画中的 Caricature;它尽管是把某一个人的眼耳鼻舌,四肢百体的分寸比例全都变换了,将人形变做了鬼形,看的人仍可以一望而知:这是谁,这是某,断断不会弄错。

我们既知道 Caricature 在图画中所占的地位,也就不难知道这部书及吴老丈的文章在文学上所占的地位。

但此书虽然是吴老丈的老师,吴老丈却是个"青出于蓝","强耶娘,胜祖宗"的大门生;因为说到学问见识,此书作者张南庄先生是万万比不上吴老丈的。但这是时代关系。我们那里能将我们的祖老太太从棺材里挖出来,请她穿上高低皮鞋去跳舞,被人一声声的唤作"密司"呢!

我今将此书标点重印,并将书中所用俚语标出(用。号),又略加校注(用◎号),以便读者。事毕,将我意略略写出。如其写得不对,读者不妨痛骂:"放屁放屁,真正岂有此理!"

刘复,一九二六,三,二,北京。

说明:上题记等录自上海北新书局1933年版《何典》,此本首有刘复手绘"鬼脸一斑"图。后为《向读者们道歉》《关于"何典"的再版》,后依次为上录鲁迅《题记》等。

鲁迅,见《大唐三藏取经诗话》条。

刘复,见《水浒传》条。

林守庄,待考。

蟫史

蟫史序

小停道人

盖闻人为倮族之一虫,苟蠕蠕焉,无所建白于世,几乎不与毛者介者并囿于混沌之天矣。其或不安于蠢类,抱残守缺,以求亲媚于古人,及叩以文谟武烈之旨,辄睒目拚舌,诧为不经,曾不若蠹鱼之获饱墨香古泽,又安望启沃群伦,主持风雅哉?

我用是深有感于人之为虫,而虫之所以为人矣。太上之诣,在究澈于五贼三盗,通达元化,贯串古今,抽其馀绪,一颦一笑,足以震惊聋聩,非若掇拾唾馀,攘袭糟粕,扰棼绪之多端,侈蜣丸为善转,而犹诩诩自鸣得意也。虽然厌故喜新,舆情比比,举凡鸿文巨制,洵足解脱虫顽,拔登觉路,独奈何见即生倦,反不若稗官野乘,投其所好,尚堪触目警心耳。矧驱牛鬼蛇神于实录中,用彰龟鉴,化虫为蟫,恣其游泳,水即涔蹄,未始非世道人心之一助。此磊砢山人《蟫史》之所由作也。

夫翘首言天，显告以三垣列宿之升恒，日月五星之躔次，禨祥所兆，切系乎人，而习焉不察者，鲜不以迂诞笑之。试为浮西域，跋大狼，指赤道南偏附极诸辰而数之曰：此朱鸟所属之飞鱼、海石、南船、海山、十字、蜜蜂、小斗、马腹、马尾九星也，此苍龙所属之异鸟、三角、孔雀三星，以及元（玄）武之波斯、鹤、鸟喙、蛇尾四星，白虎之水委、蛇首、蛇腹、附白、夹白、金鱼六星也，靡不瞠目耸耳，游神象外，而抑知同丽枢衡，岂遂别开仪界哉。于是叹《蟫史》之作，其苦心殆有类乎举极云尔。山人曰：然。是为叙。时龙集上章涒滩余月既望，小停道人书于听尘处。

（蟫史序）

杜陵男子

夫思不入于幻者，不足以穷物之变；说不极于诞者，不足以耸人之闻。然而天地大矣，九州之外复有九州，吾安知幻者之果幻也？古今远矣，开辟以前已有开辟，吾安知诞者之果诞也？授奇经于轩后，元女知兵；雨甲仗于宫中，修罗善战。怒则触天柱之山；遁则入藕丝之孔。而封豨必戮，窫窳终诛。疏属峰头，贰负之尸长梏；肩髀冢里，蚩尤之骨徒埋。凡厥流传，半由谲诡。至若猿能说剑，鹰可为旗。有限槐柯，列作蚁王之郡；无多蜗角，频兴蛮氏之军。语虽涉于荒唐，事并彰于记载。则《齐谐》《志怪》，文士寓言，由来尚矣。

《蟫史》一书，磊砢山房主人所撰也。主人少矜吐凤之才，长擅脔龙之藻。字传科蚪，奇古能摹；雅注虫鱼，纤微必录。百家备采，勤如酿蜜之蜂；一线能穿，巧似贯珠之蚁。生来结习，长耽邺架之书；诡道前身，本是羽陵之蠹。钻研既久，穿穴弥工。笔墨通灵，似食惯神仙之字；心思结撰，遂衍成稗史之编。尔乃怪怪奇奇，形形色色，空中得象，纸上谈兵。其将帅，则一韩一范之流也。其兵机，则九天九地之神也。其凶妖，则蚕蛊猫鬼之馀也。其丑类，则铁额铜头之属也。其雄武，则鞭石成桥、铸铜作柱未之先也。其诡异，则杯酒噀雨、瓯粥召神不足喻也。至于天号有情，佛名欢喜。梦来神女，荡心楚子之宫；摄去阿难，毁体登伽之席。则又访容成之术，未尽揣摹；开素女之图，无其描绘者矣。作者现桃源于笔下，别有一天；读者入波斯之市中，都迷两目。自我作古，引人入胜，不洵可以餍好奇之心，而供多闻之助乎哉？

客曰："主人之书善矣，将有所闻于古耶？抑无耶？"余曰："昔娲石补天，五色孰窥其迹？羿弓射日，九乌竟坠何方？大抵传闻，不无附会。盖有可为无，无可为有者，人心之幻也；有不尽有，无不尽无者，文辞之诞也。幻故不测事，孰察其端倪？诞故不穷言，孰究其涯际？蜃楼海市，景现须臾；牛鬼蛇神，情生万变。讵可据史宬之实录，例野乘之纪闻乎？且子独不见夫蝉乎？坠粉残编之内者，蜗鱼也；含灵积卷之中者，脉望也。常则觅生活于故纸，变则化臭腐为神奇。子安得执其常以疑其变乎哉？"客唯唯退。余遂书之以为序。杜陵男子拜撰。

说明：上序录自庭梅朱氏藏板本《蝉史》，上海古籍出版社据以影印。此书内封页三栏，中题"蝉史"，末栏镌"庭梅朱氏藏板"。首《蝉史序》，尾署"时龙集上章涒滩（嘉庆五年）滩余月既望，小停道人书于听尘处"。有"小停道人"阴文、"太痴氏"阳文钤各一方。又次序，尾署"杜陵男子拜撰"，有

"杜陵男子"阴文、"紫珊"阳文钤各一方。又次"蟫史目录",署"磊砢山房原本",凡二十卷,有图像一百二十二幅,其中图像第一页为作者画像,题"磊砢山房主人",末一页也为作者画像,署"姑苏遇清氏制",颇为少见。正文卷端题"蟫史卷之× 磊砢山房原本",半叶九行,行二十字,版心上镌"蟫史",单鱼尾下镌卷次、叶次。

小停道人、杜陵男子,真实身份、生平事迹待考。

磊砢山房主人,即屠绅(1744—1801),字贤书,号笏岩,别号磊砢山人、黍馀裔孙、竹勿山石道人,江苏江阴人。乾隆二十八年(1763)进士,授云南师宗县令,迁寻甸州知州,迁广州通判。此书之外,另著有《笏岩诗钞》《鹗亭诗话》等。

五虎平西前传

《五虎平西前传》序

春秋之笔,无非褒善贬恶,而立万世君臣之则;小说传奇,不外悲欢离合,而娱一时观鉴之心。然必以忠臣报国为主,劝善惩恶为先。阅其致身烈士,无不令人起敬起恭;观此误国奸徒,又皆令人可憎可忿。故书必削佞锄奸,褒善贬恶,植纲常以为劝惩者,方可刊行于世。至若窃玉偷香诸小说,非不领异标新,观者艳羡,然其用意,不轨于正,终属有伤风化之书。夫古今之治化,关乎典籍之敷陈,维持名教之君子,虽饰演传奇,必寓劝善惩恶之旨,俾阅者好善恶恶之念油然而生,是传奇亦足以导善而戒奸也。统阅其情,虽有如鬼如蜮之奸谋,皆付诸横逆之来可耳。狄公两次平西,劳于王事,以辅王家,功高望重,位显爵隆,是亦为善之劝也。彼庞孙奸宄,屡用阴谋,父女蒙君,私交敌国,而一朝败露,卒正典刑,其堪为惩恶也深矣。往稽史册,凡足以劝惩者,靡不灿若列眉。然而史臣纪事,文古义深,不能家喻而户晓。惟是书也,雅俗共赏,尽人可观,于世不无小补焉。是为序。

说明:上序录自清经纶堂刊本《五虎平西前传》,转录自丁锡根《中国历代小说序跋集》。

(五虎平西前传)序

春秋之笔,无非褒善贬恶,而立万世君臣之则;小说传奇,不出悲欢离合,而悦时人鉴阅之心也。然必忠君报国为主,兴善惩恶为先。阅其忠君烈士,无不令人起恭起敬;观此误国奸徒,皆为百世曰忿曰憎。削佞馀(除)奸,褒善贬恶,而植纲常以为劝惩者,方可刊行于世。一切窃玉偷香汗说,伤风败俗淫辞,须(虽)有奇闻机局,吐露才华,是用笔非正,终属稗官野史之流。古今之治化,关于典籍之导向。维持风化之君子,然虽布演传奇,必有以捴(规?)恶劝善之立言,阅者其去恶乐善之念,油然而兴,虽属传奇,而犹有维持风世,然(虽)非治齐之要,亦足以导善而戒奸也。统目其间,虽有如鬼如蜮之奸谋暗害，皆不较横逆之来。二次平西，劳于国政，以辅王室，功高望重，位显爵隆，亦足以为善之劝也。然而庞孙奸究，屡行暗害，父女蒙君，私交敌国，而一朝败露，卒归于正刑殄灭，其为惩恶深矣。维遐稽史册，其足以劝惩者，明如日月，灿若斗星。善恶之别，春秋直笔，毫不容淆。然而史籍取志，文古义深，不能家喻而户晓。若以是书，雅俗共观，家喻而户晓矣。是有裨于世，足以刊行。是为序。岁孟夏日序终。

说明：上序录自同治间刊聚锦堂本《新镌异说五虎平西珍珠旗演义狄青前传》，原本藏南京图书馆。此本内封上镌"狄青演义"，下分三栏，由右向左，分题"征取珍珠旗""绣像五虎平西前传　聚锦堂梓""嘉庆辛未镌　同治刊本"。首《序》，尾署"岁孟夏日序终"，不题撰人。有阳文"中有"、阴文"金玉"钤各一方。次，"新镌异说五虎平西珍珠旗演义狄青前传目录"，凡十四卷一百一十二回。正文第一叶卷端题"新镌异说五虎平西珍珠旗演义狄青前传卷之一"，不题撰人。半叶十行，行二十字。版心单鱼尾上镌"五虎平西传"，下镌卷次、叶次。此本序的文字与上面所录之叙多不同。

五虎平南狄青后传

《五虎平南狄青后传》叙

小琅环主人

自古一代之兴,即有一代之史。以寓旌别,示惩劝,麟炳古今,囊括人物。厥来藉已外,此则学士博古,据奇搜异,著为实录,则曰外史。更有故老传闻,资其睹记,勒为成编,则曰野史。故外史、野史亦可备国史所未备。要其大旨,总以阐明大义,导扬盛美为主。稽宋自太祖创业以来,文臣武将夹辅戡乱,削平海宇,盛称得人。仁宗之世,文如包龙图,武如狄平西公,继起襄赞之勋,堪济美焉。今观《宋史》,仅载包公骨鲠,人咸敬惮,当时称其笑比河清,其他事不多觏焉。狄青于时为良将,所纪血战之功,历一百十有七战,而平南之役亦无闻。其或国史所未备,必藉他书以传之与?抑书缺有间付之姑勿渗考欤!虽然,是又乌可以不传也!彼其间,如狄公之观星应灾,不避艰险,可以想其忠;如二子争殉父难,顾义忘身,可以想其孝;他如四将战力,威亚貔貅，红玉怜才，匪寇婚媾，可以想其节与义。此大旨之昭然可揭者也。至其设想之高超，临阵之变幻，正齐步伐之奇特，斗智斗法之崛谲，则又可作《水浒》观，可作《三国》观，即以之作《封神》《西游》观亦无不可。宋太祖尝言"开卷有益"，陶靖节自言"好读书不求甚解"，但略观大意，好古之士，诚览是编，而义旨如见，忠奸莫淆，则何书不可观，何书不宜观，奚必以拘牵文义，撼据实故而谓之有益哉？小琅环主人题。

说明：上叙录自启元堂本《新镌后续五虎平南狄青演传》。此本内封上镌"狄青演义"，下分三栏，由右向左分题"杨文广挂帅""绣像五虎平南后传　启元堂藏板"。首《叙》，尾署"小琅环主人题"。次，"新镌绣像五虎平南狄青后传"，凡六卷四十二回。正文第一叶卷端题"新镌后续绣像五虎平南狄青演传卷之一"，不题撰人。半叶十行，行二十一字。版心单鱼尾上镌"五虎平南后传"，下镌卷次、叶次。三让协藏板本。首序，尾署"小琅环主人题"。正文半叶半叶十行，行二十一字。原本藏大连图书馆。

另有聚锦堂本，内封上镌"嘉庆拾贰年镘"，下三栏，由右向左，分镌"内附杨文广挂帅""绣像五虎平南狄青后传""志录狄龙、狄虎招亲　聚锦堂梓"。原本藏南京图书馆。首序，署"消闲主人题"。孙楷第《中国通俗小说书目》著录宝华顺刊本，谓"题作《新镌后续绣像五虎平南狄青演传》，卷首序同《平西前传》"，而南图藏本署消闲主人的序却与《平西前传》所录不同，也与署小琅环主人题的序不同。

小琅环主人、消闲主人，真实身份、生平事迹待考。

新编虞宾传

新编虞宾传序

古吴协君氏

闻之《三都》作赋,十稔而成;一字吟安,数茎捻断。甚矣,文章之难,有若是之甚者。虽然,奋笔疾书,倚马可待,彼何人斯,又何谓哉?大抵瑰奇磊异之文,与夫戛玉敲金之句,希世而难得,亦绝无而仅有。尚矣,若夫洋洋洒洒,动笔万言,其为文也,前后若贯珠,始终如织锦,谁谓非旷世逸才而能与于此?均之为艺林之渊海,为宇宙之大观,可以传世,可以立名,洵不诬也。然此皆非所论于戋戋末技。

如《虞宾传》之一篇者,予初不识寓情翁为何许人也,后略稔得其人。少负不羁,长循规辙,弱冠补弟子员,再试再踬。末后得邀一命奔走甘中,闻鞍马驱驰之外,闲衙冷落之馀,未尝不执卷咿唔,沾沾自喜。凡遇一山一水,流连吟咏,多得佳句,然不少概见。适夏日无聊,偶于敝箧中检得兹编,略阅一过,颇觉悦目。再及之经之纬之,前后起讫,燎如指掌。而运笔俗不伤雅，事不出乎传奇，而文则进于稗史。彼秽言杂说，编列如林，能不望而却步？谚云："指骆驼为马肿，诚少所见而多所怪。"予岂敢仍讹踵谬，必谓可登大雅之堂，不犹瓦缶之响与钟吕衡鸣哉？然抒轴予怀，枢机得手，不落寻常窠臼，非熟于迁、固诸家，乌乎能此？又闻其脱稿不过旬日，何胸有成竹乃尔。其将有所指而为欤？抑有所感而为欤？皆不可考。间尝读《明史》而按其事，景、泰中却无虞姓状元，而少保诸公，炳乎河岳。也先内犯，英宗北狩，确乎有之矣。想其不过借此以实彼，不足深究，而亦不为斯文病。倘所谓子虚乌有，不其然欤？是为序。嘉庆辛酉菊月上浣，书于环署之半榻清风轩，古吴协君氏题评。

说明：上序录自手抄本《新编虞宾传》。原本藏国家图书馆。首《新编虞宾传序》，尾署"嘉庆辛酉（六年）菊月上浣，书于环署之半榻清风轩，古吴协君氏题评"。次，"新编虞宾传目录"，凡十一卷。正文卷端题"新编虞宾传卷之一　寓情翁著"，半叶十一行，行二十四字。除第八卷外，均有卷评。除第五、六、七卷外，评后均有"寓情"阴文钤一方。书不全，未知是失佚，抑或未完。其第八卷有云："……此话直至第十七回内再叙明白"，则是书至少有十七卷之多。

寓情翁、古吴协君氏，真实身份、生平事迹待考。

瑶华传

《瑶华传》序

冯瀚

香城者,姑苏之名彦也,恂恂儒雅,蔼然可亲。万象包罗于胸次,古今融贯于毫端。每出绪馀,遂成卷册。惜其优于才而穷于遇。然著作宏富,香城为不穷矣。所作《瑶华传》一书,余于庚申夏日,在温陵传舍偶见一斑。兹寄迹三山,复向香城案头携来,得窥全豹。既已独出心裁,不落寻常科套,且自始至终,虽头绪甚繁,而其间情文相生,回环照应,竟能一气呵成,恍若天衣无缝,深佩学术自有真也,因援笔而为之序。嘉庆乙丑上元,武林冯瀚苇村漫题。

《瑶华传》序

张兆鹏

稗官野史之作,原备采择以补正史之阙文,如陈寿《三国志》之不能征信于世,后以演义补其不足，正其统纪者是也。迨至史（施）耐庵之《水浒传》、邱长生（春）之《西游记》以及王凤洲之《金瓶梅》次第行世，遂称四大奇书，无不以才子目之，初未敢以小说轻之也。后之好事者每每借事诋毁前人，干渎闺阁，甚而以淫亵之词，污秽笔墨，遂致大伤风化，不齿于人，此亦稗官野史之一劫也。

夫鹏生也晚，自总角就塾，师傅教诫綦严，讲经而外，未有闲书入目。继而随先嗣父之温泉任，附书院课暇隙时，得闻于同砚诸人谈论，始悉其源。嗣先嗣父卒于任，尚有身后公私未了，逗留苦次，即有寅僚旧好吊唁。于兹僮仆星□（散），不得不躬为款接，时间有议论《瑶华传》一书，座中有誉之者，间亦有訾之者，鹏虽闻之有素，亦未尝考其何许人所作。壬戌秋，江右高菁堂来泉接篆，偕有捉刀人至。询之，为丁姓。及晋谒之，不禁喜跃。先生非他，乃先君平日最称契好之密友也。鹏犹忆垂髫时曾经识面，聆其高谈深论，侃侃如昔，惟苍颜白发，非复曩时意态矣。言次，提及《瑶华传》，即欣然检阅，细为按卷研读。其间文情浓洽，奇异时生。事出闺阁，实胜须眉；开合回环，妙参性理。言虽浅近，而含蓄渊深；绪更繁冗，而不失错乱。行文变幻，无非惩劝婆心；随笔波澜，不类寻常诡道。或势迁而盛，或事迫而衰，大约极盛则衰，衰极复盛，以天运之循环，构精思之简炼，尤非摘句寻章，牵萝补屋者比。至于此书之大旨，是为惩淫诫色而设，特其绪馀耳。其平时诗赋古文词，尤为沉着。先生吴门人也，幼而生于佳山秀水之区，长而游于燕北海东之地，山川郁积，江汉溁漾，天下之奇观，宇内之胜迹，毕载于胸臆间矣。噫，岂偶然也哉？谨序。嘉庆甲子桃月，燕北张兆鹏云亭拜手。

《瑶华传》自序

丁秉仁

或问：尘世间营营碌碌，旦晚不惮烦劳而了无休息者，为何耶？曰：总不离酒色财气四事耳。然四者又孰重？曰：尤重于色。何以知之？曰：余幕游而历览者，将及四十年，天下所不到者，不过六七省。所止之处，常阅录囚秋谳。为女色事十居其七，财则十居其二，至酒、气二事，仅及一分，可见色之一字，犯者尤众。故吾夫子不云乎："未有好德如好色者也。"先圣一言，可垂万世，于斯可见矣。迨按其所犯，乃尽非无知者，且皆知而故犯，乐此不疲；虽罹分身惨戮，亦所甘为，彼不知尚有身后妻孥之报复，尤甚于身受，岂不痛哉！每见恣情恋色，视如常经，谏而不悟，辄为之忿懑，意欲效世之刊刷如《太上感应篇》《敬信录》以及戒淫诸文，广为施送。窃恐比诸老生常谈，说者自说，其如不寓目何？不但无益，反恐污亵字纸。因特假借一事，谬撰因由，于客馆公馀之暇，酒阑人静之时，自剔青灯，酌为编录，如是者，自己未夏至癸亥冬，寒暑无间，积四载而始告成。先于漳郡，忽晤同窗阆仙，互相考订，复加评语；继承社友孙星躔，两审校阅；又得邱仰斋代为誊清，并缀后序。有似乎成书矣。其间虽亦有荡心悦目之言，无非欲引人入胜之意。尚赖同好诸君子共发慈心，再加镵汤沙石，以琢磨之，俾痴迷者得翻然悔悟，于百行不无又有加焉。嘉庆八年仲冬月，吴下丁秉仁香城书于福塘官舍。

(瑶华传)弁言

尤凤真

余一身落落,四海飘零,亦自莫知定所。由楚而至豫章,再由豫章而游三浙,今且又至八闽矣。每到一处,哄传有《红楼梦》一书,云有一百馀回。因回数烦多,无力镌刊。今所流传者,皆系聚珍板印刷,故索价甚昂,自非酸子纸裹中物可能罗致,每深神往。抵闽后,窃见友人处有一函置于案侧,询之,曰"《红楼梦》",不觉为之眼馋。再四情恳,而允假六日。遂珍重携归,阅之,费去五日夜心神,得其全部要领,似与从前耳闻阅者之赞美大相径庭。偶于广座谈及,而大众似有以盲人目我者,心窃疑之。及于漳郡,得晤吾里香城,乃余总角交也。知其素多著作,当询增得新构几许。即检示四五种,皆余所未睹者。内有《红楼梦外史》在焉,惜未告成,然大局已定。因借香城之所定,即决我之疑团。仅止二本,于二三时中即阅竟,不及掩卷而急拉香城拜之曰:"吾至今日,始知两目之犹未盲也。子何先得我心之所同然耶?"香城询故。余述知所由,不觉相对捧腹,共叹世之自谓不盲者,尽属耳食之徒,其精粗美恶,究未了了于此中也。

余又翻一种,标其目曰《瑶华传》。略窥卷首大旨,似乎有味,亦乞携归细阅焉。自始至终,仅有四十回,每回之数,较之《红楼梦》长有数页,情节比之《红楼梦》更为烦冗。叙事之简明,段落之清楚,不待言矣。抑且起因发觉,尽非扯淡。因共谈论:如《红楼梦》之因由,无非为青埂山下女娲氏炼剩之一石,僧道等欲扶持其下凡历劫。既上古经女娲氏炼就之石,非若血气修炼所成,而有违天地生意,致必须历劫者;至绛珠草得受此石之甘露灌溉,欲随下凡,以眼泪酬还其惠,此更属无谓。"历劫"两字之义并未考究得实,亦将摇笔伸纸而著书,不亦荒诞乎?请阅香城所著《瑶华传》,其造意为雄狐欲取百女元红而得成幻形之术,于是剑仙怒而斩之,即按国法,亦难饶恕,于理实为纯正。迨狐鬼思过服善而皈依,剑仙始生哀矜而收录,仍责偿夙孽,方能超度为仙,不因皈依收录,便置夙孽于不问也。如狐鬼而不为皈依,即入轮回;如投胎后不偿夙孽,不修功行,仍还狐鬼之原,盖理势然也。试问,青埂山下之石若不历劫,岂不令其为石乎?抑绛珠草不将眼泪哭还，岂不令其为草乎？凡著书立说，须要透得出一个理字，既无理字透出，其情何由而生？若屏绝情理而著书，则吾不知其所著何书矣。兹细阅《瑶华传》，甚嫌其少，故阅之不已，又于每回之后妄加评语。其灰蛇伏线处犹恐难明者，特为拈出之。盖由得其情而爱其文也。若《红楼梦》，但嫌其繁，不觉其有情，致其生出枝节，未见其一一收罗。余非薄于彼而厚于此。诸君子悉具慧眼，两书具在，何妨细为考核，以证余言之然否。嘉庆己未岁中秋前六日，茂苑阆仙尤夙真漫题于雅言堂寓邸。

《瑶华传》跋

周永保

稗乘小技耳，文人之心，何所不至，要惟博综乎。人鬼之幻，仍不失乎天地之经，是以胸具锤炉，笔司鼓铸，离奇诡怪，非徒浪得寸情也。四大奇书，各臻绝顶，堪与《左》《国》《史》《汉》并传。厥后罕有继者，惟古宋遗民《水浒后传》，骀宕苍凉，善收残局，差足为耐庵后劲。他有《女仙外史》，愤盘郁源，出屈子《离骚》，其行亦颇得欧阳五代遗则。仆于二书之外，无笃嗜矣。最可厌者，莫如近世之《红楼梦》，蝇鸣蚓唱，动辄万言，汗漫不收，味同嚼蜡。世顾盛称之，或又从而续之，亦大可怪矣。

乙丑之春，得见香城先生《瑶华传》抄本一册，乃喟然叹曰：天下未尝无才也，其湮没于剞劂所不及者，岂少也哉。迹其起兴雄狐，托词藩邸，劝惩寓旨，初不能谬索解人。第见一缕烟霞，幻成蜃楼海市，瞥然而起，如云之触石而兴也；戛然而终，如水之遇坎而止也。其间纵横挑宕，摘藻摅华，如根之分干，如萼之跗枝，无非生气输贯，欲索其一段一节一句之骈拇揩指以为诟病不可得也。至于提纲挈领，穿贯收宿，极变化又极谨严，得阆仙氏之评，靡不了如指掌。非胸中别有丘壑，笔下可走虬龙，其孰能与于此，真四大奇书之的派也，岂散漫芜秽之《红楼梦》所能梦游其境者哉。

香城，苏州人，书中迭写佳丽，大为吴趋生色，当非阿好。顾仆问剞劂氏之技，亦唯阊门最工，倘携书就梓，海内声价，当必不胫而走，毋徒韫椟而藏焉可。嘉庆十年三月下浣，锡山霏轩弟周永保拜跋。

说明：上序、跋等具录自涛音书屋本《瑶华传》。原本藏郑州大学图书馆，上海古籍出版社据以影印。此本内封镌"绣像瑶华传　涛音书屋藏板"。首《序》，署"嘉庆乙丑（十年）上元，武林冯瀚苇村漫题"，次《序》，尾署"嘉庆甲子（九年）桃月，燕北张兆鹏云亭拜手"，再次《自序》，尾署"嘉庆八年仲冬月，吴下丁秉仁香城书于福塘官舍"，复次《弁言》，署"嘉庆己未（四年）岁中秋前六日，茂苑阆仙尤凤真漫题于雅言堂寓邸"，后《跋》，尾署"嘉庆十年三月下浣，锡山霏轩弟周永保拜跋"。有图像二十一幅，皆像赞各半叶。二十一幅像中，有作者像一幅，像赞似皆为作者自作。古代通俗小说署真名、出画像于书中，晚清之前，此殆为仅见。书无总目，正文第一叶卷端题"瑶华传"　署"吴下香城丁秉仁编著　茂苑尤凤真阆仙□评"。半叶十一行，行二十二字。版心镌"瑶华传"，单鱼尾下镌卷次、回次。

丁秉仁，字香城，江苏长洲（今苏州）人。

上元武林冯瀚苇村、茂苑阆仙尤凤真、燕北张兆鹏云亭、锡山霏轩弟周永保，真实身份、生平事迹均待考。

婆罗岸全传

《婆罗岸》叙

圆觉道人

轮回之说,佛氏言之凿矣。其曰:孰为往世因,今生受者是;孰为来世因,今生作者是。大抵惝恍无凭,无怪其动俗子之听,而适增学者之疑耳。抑知造物不孳孳与群生较铢两之善恶,而自已出之,自已反之,恒有历历不爽者。世人之见浅,以为今世报施,偶不如量,辄谓天道无知,何愚且惑欤!盖淫为恶首,报犹惨毒,所谓淫人妻女,得妻女淫佚报,此犹即其现世言也。夫不有一身肆毒,辗转数世,偿之不尽,而不可旁贷诸妻女者哉?请试观无极洞之蛇,修之数百年,丧之在一日,一失足而前功尽弃,何异祖宗积德百年,败诸不肖子之一蹶耶!其为犬为妓,相寻不已,茫茫宇宙,谁则为身后一回首思者?物犹如此,人何以堪?诗三百篇,两言以括之曰:善者可以感发人之善心,恶者可以惩创人之逸志。《婆罗岸》之作也,亦此物此志云尔。是为叙。嘉庆九年清河月谷旦,圆觉道人题。

说明:上叙录自合兴堂藏板本《婆罗岸全传》。原本为齐如山所藏,今归美国哈佛大学图书馆。有《古本小说集成》影印本。此本内封凡三栏,右栏题"嘉庆九年新镌",中栏题"婆罗岸全传",左栏题"合兴堂藏板"。首《叙》,尾署"嘉庆九年清河月谷旦,圆觉道人题"。次"婆罗岸总目",凡二十回。正文卷端题"婆罗岸",半叶八行,行十九字。版心上镌"婆罗岸",单鱼尾下镌回次、叶次。

圆觉道人,真实身份、生平事迹待考。

蜃楼志

蜃楼志小说序

罗浮居士

小说者何？别乎大言言之也。一言乎小,则凡天经地义,治国化民,与夫汉儒之羽翼经传,宋儒之正诚心意,概勿讲焉;一言乎说,则凡迁、固之瑰玮博丽,子云、相如之异曲同工,与夫艳富、辨裁、清婉之殊科,宗经、原道、辨骚之异制,概勿道焉。其事为家人父子、日用饮食、往来酬酢之细故,是以谓之小;其辞为一方一隅、男女琐碎之闲谈,是以谓之说。然则,最浅易、最明白者,乃小说正宗也。世之小说家多矣。谈神仙者,荒渺无稽;谈鬼怪者,杳冥罔据;言兵者,动关国体;言情者,污秽闺房;言果报者,落于窠臼。枝生格外,多有意于刺讥;笔难转关,半乞灵于仙佛。《大雅》犹多隙漏,复何讥于自《郐》以下乎!

劳人生长粤东,熟悉琐事,所撰《蜃楼志》一书,不过本地风光,绝非空中楼阁也。其书言情而不伤雅，言兵而不病民，不云果报而果报自彰，无甚结构而结构特妙。盖准乎天理、国法、人情以立言，不求异于人，而自能拔戟别成一队者也。说虽小乎，即谓之大言炎炎也可。罗浮居士漫题。

说明：上序录自本衙藏板本《蜃楼志》。此本内封三栏，由右向左，分题"嘉庆九年新镌""蜃楼志""本衙藏板"。首《蜃楼志小说序》，尾署"罗浮居士漫题"。正文第一叶卷端署"庾岭劳人说　禺山老人编"，半叶十行，行二十五字。书末署"虞山卫峻天刻"。

庾岭劳人、禺山老人、罗浮居士，真实身份、生平事迹待考。

常言道

常言道序

西土痴人

为人在世,若梦浮生。花花世界,碌碌红尘,只求侥来富贵,那惜过去光阴。但能天从人愿,自然福至心灵;虽则只无一定,算来人有同心。处世莫不随机应变,作事无非见景生情。有生色必须亲身下降,无好处聊作袖手旁观;不见面未免怒目相向,一到手便肯唾面自甘。人来求我,但觉扬眉吐气;我去求人,不妨摇尾乞怜。设或听其自然,正可俟夫瓜熟蒂落;无如求之不得,犹不免乎藕断丝连。官清私暗,不顾违条犯法;阳奉阴违,那管害理伤天。旁观者清,人人要做好事;当局者迷,个个会生恶念。历观夫古圣格言,言者非不谆谆;尽以为老生常谈,听者竟属藐藐。别开生面,止将口头言随意攀谈;迸去陈言,只举眼前事出口乱道。言之无罪,不过巷议街谈;闻者足戒,无不家喻户晓。虽属不可为训,亦复聊以解嘲。所谓常言道俗情也云尔。嘉庆甲子新正人日,西土痴人题于虎阜之生公讲台。

说明：上序录自一坊刊本《常言道》。此本内封三栏，由右向左，分题"嘉庆甲戌新镌""常言道""本坊藏板"。首《常言道序》，尾署"嘉庆甲子（九年）新正人日，西土痴人题于虎阜之生公讲台"。次"常言道目次"，凡四卷十六回。正文第一叶卷端题"常言道卷之一"，署"落魄道人编"（卷二无"编"字），半叶八行，行二十字。版心单鱼尾下镌卷次、回次、叶次。

落魄道人、西土痴人，真实身份、生平事迹待考。

续红楼梦

续红楼梦弁言

海圃主人

抹月披风,《桃花扇》数逢阳九;姹红嫣紫,《牡丹亭》怨负春三。血气虚生于两大,拂性难施;蛾蟓饮恨于九京,有情不遂。桃叶渡头,那寻往棹;莫愁湖畔,讵问来舟?既归同尽夫太虚,谁爇返魂于乙夜?若乃夜雨枕寒,断肠佳人黛玉;春宵帐暖,梦迷公子怡红。揣摩世故,雌黄之口何堪;刻画膏粱,阀阅之家莫恤。箕裘未隳夫家声,萤名鹿宴;识解迥殊于流辈,托迹缁流。茫茫幻海,难辨青埂之峰;渺渺仙踪,易掷通灵之宝。然而论不关乎名教,将累牍风云其何济?事无与夫性天,纵连篇月露亦奚为?意存讽刺,货殖不满腐迁;辞寓褒讥,附会偏多盲左。情生情灭尽关情,情根谁握;觉早觉迟终贵觉,觉眼独开。况乎急流津侧,俦为勇退之人;依样年来,半是葫芦之客。宜其价重缥缃,名驰芸蕴矣。所慨者,遥遥千载,同调难赓;落落此生,沉怀孤往。

音赏希赏之音，朱弦莫越；味回难回之味，崖蜜徒甜。梦征蕉鹿，一彭殇而等莺鹏；谛化筌鱼，应马牛而齐黑白。聊托雨村之贾，孰传隐士之甄？此固抱膝之独有沉吟，而染毫之别留尚论者也。至于吉占惠迪，如响之应非虚；光著谦尊，自牧之卑莫逾。打破愁关，迥超鬼刹；极登乐国，共结喜缘。只期真还太璞，遁迹深山；无事泪洒神瑛，抗怀仙草。箫管庆遐龄，积善之家有馀庆；簪缨荣奕叶，满床之笏喜增荣。是为序。嘉庆十年岁在旃蒙赤奋若阳月上浣，海圃主人漫题。

附

话说人生天地间，不过出处两途：出而辅君济世，显亲裕后，若皋、夔、伊、望，为帝臣王佐尚已；即萧、曹、房、杜，宋明之名卿巨望，彪炳史策者，皆足垂旗常而光竹帛。至不得志而迹寄泉林，癖痼烟霞，巢、由辈之高尚，后世隐君子亦多继之，《易》所谓"潜德而隐"者，处之道也。他则混迹缁流，托身丹士，似亦别有说焉。然其累劫修来，如葛稚川、吕纯阳者,恐未一二睹矣。雪巢贯顶,丈六金身,又岂易易!几乎名教中有乐地,未始非竿头之独有进步。

曩者,曹雪芹先生有感而作《石头记》一书,别名为《红楼梦》者,寄感慨于和平,寓贬褒于惩劝,趋俚人雅,化腐为新,洵哉价重当时,名噪奕世矣。其尤奇者,缘之所限,迹不必合;而情之所系,境无终睽。为千古才士佳人另开生面,而终以空诸所有结之。读是编者,茫茫千载,谁是知心;落落此生,孰与同调?海圃主人三复读焉而不自已。夏午昼长,爰辑四十回,导虚归实,笔墨全仿前集,因颜之曰《续红楼梦》云。正是:

情生情灭情何寄,种此情缘别有因。

春色枝头春不见,掷花何处又逢春。

说明:上弁言录自尚友堂本《续红楼梦》。此本内封题"续红楼梦新编""尚友堂梓行"。首《续红楼梦弁言》,尾署"嘉庆十年岁在旃蒙赤奋若阳月上浣,海圃主人漫题"。次"续红楼梦目录",署"海圃主人手制",凡四十回。正文第一叶卷端题"续红楼梦卷之一　海圃主人手制",半叶九行,行二十字。

版心单鱼尾上镌"续红楼梦",下镌卷次、叶次。正文开头类乎楔子,亦附录于上。

海圃主人,真实身份、生平事迹待考。

绮楼重梦

《绮楼重梦》叙

　　由来词客,雅爱传奇;不是痴人,偏工说梦。卖不去一肚皮诗云子曰,何妨别显神通;听将来满耳朵俚谚歌谣,只合和同鬼诨。何况悠悠碧落,蚁自聚于槐柯;浩浩黄舆,鹿且埋于蕉下。莽将廿一史掀翻,细数芝麻账目;直把十三经搁起,寻思橄榄甜头。颠倒着即色即空之公案,描摩就忽啼忽笑之情形。且也证明因果,石自能言;打破机关,草堪蠲忿。去年人面,休烦崔护题诗;再世婚姻,仍遣韦皋作婿。飞枕边之蝴蝶,创开百代勋猷;携篮内之樱桃,幻作一场富贵。胡天胡帝,要须在无何有之乡;如云如荼,不过比将毋同之例。贾原是假,甄亦非真。曾参何处杀人,问去不声冤屈;郑綮今朝作相,算来好像应该。彻犀角之七层,弯弓妙手;贯明珠之九曲,穿缕精心。悲欢离合,通呼吸于鼻孔之间;将相王侯,看安排于手掌之上。纵使爱(疑夺一

"眠"字）宰我,会心处不觉伸腰；便令不笑包公,得意时也劳捧腹。嗟乎！一枝斑管,谱成金玉良缘；百幅芸笺,写出绮罗艳事。三千界苍茫银海,原属寓言；十二重缥缈红楼,尽容重记。嘉庆乙丑岁夏重编。

附

第一回

警幻仙追述红楼梦　　月下老重结金锁缘

《红楼梦》一书,不知谁氏所作。其事则琐屑家常,其文则俚俗小说,其义则空诸一切。大略规仿吾家凤洲先生所撰《金瓶梅》而较有含蓄,不甚着迹,足餍观者之目。丁巳夏,闲居无事,偶览是书,因戏续之。袭其文而不袭其义,事亦少异焉。盖原书由盛而衰,所欲多不逮,梦之妖者也；此则由衰而盛,所造无不适,梦之祥者也。循环倚伏,想当然耳。夫人生,一大梦也。梦中有荣悴,有悲欢,有离合,及至钟鸣漏尽,蓬然以觉,则惘惘焉同归一梦而已。上之游华胥,锡九龄,帝王之梦也;燕钧天,搏楚子,侯伯之梦也。下而化蝴蝶,争蕉鹿,宦南柯,熟黄粱,纷纷扰扰,离离奇奇,当其境者,自忘其为梦,而亦不知其为梦也。兰皋居士,旷达人也,犹忆梦为孩提,梦作嬉戏,梦肄业,梦游庠,梦授室,梦色养,梦居忧,梦续娶,梦远游,梦入成均,梦登科第,梦作宰官临民断狱,梦集义勇杀敌守城,既而梦休官,梦复职,梦居林下。迢迢长梦,历一花甲于兹矣,犹复梦梦然梦中说梦,则真自忘其为梦而并不知其为梦者也。世有爱听梦呓者,请以《红楼续梦》告之,其书曰:……

第四十八回
圆大梦贾府成婚　阅新书或人问难

……于是兰皋主人搁笔而笑,不复再续。客有款门而请者曰:《红楼梦》续至此,遽可画然止乎?主人曰:是书之续,原为草石姻缘前生未遂,未免尚留馀憾,今既遂愿矣,不止何待?客曰:稗乘小说,强半子虚,然亦必有时代可稽,如《西游记》托之唐,

《水浒》《金瓶梅》假诸宋,此则竟无年代,何也?曰:此书凡例,悉宗原书。原书既不叙及,安用添此蛇足?然其称金陵为南京,升罗定为州而领以二县,当在明永乐以后,万历天启之间耳。且其迭称武备废弛,文体不振,非明末之弊而何?客曰:前明季世,倭寇方横,曾未一加惩创,而兹顾反言之,不太诬否?主人曰:正惟倭奴肆毒,中原受其凌藉故书,意若曰:安得有若而人者出而痛加剿戮,使之躬率妻子,顿颡阙廷,且留其女以为质,夫而后上申国宪,下快人心也。客曰:是固然矣。弟原书概用北语,而此则杂以南音,何欤?曰:贾园诸人,虽流寓北都,实皆籍隶建康,庄狱置身,不忘土音之操,理当然耳。客曰:原书名《红楼梦》,亦称《金陵十二钗》,此果符其数否?答曰:符。舜华、碧箫、霭如、缬玖、淑真、优昙、曼殊、文鸳、彤霞、妙香、小翠、友红,合之,适得十二。客曰:玉卿、佩荃何以不与?曰:一生维扬,一长北直,非金陵产也。客又曰:均之貌美才优,自应共寻佳梦,何以淡如淫,瑞香殀,玉卿寡而有玷?作者何所恶之而为此偏词哉?曰:非偏也,譬则梨园子弟,生旦净丑,缺一不可。是书之有淡如、瑞香、玉卿,犹《金瓶梅》之有潘金莲、李瓶儿、祈太太也。客默然有间,则又发难曰:十一十二岁作帅克敌,尚曰默有神助,不专己力。至优昙姐妹,以十一龄女孩,居然应诏金门,首标蕊榜,纵谓姿禀朦人,究未免夸而失实。答曰:人之赋质,奚啻什百倍蓰?即如白香山,生甫七月,能识"之""无"二字。刘宋时谢庄年七岁、唐时刘晏八岁、李泌七岁,均以童卯召对御前,九重称赏,此皆载在典册,信乎?不信乎?曰:然则何以不叙其入宫册立,而竟置之不论,何也?曰:是书以舜华、小钰为干,馀皆枝也,蔓也。舜、钰既已完姻,当且不止,而转以册立储妃作结,是则喧宾夺主。至客曰:草石成婚,既属书中正旨,自宜觊缕细叙,乃于其迎亲之礼则略之,转不如登坛授印之详,于其新欢之夕亦略之,转不如玉卿等私合之详,而且既婚之后有无生子,竟未尝赘及一语,毋乃详略失当欤?答曰:授印,异数也,故详叙以彰其荣;迎娶,常事也,不妨略。苟合,私情也,故详述以扬其丑;燕尔,公情也,故忽略。忆余曾戏集《四书》语作新婚联云:此一时赧赧然强而后可,出三日洋洋乎欲罢不能。谅彼五美情态,大略如是,详之无所用其详耳。至于娶妻生子,子复生孙,琐琐写来,虽数百回亦不能竟。不且空劳辞费哉?客曰:然。虽然,吾闻昔人有三梦刍狗,而占验各异者,梦兆于因也。是书以梦名篇,二于说梦,故其游青埂,化草石,则小钰与舜华同梦;授飞刀、读天书,则碧箫与小钰同梦。他若淡如之不得列于金钗也则梦;小翠之心慑于野猪鬼也则梦;小钰之生也,则宝钗梦;优、曼之生也,则婉、淑梦。独瑞香以感梦而死,临终嗟悔,执手拳拳,梅下孤坟,令人有美人黄土之叹。恐世有好事者,又将续此《红楼续梦》矣。主人莞然笑曰:玉环再世,中即后身,大地茫茫,轮回无已,天下有情眷属,安知非前世姻缘?顾其续也听之,其不续也亦听之,余实不能再耗笔墨,为若辈痴情儿女子一一了此未完私愿也。客无以难,则唯而退。主人曰:噫!书虽已止,韵尚有馀,爰取园中诸美,缀成长律一首:

梦入红楼梦转赊,续将前梦等抟沙。石经冶炼蚩蚩采(小钰),草沐涵滋苗露芽(舜华)。脱手神刀光闪闪(碧箫),联飞金弹影斜斜(霭如)。苍茫云海辞宗国(缬玖),潦倒烽烟失故家(淑贞)。绮阁艳才魁蕊榜(优昙),梅林嘉种体茗华(曼殊)。纹舒锦翼天然丽(文鸳),佩结奇馨分外加(佩荃)。佳气氤氲燔笃耨(妙香),芳名璀璨蔚朝霞(彤霞)。魇生翠幌珠含显(小翠),尘染蓝田玉点瑕(玉卿)。三益故应盟绛萼(友红),一抔何处吊梅花(瑞香)?脂销北里悲遗挂(琼蕤),蜂绕东篱看闹衙(淡如)。情丝绵延真复幻,功名鼎盛大非夸。三千粉黛都无匹,十二钗琐不厌奢。蕉底鹿埋殊惝恍,槐边蚁聚镇纷拏。孟坚座上饶佳客,戏学痴人一笑哗。

说明:上叙录自瑞凝堂本《绮楼重梦》。此本内封三栏,由右向左,分题"嘉庆乙丑年(十年)重镌瑞凝堂梓""绮楼重梦""是书原名《红楼续梦》,因坊间有《续红楼梦》及《后红楼梦》二书,故易其帧曰《绮楼重梦》"。首《叙》,尾署"嘉庆乙丑岁(十年)夏重编"。次"蜃楼情梦目录",凡四十八回。正文第一叶卷端题"绮楼重梦",不题撰人。半叶八行,行二十字。版心镌回次、叶次。写刻。

此书的第一回及最后一回颇类全书的"楔子"

和"尾声",其中部分文字对研究作者及本书有参考价值,亦附录于上。

又有文会堂梓行本,原本藏南京图书馆。此本内封三栏,分题"嘉庆丙子□□""绮楼重梦""文会堂梓行",首《叙》,尾署"嘉庆乙丑岁夏重编"。目录叶题"蜃楼情梦目录",凡四十八回。正文卷端题"绮楼重梦",半叶八行,行二十字。另一文会堂本,内封三栏,右栏无题署,中栏题"绮楼重梦"、左栏题"文会堂梓行",其馀《叙》、目录叶之题署等,均与瑞凝堂本同,似系其覆刻本。

另一坊刊本,全名《绘像绮楼重梦》,现藏天津图书馆。此本首《小叙》,文字与前录《叙》略异,尾署"嘉庆四年岁在屠维协洽且月既望,西泠蒯园漫士识"。次"绮楼重梦目录",署"西泠兰皋居士戏编",凡四十八回。

南京图书馆另有一藏本,全名《绘像绮楼重梦》。此本首《叙》,尾署"嘉庆乙丑孟夏之月重编,岭南逸叟匏公书"。《叙》文字当出自前录,然错误百出,不忍卒读。次"绣像绮楼重梦目录",凡六卷四十八回。次图像四叶。正文第一叶卷端题"绣像绮楼重梦卷之一",不题撰人。半叶十七行,行四十字。版心双鱼尾上镌"绘图绮楼重梦",下依次镌卷次、回次、叶次。

西泠剪园漫士、岭南逸叟鲍公,真实身份、生平事迹待考。

红楼复梦

《红楼复梦》序

陈诗雯

原夫桃李园边,芙蓉城畔,心香一线,幻来色界三千;春梦无端,倏起琼楼十二。普天才子,作如是之达观;绝世佳人,唤奈何于幽恨。爱由心造,缘岂天悭?斯则情之所钟,即亦梦何妨续?吾兄红羽,实稗史白眉。笔花得自青莲,傲文通之五色;心锦分来郭璞,窥子敬之一斑。聚彼芳魂,作吾嘉话。悲欢离合,仙人就三生石以指迷;怒骂笑嘻,菩萨现百千身而说法。奇奇怪怪,既澜翻而不穷;扰扰纷纷,总和盘而托出。画落梅于纸上,无一瓣相同;吐绮语于毫端,正万言莫罄。封姨漫妒,名花本自天来;月老留心,绝世宁真命薄?问天不语,伤心人代诉衷肠;补天何难,有情的都成眷属。灵根未断,前生种向蓝田;智月常圆,隔世重修玉斧。人间儿女,无劳乞巧天孙;意外因缘,一任氤氲大使。笔妙总由心妙,人工可夺天工。故能青出于蓝,所谓冰寒于水。粃糠前哲,尚何难哉?扬播名流,良有以也。嗟!嗟!梦中梦何时真觉,楼上楼更上一层。欲将红粉春深,须唤黄莺啼稳。隙驹蕉鹿,空闻子野之三;蚁穴虫窠,不数临川之四。但休向痴人说耳,奚不为知己道之。嘉庆己未秋九重阳日,书于羊城之读画楼,武陵女史月文陈诗雯拜读。

《红楼复梦》自序

少海氏

或问曰:"梦可复乎?"余应曰:"可。"子曰:"吾不复梦见周公。"由此观之,大圣人之梦,复周公之梦而梦之者也。有周公、孔子之梦,而七十子之徒相继而相续,夫然后孟子阐而继之,昌黎承而续之,而程、周、朱、许诸贤相将而复,而周公、孔子之梦于是充乎天地,贯于古今,而人之生于世者,无不感周孔之梦,而知君臣、父子、夫妇、兄弟、朋友之道,化于梦而知孝悌、忠信、礼义、廉耻之节。圣人之梦,岂非天地间之大梦乎?李青莲曰"浮生若梦",而曰"叙天伦乐事"。可见梦之为梦,实伦常之纲领,生于梦者,正不可须臾离于梦也。释氏曰:"如梦幻泡影"。以梦而冠诸泡影之首,盖以泡影为虚渺之物,而梦则具伦常,行礼义,人民城郭、声音笑貌,可得指而名之也。是以雪芹曹先生以《红楼梦》一书梓行于世,即李青莲所谓叙天伦之乐事而已。天伦,人之所同,而乐之之梦境不一,断无彼人之梦,而我亦依样葫芦梦之之理。雪芹之梦,美人香土,燕去楼空。余感其梦之可人,又复而成其一梦,与雪芹所梦之人民城郭,似是而非,此诚所谓复梦也。伦常具备,而又广以惩劝报应之事,以警其梦,亦由夫七十子之续之耳。若以他人之梦,即而梦之,此为梦之所必无者。蛇画成而添以足,难乎其为蛇矣。雪芹有知,必于梦中捧腹曰:"子言是也。"梦既成,而弁数言于简首。时嘉庆四年岁次己未中秋月,书于春州之蓉竹山房,红楼复梦人少海氏识。

(红楼复梦)凡例

一、此书本于《红楼梦》,而另立格局,与前书迥异。

一、书中无违碍忌讳字句。

一、此书虽系小说，以忠孝节义为本，男女阅之，有益无碍。

一、此书照依前书绘图，以快心目。

一、书中因果轮回报应，惊心悦目，借说法以为劝诫。

一、书中不用生僻字样，便于涉览。

一、此书雅俗可以共赏，无碍于处世接物之道。

一、前书仅写大观园，无暇他顾；此则无事不书，无家不叙，细微周密，未尝遗漏。

一、前书人物事实，每多遗其结局；此则无不成其始终。

一、此书以祝为主，以贾为宾，主详而宾略，阅者勿嫌其疏于贾宅。

一、前书垂花门以内，房屋不甚明晰，除大观园外，使读者不分方向。若垂花门以外，更不知厅房几进，楼阁若干，名曰荣府而已。

一、前书荣府，应以贾政为主，宝玉为佐，而书中写贾政似若赘瘤，乃《红楼梦》之大病。

一、此书内外房屋，四界分明，阅之如身在境中。

一、此书仿《聊斋》之意，为花木作小传，非若小说家一味佳人才子，恶态可丑。

一、前书八十回后，立意甚谬，收笔处更不成结局，复之以快人心。

一、此书以大观园起，以大观园结，首尾相应，前后呼吸，照应周到。

一、书中每于一事一人承接起伏之处，毫无痕迹。

一、此书无公子偷情、小姐私订，及传书寄柬、恶俗不堪之事。

一、书中嘻笑怒骂，信笔发科，并无寓意讥人之意，读者鉴之。

一、读此书不独醒困，可以消愁，可以解闷，可以释忿，并可以医病。

一、前书词曲过于隐僻，不但使读者闷而难解，抑且无味，不若此书叙事叙人，赏心快目。

一、此书仍依前书口语，惟姑娘间有称小姐者，因乡俗之称，无碍于正文，姑存而不改。

一、此书开首先写珍珠，作通篇之引线，以宝钗作串插之金针，以彩芝作结，章法井然，异于前书。

一、篇中难免错落颠倒之处,卷帙浩繁,鲁鱼亥豕,望阅者谅其疏漏。

一、此书以荣府作起,以荣府作结,点《红楼梦》本题,终不离于贾也。

一、卷中无淫亵不经之语,非若《金瓶》等书,以色身说法,使闺阁中不堪寓目。

一、此书共计百回,事繁而杂,如提九莲灯,本于一线,不似他书,头绪一多,不遑自顾。

一、凡小说内,才子必遭颠沛,佳人定遇恶魔,花园月夜,香阁红楼,为勾引藏奸之所。再不然,公子逃难,小姐改妆,或遭官刑,或遇强盗,或寄迹尼庵,或羁栖异域。而逃难之才子,有逃必有遇合,所遇者定系佳人才女,极人世艰难困苦,淋漓尽致,夫然后才子必中状元,作巡按,报仇雪恨,娶佳人而团圆。凡小说中舍此数项,无从设想。此书百回,另成格局。

一、此书收笔,结而不结,馀韵悠然,留为海内才人,再为名花写照,琪花瑶草,香色常存也。

说明:上二序及凡例,均录自蓉竹山房刊本《绣像红楼复梦》。此本内封题"绣像红楼复梦　娜嬛斋藏版"。首《序》,尾署"嘉庆己未秋九重阳日,书于羊城之读画楼,武陵女史月文陈诗雯拜读",有"月文"阴文、"诗雯之印"阳文钤各一方。次《自序》,尾署"时嘉庆四年岁次己未中秋月,书于春州之蓉竹山房,红楼复梦人少海氏识",有"□月"阴文、"品华仙史"阳文钤各一方。复次《凡例》二十九条,又次"目录",凡一百回。有绣像三十二幅。正文第一叶卷端题"红楼复梦卷一　红香阁小和山樵南阳氏编辑　款月楼武陵女史月文氏校订"。版心单鱼尾上镌"红楼复梦",下卷次、叶次。另有金谷园藏板本,据《中国古代小说总目》,序之题署及次序,均与上所述相同,惟《凡例》谓二十六条。又南京图书馆藏一清刊本,序之题署、次第也与上所述相同,内容文字亦无大异,《凡例》也为二十九条。此外尚有上海申报馆仿聚珍板排印本,序之题署及次第也与上所述相同,惟无印章。

　　少海氏,据一粟《红楼梦书录》,知作者姓陈,字少海、南阳,号香月、红羽、小和山樵、品华仙史,校订者为其妹陈诗雯,字月文,号武陵女史。

痴人福

（痴人福识语）

梅石山人

余稚年多好学，博览经史，见有□（所?）意味可取，则必欲构搜精微，采其意趣，拳拳不怠。及阅今古传奇，见世事之更变，人情之势态，反反复复，兴废屡更，未尝不抚案而叹惜哉。偶于残卷中拣有一书，系是抄本，名曰《痴人福》。细加披阅，虽非文情深奥，其义理关节，大有深味，真不亚于"四大奇书"。因而搜求反复至再，始知人情物理，一举一动，总归天鉴。德善施于人，惟天地自可挽回造化。心有所感，令梓人番刻刷印行世，大可点省于世事耳。幸同志者广为传布，致后人知报效昭章，余得稍弛罪愆云耳。嘉庆十年春月，梅石山人识。

说明：上识语录自云秀轩梓本《痴人福》。原本藏日本东京大学，上海古籍出版社据以影印。此本内封上镌"嘉庆乙丑春镌"，下镌"仁义忠信""绣像痴人福""云秀轩梓"。首序，尾署"嘉庆十年春月，梅石山人识"。次"新刻痴人福目录",凡四卷八回。次图像五叶十幅。正文第一叶卷端题"新刻痴人福卷之一",不署撰人。半叶九行,行十八字。版心单鱼尾上镌"痴人福",下镌卷次、回次、叶次。另有光绪癸卯(二十九年)上海书局石印本,序署"光绪二十九年新秋七月既望,小梅氏识于听雨楼",文字与上所录则基本相同。民国甲寅(1914)上海春记书庄石印本,内封镌"绘图痴人福",有庐山道人序,文字与上录叙同,惟尾署"民国三年孟冬月,庐山道人书于沪上"。

　　梅石山人,真实身份、生平事迹待考。

白圭志

《白圭志》序

晴川居士

余少时习举业,中年繁于家政,老则静养馀年,每尝好观小说。盖世之传奇,余皆得而读之矣。戊午之夏,博陵崔子携书一部,名曰《白圭志》,请余为序。余详观其事,则有衡才之德,张宏之奸,杨公之神,中常之义,种种事端,详于其中,大有正人之心法也。才子佳人,得七情之中道;善恶报应,见百行之规模,此皆通俗引正之书也。然以《鉴》《史》稽之,则又未见其事矣。夫造说者,藉事辑书,尚以为难,若平空举事,尤其难矣。如周末之《列国》,汉末之《三国》,此传奇之最者,必有其事,而后有其文矣。若夫《西游》《金瓶梅》之类,此皆无影而生端,虚妄而成文,则无其事,而亦有其文矣。但其事无益于世道,余常怪之。今子之书,则无论其虚实,皆可以为后世法者。是以详加评论,列于才子书之八,付子刊之。嗟乎!子之力出于虚,亦犹《易》之取象欤？晴川居士题。

（白圭志）凡例

一、此书根源，始于前阳山，终于怀远楼，四十年之事也。由张宏毒博至于怀远毕婚，十五年之事也；而中间天文交错，以成人文，使后之读者，悦目快心，拍案称奇，则文始于吴江之约，而毕于怀远之归，近四年之期耳。

一、此书事，略出于张氏谱中，另附此小传也，象川是以按其事而辑之。若曰无影生端，冤哉枉也。

一、此书叙事，如珠走盘内，大无不包，小无不破，不至有首尾易形之弊，不至有前后脱线之愆，不至有艰深难悟之文，亦不至有粗俗不堪之语。

一、此书每回之首，对语二句，书之纲领也；评语数行，书之条目也。在观书者，或先观评语，然后看正文；或看了正文，再观评语，加以己意参之，方是晴川知音。若曰评语迂儒之论不足观也，虽日读千卷，亦犹昏昏瞌睡，晴川甚属恨之。

一、此书运笔之妙，随意缓急，至于日用常情，一笔带过，不似今之稗官，每于嬉笑之节，故作狐媚之态。

一、此书表章、诗词，原稿多缺略，象川不揣固陋，窃以己意补之，其辞句不工，在诸君子幸垂谅鉴。若尽信为古人之辞，象川诚有负于古人矣。

说明：上序及凡例均录自绣文堂本《白圭志》。此本内封上镌"嘉庆乙丑（十年）新镌"，下分题"何晴川评白圭志""绣像第八才子书""绣文堂梓"。首《序》，尾署"晴川居士题"，有"晴川"阴文、"居士"阳文钤各一方。总目题"第八才子书白圭志传　博陵崔象川辑"，"首卷"，含序文、总目、绣像、凡例；下分元、亨、利、贞四集，集四回，凡十六回。复次，绣像四叶八幅。再次，《凡例》。正文卷端题"第八才子书白圭志　博陵崔象川辑"，半叶八行，行十六字。版心中镌"白圭志"，集次、叶次。此书又名《第八才子书》（此本）、《第十才子书》（咸丰九年右文堂本）、《第一才女传》（光绪甲午崇文书局石印本）。另南京图书馆藏光绪丁未孟夏上海书局石印本，无序，有《凡例》，文字与上所录小异。

作者崔象川,真实身份、生平事迹待考。另有《玉蟾记》六卷五十三回。

何晴川,真实身份、生平事迹待考。

玉蟾记

《玉蟾记》序

种柳主人

上天下地，资始资生，罔非一情字结成世界。自二帝三王立法以教百姓，迨夫孔子明其道于无穷，忠孝节义、仁慈友爱，亦惟情而已。人孰无情，然有别焉。有情者君子，本中而和，发皆应节，故君子之情公而正，情也，即理也。小人亦托于情，有忌心，有贪心，有好胜心，爱憎皆徇于己，故小人之情私而邪，非情也，欲也。一动于欲，则忠孝节义、仁慈友爱不知消归于何有。言情者辨之可不早辨哉！通元子撰《玉蟾记》，可谓善用其情者矣。于极浅处写出深情，于极淡处写出浓情。于君子，则以恺恻之心，写端庄之致；于小人，则以诙谐之语，写佻达之形：皆发于情之所不得已。虽云说部，其中大澜小沦，譬之于水，如百川纳于海；层峰叠峦，譬之于山，如万壑赴荆门。思何灵欤？识何精欤？学何博欤？褒贬严于《春秋》，词旨洁于《史记》。其论断处似老泉,其明叙处似欧柳。小记可以浚人之心思,可以长人之识见,可以资人之学问。若以小说目之,则浅之乎视通元子矣。种柳主人识。

《玉蟾记》叙

恬澹人

六经皆圣人说理之书,其词宏,其义奥,不必尽人而通之。若夫香草美人,《离骚》致慨;《南华·秋水》,庄叟寓言。经降为子,爱而读之者恒多,盖以其情韵胜也。然犹近于古矣。后世评话、弹词、传奇、衍义诸书,脍炙人口者,约略可数。他如野乘稗官、淫词小说,凡有识字之农夫,目遇之,即足以佚志;知情之女子,耳得之,亦足以动心。究之,意翻新而不能出奇,词近亵而无以示劝。且千手雷同,不过寻常之蹊径而已。惟元通子所著之《玉蟾记》则不然。开场别致,似屈子之《天问》而不袭其词;中幅闲情,似庄子之《齐物》而必遗其鬼;收局馀波,则又似屈子之《思美人》、庄子之《逍遥游》,而取径独幽,寄情独远者也。其中五十回蝉联而下,一气呵成。构思正而能奇,指事真而有据。运笔险而自然成章，绝处逢生，引人入胜。虽犹是说部书，而律以彰善瘅恶之程，严而甚确；示以醒聩振聋之语，愤而尤精。形容奸党，则脸上粉白一团，虽倾东海之波不能洗；阐发忠臣，则心中血红一点，虽染西山之石无所污。论判断之公案，比之包龙图，于此见神明之远焉；论战攻之奇谋，比之孙武子，于此见经纶之宏焉。论华藻之缤纷，比之鲍明远、庾子山，于此见文章之富焉。至于风流蕴藉，无靡丽之音，无嚣凌之气，所谓《国风》好色而不淫，《小雅》怨诽而不乱者，亦为《离骚》兼而有之，而蒙庄又有所不逮者。独是，通元子何怨之有？其无所怨者，昔之黄石公欤？其有所怨者，今之黄石公焉？韩昌黎文云：古今人同不同，未可知也。于是乎叙。恬澹人撰。

《玉蟾记》题词

种兰居士等

峨眉山下石渐渐，信手拈来十二蟾。后果前因如泡影，快人心事说于谦。

真成假事假成真，谁是前身谁后身？恬澹通元都寄意,闲情写出卖花人。

编次何人刊刻同,离奇变幻妙于工。谁能寻出天衣缝,莫谓书中亡是公。

史载根由土木生,不然安有夺门兵。十张隔世诛王振,多少不平似此鸣。种兰居士题。

夺门二字本荒唐,徐石贪功误上皇。西市悲凉金齿戍,当年梦已醒黄粱。

蜃市楼台变化奇,淋漓墨沈任纷披。文人自有回天笔,读史何须更皱眉?

横陈玉体掩羞颜,十二鸱鸮化彩鸾。差胜西湖岳坟畔,惟将顽铁铸群奸。

前因后果想当然,天道人心在此编。唤醒世间忠佞辈,通元原是李青莲。芸樵外史题。

冤案千秋洗夺门,疑真疑幻且休论。多君腕下生花笔,胜是名香爇返魂。

罗列金钗十二行,似曾相识暗窥郎。点污清白浑闲事,善嫉蛾眉莫竞长。

一枕黄粱梦乍还,眼前犹是旧河山。可怜草色年年绿,应悔根株未尽删。

替他欢喜替他悲,几许雄心剩劫灰。到底功名垂紫阁,此生不为美人来。

娇痴儿女说温柔,玉体横陈合自羞。后日视今今视昔,须知红粉即骷髅。

何必新词唱恼公,闲情都付卖花翁。英雄心事神仙手,文字从今补化工。莼香隐者题。

(玉蟾记跋)

芸樵外史

《玉蟾记》,小说云乎哉?实史论别派也。能令读之者、听之者吐气扬眉,奋袖起舞,其有裨于世道人心不少。至其结构之精,词采之妙,且极儿女琐屑之情,而辞务芟其亵伲;极鬼怪离奇之事,而笔不苦于拘牵。可谓才倾八斗,力举千钧矣。芸樵外史识。

说明:上二序、题词及跋,均录自复旦大学图书馆藏清刊本《新编玉蟾记》。此本首《序》,尾署"种柳主人识",次《叙》,尾署"恬澹人撰"。复次《题词》,分署"种兰居士题""芸樵外史题""莼香隐者题"。再次,"新编玉蟾记脚色品类气运",分"仙品""逸品""神品""正气""侠气""烈气""劫运""鬼类""戾气""淫气"等。复次"新编玉蟾记前因后果",又次"新编玉蟾记目录",凡六卷五十三回。正文第一叶卷端题"新编玉蟾记卷一　通元子黄石著　钓鳌子校阅　餐霞外史参订　红杏道人校字",半叶八行,行二十字。版心单鱼尾上镌"玉蟾记",下镌卷次、叶次。回末有"自图法相先生"的评。书末有跋,署"芸樵外史识"。又有北京图书馆所藏之一坊刊本,其序跋之文字与上所录几同,略。又有光绪元年重镌"本衙藏板本",题"钓鳌子校阅　餐霞外史参订　红杏道人校字"。

孙楷第《中国通俗小说书目》谓,作者系崔象川。象川,博陵人,有小说《白圭志》,号晴川居士。但此书的作者似系扬州人。

种柳主人、恬澹人等,真实身份、生平事迹待考。

雷峰塔奇传

《雷峰塔奇传》序

吴炳文

盲史有曰:"妖由人兴也。人无衅焉,妖不自作。"又曰:"天之所兴,谁能废之。"是岂特晋郑之事为然哉。即如汉文之被惑于珍娘,梦蛟之能震乎法海,亦犹是耳。而使许仙不因玩景而赠伞,则白氏之妖氛无由纠缠;奎星未尝下界而投胎,则浮屠之锡杖必不遽止。审是,则雷峰塔之事,洵足为痴情自肆者之戒,违天逞忿者之惩矣。惜乎世远年湮,几于磨灭,虽古塔屹立,歌咏流传,然皆存其略,莫得其详;著于近,弗彰于远,真令人怅怅也。

余友玉山主人,博学嗜古之士也。过镇江,访故迹,咨询野老传述,网罗放失旧闻,考其行事始终之纪,稽其成败废兴之故,著为《雷峰》野史一编,盖有详而不冗,曲而能达者也。书既成,持示余。余览而叹之曰:是书也,岂特纪许仙、梦蛟之轶事已哉,盖将使后之人见之而知戒,虽遇艳冶当前,不必目逆而送之,以启妖氛之衅,因此而自惩;即当愚蠢可怒,不必心疾于顽,以违所兴之天。盖此编信可昭垂鉴戒,流传久远,其有功于世道人心也,亦将几与盲史并著不朽矣。是为序。时嘉庆十有一年岁在丙寅仲秋之月,作此于西湖官署之梦梅精舍,芝山吴炳文书。

说明:上序录自该书之姑苏原本。内封分三栏,右栏题"新本白蛇精记",中栏题"雷峰塔",左栏题"姑苏原本"。首《序》,尾署"时嘉庆十有一年岁在丙寅仲秋之月,作此于西湖官署之梦梅精舍,芝山吴炳文书"。有"吟风"阴文、"弄月"阳文钤各一方。次"新编雷峰塔奇传总目",署"玉花堂主人校订",凡五卷,每卷二回,双联目,不注回次。有图像。正文卷端题"新编雷峰塔奇传卷一""玉花堂主人校订"。序谓"余友玉山主人,博学嗜古之士也。过镇江,访故迹,咨询野老传述,网罗放失旧闻,考其行事始终之纪,稽其成败废兴之故,著为《雷峰》野史一编",作者似即玉山主人,而目录和卷端题署,却是玉花堂主人,未知何故。

玉山主人、玉花堂主人皆托名,真实身份、生平事迹待考。吴炳文，生平事迹待考。

《绣像雷峰塔全传》序

吴炳文

盲史有曰："妖由人兴也。人无衅焉，妖不自作。"又曰："天之所兴，谁能废之。"是岂特晋郑之事为然哉！即如汉文，时被惑于珍娘，梦蛟之能震乎法海，道德高耳。而使许仙不因玩西湖遇雨，则白氏之妖氛焉由纠缠？奎星未尝下界而投胎，则浮屠之锡杖必不遽止。审是，则雷峰塔之事，洵足为痴情者之戒，违天逞忿者之惩矣。惜乎世远年湮，几于磨灭，虽古塔屹立，歌咏流传，然皆存其略，莫得其详；著于近，弗彰于远，真令人怅怅也。

余友玉山主人，博学嗜古之士也。过镇江，访故迹，咨询野老传述，网罗放失尽闻，考其行事始终之纪，稽其成败废兴之故，著为《雷峰》野史一编，盖有详而不冗，曲而能口（达）者也。书既成，持示余。余览而叹之曰：是书也，其特记许仙、梦蛟之轶事已哉，盖将史（使）后之人见之而知戒，虽遇艳冶当前，不必目逆而送之，以启妖氛之衅，因此而自惩；即当愚蠢可怒，不必心疾于顽以违所兴之天。盖此编信可昭垂鉴戒，流传久远，其有功于世道人心也，亦体与盲史并著不朽矣。是为序。时嘉庆十有一年岁在丙寅仲秋之月，作此于西湖官署之梦梅精舍，芝山吴炳文书。

说明：上序录自益和堂本《绣像雷峰塔全传》。原本藏国家图书馆。此本内封三栏，由右向左分题"绣像雷峰塔全传""益和堂藏板"。首《序》，尾署"时嘉庆十有一年岁在丙寅仲秋之月，作此于西湖官署之梦梅精舍，芝山吴炳文书"。有"吟风""弄月"阳文钤各一方。序之文字与前所录稍异。次"新编雷峰塔奇传总目"，署"全福堂主人校订"。凡五卷十三回，除第三卷最后一回，第四卷第一回为单目，馀皆双联目。次图像八叶。正文第一叶卷端题"新编雷峰塔奇传卷一""全福堂主人校订"，半叶九行，行十七字。版心单鱼尾上镌"雷峰塔"，下镌卷次、叶次。

雷峰塔序

醉花仙尉

《雷峰塔奇传》，凡五卷，假托鬼神隐寓劝惩之意，固亦有功世道之书。久已海表风行，争相传览，不翼而飞，不胫而走。原序称之，无须赘说。惟原刻疏于雠校，焉乌帝虎，时所恒有。旧图亦未尽得法，似不足以登大雅，说者识之，良非苛论。文海楼主人浼善书者，重为钞写，细加勘定。图仍十有六幅，悉以西法，各絜之诗，用申其事。付工石印，豁然改观。纵云继奉者易为功，然亦后来居上已。凡好为小说家言者，知当争先快睹，手置一编。善本流传，自必无远弗届也。工既蒇，为识其颠末如此。光绪十有九年岁次昭阳大荒落三月，醉花仙尉识。

说明：上序录自光绪十九年文海楼巾箱石印本，首有嘉庆十一年吴炳文序，序之文字与上所录吴序几同，略。次即《雷峰塔序》，尾署"光绪十有九年岁次昭阳大荒落三月，醉花仙尉识"。有图十六幅。

醉花仙尉，真实身份、生平事迹待考。

结水浒传

《结水浒传》序

古月老人

自来经传子史，凡立言以垂诸简编者，无不寓意于其间。稗官野史，亦犹是耳。顾其用笔也各有不同，或直达其情，或曲喻其理，或明正其事之是非，或反揭其意之微妙。所贵天下后世之读其书者，察其用笔之初心，识其用意之本旨，然后一览无馀，全部之脉络贯通，精神毕现矣。

耐庵之有《水浒传》也，盛行海隅，上而冠盖儒林，固无不寓目赏心，领其旨趣；下而贩夫皂隶，亦居然口讲手画，矜为见闻。然而此犹浑言之也。读其书则同，解其书则异。原夫耐庵之本旨，极欲挽斯世之纯盗虚声，笼络驾驭之术，特不明言其所以然，仅从诡谲当中尽力描写，以待斯人之自悟。充是意也。虽上智者少，积而久之，自能令人人反复思量，得其本意，固文笔之曲而有直体者也。独不解夫罗贯中者，以伪为真，纵奸辱国，殃诸梨枣，狗尾续貂,遂令天下后世,将信将疑,误为事实。是诚施耐庵之罪人,名教中之败类也。嗣因圣叹出,不惮烦言,逐层剔刷。第诈伪之情形虽显,而奸徒之结束未详。世有好谈事故而务求其究竟者,终觉游移鲜据。余山居年暮,每言及此,常抱不平。

庚戌冬,故友仲华之嗣君伯龙来,出其先人《荡寇志》遗稿。余夙知仲华之有是书也,特未尝索观耳。今一见之,觉其发微摘伏,符合耐庵,因嘱其嗣君曰:"《荡寇志》固先人之遗名矣,盍直而言之曰《结水浒》?"盖是书出,而吾知有心世道者之所共赏。将付剞劂,敢为序。时在咸丰元年岁次辛亥春五月,古月老人题并书。

俞仲华先生荡寇志序

陈奂

前书以《水浒》名其传。浒者,厓也。夫以天地之宽,人民之众,区区百有八人,横肆于水旁厓侧,篇末仍以"天下太平"为归宿。其中类叙邪心之炽,畔道之萌,遭官司之催捕,受吏胥之陷溺。渊之鱼耶,丛之爵耶?贪生而畏死者,谁不逃獭鹯之驱使,有不走入水旁崖侧,不得其所。前之作者,其默操清议之微权已。然而,普天之下,莫非王土,率土之滨,莫非王臣。在国曰市井,在野则曰草莽。凡有血气,莫不尊亲。纵不能禁止獭鹯之无有,而却不许为甘驱之鱼爵。藉叔夜之声灵,而为梦中唤醒,此《荡寇志》之所由作也。汤西箴有言曰:"社稷山河,全是圣天子一片爱民如子的念头撑住。天下受多少快乐,做百姓的如何报得?只有遵依圣谕,孝顺父母,敬事师长,早完国课,做好人,行好事,共成个熙熙皞皞之世界。"此即后志之衷,更进前传之笔,所以结"天下太平"四字,一部大吉祥书。徐君午桥,宰官江南,解囊锓版,不独为好友宣名,而要于世道人心,亦有维持补助之德云。咸丰二年秋七月,长洲陈奂拜序。

(结水浒传)序

徐佩珂

《水浒》一书,施耐庵先生以卓识大才,描写一百八人,尽态极妍。其辅张扬厉,似著其任侠之风;而摘伏发奸,实写其不若之状也。然其书无人不读，而误解者甚夥，非细心体察，鲜不目为英雄豪杰。纵有圣叹之评骘，昧昧者终不能会其本旨。尤可怪者，罗贯中之《后水浒》，全未梦见耐庵、圣叹之用意，反以梁山之跋扈鸱张，毒痛河朔，称为真忠义，以快其谈锋。殊不思稗官吐属，虽任其不经，而于世道人心之所在，则必审之又审，而后敢笔之于书。余风尘下吏，奔走有年，间于山陬僻壤，见有一二桀骜者流，倘闻其说，恐或尤而效之，其害有不可胜言者。此《后水浒》之书，不可不防其渐也。我朝德教隆盛，政治休明，魑魅罔两之徒，亦当屏迹。况乎圣天子握镜临宸，垂裳播化，海宇奏升平之象，苍黎游熙皞之天。封疆大吏整饬多方，惟明克允，水旱则倡施赈济，丰稔则建置义仓，犹复宣讲圣谕，化蠢导顽。草野编氓，莫不闻风向善，共乐陶甄于化日光天之下，岂容有此荒谬之书，留传于世哉！

余友仲华俞君，深嫉邪说之足以惑人，忠义、盗贼之不容不辨，故继耐庵之传，结成七十卷光明正大之书，名之曰《荡寇志》。盖以尊王灭寇为主，而使天下后世，晓然于盗贼之终无不败，忠义之不容假借混朦，庶几尊君亲上之心油然而生矣。辛亥之夏，其嗣君伯龙嘱余镌板。余喜其堂堂正正，笔法谨严，与余意吻合，遂付梓人，以公海内，期年而始成。读仲华之书，可想见其为人矣，而于世道人心，亦当有裨益云。时在咸丰二年岁次壬子孟秋朔旦，武林徐佩珂书于秣陵官廨。

荡寇志缘起

忽来道人

仲华十有三龄，居京师之东长安街，梦一女郎，仙姿绝代，戎装，乘赤骝，揽辔谓仲华曰："余，雷霆上将陈丽卿也，助国家殄灭妖氛，化身凡三十六矣。子当为余作传！"仲华唯唯，将有所问，惊霆裂空，电焰流地，檐头瀑布澎湃，悸而寤，灵爽不可接也。仲华夙好事，既感斯兆，经营屡屡而未慊志。偶见东都施耐庵先生《水浒传》，甚惊其才。洛诵回环，追寻其旨，觉其命意深厚而过曲，曰："是可藉为题矣！"踵而要其成，随时随事，信笔而发明之。谓真灵付嘱也可，谓仲华附会也亦可。嗟夫！文章得失，小不足悔，耐庵固已先言之矣。梦则嘉庆十一年四月初九日漏三下。忽来道人自题。

（荡寇志按语）

俞龙光

龙光谨按：道光辛卯、壬辰间，粤东猺民之变，先君随先大父任，负羽从戎。缘先君子素娴弓马，有命中技，遂以功获议叙。已而归越，以岐黄术遨游于西湖间。岁壬寅，英夷犯顺，又献策军门，备陈战守器械，见赏于刘玉坡抚军。晚归元门，兼修净业。己酉春王正月，无疾而逝。著有《骑射论》《火器考》《戚南塘纪效新书释》《医学辨症》《净土事相》，皆属稿而未镌。而尤有卷帙繁重者，则《荡寇志》是。《荡寇志》所以结《水浒传》者也。感兆于嘉庆之丙寅，草创于道光之丙戌，迄丁未，寒暑凡二十易，始竟其绪，未遑修饰而殁。龙光赋性钝拙，曷克纂修？惟忆先君子素与金门范先生、循伯邵先生最友善。是书之作也，曾经两先生评骘。当其朝夕过从，一庭议论，所有传中馀绪，以及应行修润之处，龙光亦窃闻之。遂不揣谫陋，手校三易月，惟以不背先君本意而止。书成，邮寄金陵，请质于午桥徐君。徐君为父执中最肫挚，怂恿付梓，并慨然出赀以成之。嗟乎！耐庵之笔深而曲，不善读者辄误解,而复坏于罗贯中之续貂,诚恐盗言孔甘,乱是用彰矣!盖先君子遗意,虽以小说稗官为游戏,而于世道人心亦大有关系,故有是作。然非范、邵两先生不克竟其成,非午桥徐君不能寿诸梨枣也。是书之原委,有如此云尔。咸丰元年辛亥夏五月辛丑望,男龙光谨识。

（荡寇志缘起）

俞万春

这一部书名唤作《荡寇志》。看官,你道这书为何而作?缘施耐庵先生《水浒传》,并不以宋江为忠义,众位只须看他一路笔意,无一字不描写宋江的奸恶,其所以称他忠义者,正为口里忠义,心里强盗,愈形出大奸大恶也。圣叹先生批得明明白白,忠于何在?义于何在?总而言之,既是忠义,必不做强盗;既是强盗,必不算忠义。乃有罗贯中者,忽撰出一部《后水浒》来,竟说得宋江是真忠真义。从此天下后世做强盗的,无不看了宋江的样,心里强盗,口里忠义：杀人放火也叫忠义,打家劫舍也叫忠义,戕官拒捕、攻城陷邑也叫忠义。看官你想,这唤作什么说话？真是邪说淫辞，坏人心术，贻害无穷。此等书，若容他存留人间，成何事体？莫道小说闲书，不关紧要，须知越是小说闲书，越发播传得快。茶坊酒肆，灯前月下，人人喜说，个个爱听。他这部书既已刊刻行世，在下亦不能禁止他，因想当年宋江，并没有受招安平方腊的话，只有被张叔夜擒拿正法一句话，如今他既妄造伪言，抹煞真事，我亦何妨提明真事，破他伪言，使天下后世深明盗贼、忠义之辨，丝毫不容假借。况梦中既受嘱于真灵，灯下更难已于笔墨。看官须知，这部书乃是结耐庵之前《水浒传》，与《后水浒》绝无交涉也。本意已明，请看正传。

说明：上三序及缘起、识语，均录自本衙藏板本《结水浒传》。此本内封上镌"咸丰三年镌"，下分三栏，右题"山阴俞仲华先生荡寇志"，中署"结水浒传"，左题"本衙藏板"。首《序》，尾署"时在咸丰元年岁次辛亥春五月，古月老人题并书"，有"从事曹班"阴文、"乐乎天命复奚疑"阳文钤各一方。次《俞仲华先生荡寇志序》，尾署"咸丰二年秋七月，长洲陈奂拜序"，有"陈硕印"阳文、"臣焕"（"臣"

为阳文、"焕"为阴文)钤各一方。复次《序》,尾署"时在咸丰二年岁次壬子孟秋朔旦,武林徐佩珂书于秣陵宫廨",有"徐佩珂印"阴文、"午桥"阳文钤各一方。再次为图像五十七叶,皆像赞各半叶。图像后为《荡寇志缘起》,尾署"忽来道人自题"。又次"结水浒目录",自第七十一回起,至一百四十回,凡七十回,又有一《结子》。目录后有龙光之识语一则。正文卷端题"结水浒全传卷之一　山阴忽来道人俞万春仲华甫手著　钱塘范辛来金门甫、仁和邵祖恩循伯甫同参评　仁和徐佩珂午桥甫、古歙项盛增旭东甫同参阅　男龙光冶园氏校订　佛恩蓉庵氏绘像",半叶十行,行二十五字。版心上镌"荡寇志",单鱼尾下镌卷次,叶次。正文之前,有一类乎"缘起"的文字,亦录于上。

萧按:此书版本甚多,此本应该是最早的刻本,原本藏南京图书馆、北京图书馆、北京大学图书馆。馀则有咸丰七年本、同治十年本等。或谓此书有咸丰元年木活字本残本,傅惜华旧藏,惜未得见。但推测起来,可能性不大。据龙光的识语,咸丰元年辛亥夏五月辛丑他方才将《荡寇志》润色修改完,修改完后，由徐佩珂出资刻印，可见此前并无印本行世，而徐佩珂所作的序，"时在咸丰二年岁次壬子孟秋朔旦"。又或谓有咸丰二年本，可能性也不大。

俞万春（1797—1849），字仲华，号忽来道人，浙江山阴（今绍兴）人。此书之外，尚著有《骑射论》《释医学辩证》《净土事相》等。

陈奂（1786—1863），一作陈焕，字硕甫，号师竹，晚自号南园老人，江苏长洲（今苏州）人。咸丰元年，举孝廉方正。此书之外，另著有《诗毛氏传疏》等。

范辛来，字金门，钱塘人；邵祖恩，字循伯，仁和人；徐佩珂，字午桥，仁和人；项盛增，字旭东，安徽歙县人。馀均待考。

古月老人，真实身份、生平事迹待考。

荡寇志序

徐佩珂

此志何为而作也？因施耐庵从前有《水浒传》之作，写宋江等百有八人横肆于水旁崖侧，其中类叙邪心之炽，叛道之萌，遭官之摧捕，受吏胥之纲罗,逼入绿林,以匿其奸。作者绘影写声,极情尽态,虽似志其任侠之风,而实摘发其奸诡之状也。然其书无人不读,而误解者维多,非细心体察,鲜不目为英雄之举动矣。所以有罗贯中者,不明大义,妄造伪言撰成后水浒,以伪为真,纵奸辱国,殃诸梨枣,致天下后世疑信半参,误为实事,未免狗尾续貂,有背耐庵作传之旨,是诚名教中之罪人也!嗣金圣叹先生出,不惮烦言,逐层剔刷,虽作伪之情形毕露,而奸徒之结局未详,世有好读事故而求之究竟者,终觉游移鲜据,不得旨归。余故友仲华俞君,深嫉邪说之足以惑人,忠义盗贼之不容不辩,藉叔夜之声灵,假雷霆之显化,唤醒梦中,爰继耐庵《水浒》之传,结成此七十卷,名之曰《荡寇志》,盖以尊王灭寇为主,以见盗贼之终无不败,忠义之不容假借混朦,而使天下后世之群黎百姓,知食德饮和,嬉游于光天化日之中,皆沐圣天子深仁厚泽所由来,而遵道遵路以守王章,亲上尊君以完税课,做好人,行好事,所以结天下于太平,而长享此和亲康乐之世也,是书于世道人心,不无维持云。徐佩珂拜叙。

说明:上序录自南京大学中文系资料室编《水

浒研究资料》,谓"原载清咸丰三年初印本《荡寇志》卷首"。此序与上所录徐序大不同,录于此,以为对照。

重刻俞仲华先生荡寇志叙

东篱山人

忠义者,生人固有之天真,丝毫不能假借。古圣贤立说垂终,阐明乎纲常之理,严立乎子臣之防,无非欲使天下后世读其书,审其义,固以触发其真良也。第圣经贤传,义至精微,非学士大夫未易深体。而撮举往事,扬厉铺张,散见于稗官野史者,虽贩夫氓隶,靡不乐取而闲观。苟其持论新奇,意旨仍归正大,则传诵者必多,其感人尤易入。善哉,俞仲华先生之《荡寇志》乎!因耐庵《水浒传》体其微义,畅发伟词,十色五光,层见迭出,总以忠奸两路,划开到底,其间脉络贯通,前后文回环照应,而成败倚伏,鬼神亦若有默运之机。此不独足悦人目,并足感人心也。余见其原刊大板,逐卷详参,觉虽小说,实有关世道人心,志曰《荡寇》,诚非虚语。顾特恐传之难遍也,爰校其舛讹,重付剞劂,宛成袖珍,俾行者易纳巾箱，居亦便于检阅，流传编览，咸知忠义非可伪托，盗贼断无善终，即误入岐途者，亦凛然思悔，翻然转邪就正，熙熙然共享太平之乐也。岂不休哉？时咸丰七年仲春上浣，东篱山人。

说明：上序录自南京大学中文系编《水浒研究资料》，谓"原载清咸丰七年东篱山人重刻本《荡寇志》卷首"。柳存仁《伦敦所见中国小说书目提要》谓，此本藏英国伦敦博物院，"中小型本，黄纸封面书题：上端横刻咸丰七年重镌，正中为结水浒传四字，两边隔线条，右刻山阴俞仲华先生荡寇志，左下方刻南部藏板。""它的目录，是由第七十一回到一百四十回止，表示径接七十回本的水浒而为它的续作，又有'结子'。目录尾有龙光（作者的儿子）谨按云"。龙光按语文字，见咸丰三年本衙藏板本，上已录。"南部藏板"本北京大学图书馆亦收藏。另有清大文堂藏本亦有此序，文字几同。

（荡寇志识语）

俞焕

谨按：是书之作，始于道光中叶。尔时无所谓寇焉，名之曰《荡寇志》者，盖思之深，虑之远尔。迨至咸丰元年，始付剞劂氏。时值寇焰方张，古月老人乃更其名曰《结水浒》，行之于世，历有年所。但迩来区宇荡平，既除既治，所谓寇者，则又自有而之无矣。故仍其名而曰《荡寇志》者，匪特昭其实，亦征伯氏之先知灼见，已在数十年之前也。自兹以始，我国家垂光锡祉，叶奕蕃昌，九州四海，悉主悉臣，亿载万年，为父为母，既无所为寇，并无所为荡矣。猗欤休哉，俟其祎而！同治重光协洽阳月，山阴少甫氏俞焕识于穗垣之退思轩。

(荡寇志)续序

俞龢

客有以《荡寇志》问于予者，曰："仲华一韦布之儒，手无尺寸之权。海内升平日久，人心思乱，患气方深，仲华独隐然忧之，杜邪说于既作，挽狂澜于已倒，其忧世之心，可谓深也已矣；其立说之旨，可谓正也已矣。然而附仙女之真灵，托长安之一梦，抑又何其诞也！是必有说以处此矣，敢以质诸吾子。"予乃瞿然曰："微子言，予亦几忘之矣。呜呼，予兄弟七人,仲华乃次兄也。幼失恃,钱太淑人抚养成立。家藏书万卷,兄数年卒其业,于古今治乱之本,与夫历代兴废之由,罔不穷其源委;下至稗官小说,风俗所系,人心攸关,尤致意焉。弱冠,侍先大夫游于粤。嘉庆中叶,黎民滋事,先大夫奉檄驰办,兵不及发,挺身前往。至珠崖城下,时已昏黑。黎众执火持械,如烛龙万丈,由山谷间蜿蜒而下。城内外居民,哭声不绝。先大夫下令曰:'毋恐!尽出尔炮械烛炬,张施于女墙上下。'霎时星斗灿陈,雷霆骤至,震耳骇目。而火光之蜿蜒于山谷间者,屹然而止。乃敛得实情,激于营弁之苛索,遣人谕之曰:'大兵至矣,深知尔辈苦情,不忍遽加以戮,其听我谕。'单骑入贼,贼不敢动。执二人归,讯之,皆汉人以《水浒》传奇煽惑于众,适有苛索之事,遂成斯变。于是歼厥渠魁,而以岁歉饥民鼓噪具报,乃寝其事。道光初叶,先大夫权篆桂阳,有赦囚罗喜密报曰:'土棍梁得宽,结会万馀人,推生员罗帼瑞为宋大哥,将起事焉。'时先妣钱太淑人随从任所,佐先大夫内助,悉从宽厚、仁慈、隐恻、四境交推,而于狱囚尤为矜恤。罗喜援赦出囚,不忍去,涕泪交并。次日负薪以献，密告此事。盖桂阳与楚南毗连，杂出于猺匪之间，梁得宽啸聚两省愚民，约期起事。先大夫于其未集之先，调所部兵目，及三江协标下弁兵，会猎于鹿鸣关外之猿臂寨。从间道出，获首要百馀人，起出叛逆歌词及入会姓名籍贯伪册等件，约有万人，多系无知良民，被其逼胁入会。先大夫炽火于庭，焚其伪册。众皆愕然。梁得宽大声疾呼曰：'狱上必尽发乃止！'立毙杖下，毁其器械，夷其巢穴，锄其强梗，而民心始定。时学政白小山太老师按临州郡，述于大吏。至道光十二年，楚有赵金龙之变，以先大夫得是处民心，檄守两省边徼。龙光所云兄负羽从戎，即此时也。先大夫秘言其事，不欲自诩其功。兄之自序，盖从先志焉。兄生于都中，幼时多疾，有女冠陈丽卿者愈之，故云。但是书之作，始于道光六年。与兄夜坐，约三更后，星光如筛，尽下西北隅。少顷，一大星复起，众星随之。兄曰：'太白侵斗，乱将作矣。孰知罗贯中之害，至于此极耶！'晓，白诸庭，先大夫命兄作是书，命五弟临作《绅史正气录》以辅之。更五弟之名曰辅清。予于乙未科旋里秋试，晤兄于武林，其书甫就。迨庚子科复往,则书又尽删。盖三易其稿云。道光己酉仲春,得兄讣音,附遗函一帙,知兄于是年元旦,诵《金刚经》百遍而逝。其书曰:'乱始于广东,乱终于广东。(厥后果歼于粤东之潮嘉境内,其贼乃平。)'予驰书于其子龙光,询是书,而午桥徐君已梓于姑苏矣。仍归板于越,盖弃地也。其时龙光尚白,曾受知于罗萝村先生,以经学冠吾越郡。未数年,仅存二嫂一人,售此书为生。日久板渐漶灭,仍寄徐君补刻。讵姑苏城陷,而板亦毁弃无存。吾乡相继蹂躏,二嫂被害,兄之一脉于是乎绝。哀哉,荒榇累累,远在数千里,祭扫无人。中表钱湘贷金续刻是书,以营窀穸之资。板成,存于钱氏旅邸。予以第四子司其烝尝,俾有所归云。"

客去,予乃喟然叹曰:"古今来史乘所载,事多失实。忠孝所存,有不能径行直达者,而姑以杳渺之谈出之,固不仅《荡寇志》也。予不能为亲者讳其善,而直陈之,人倘有以此见诮者,则诚无言以对矣。所可惜者,《绅史录》已付红羊之辈,不与之俱传耳。"同治辛未仲夏,弟晴湖俞蠡谨志。

荡寇志续序

半月老人

夫防乱于未乱之先,智虽竭而心犹虑其不足;启乱于未乱之始,机一动而祸已伏于无穷。六经四子之书,所以绝人心之私伪,即以杜斯世之乱萌也。而后世犹有敢于纵恣以肆行而无忌者,况复有启之者欤?施耐庵之有《水浒传》也,其中一百八人,虽极形其英雄豪杰之谊气,而实著其鸱张跋扈之非为。不然,当四海一家之时,而雄据一隅以自行其志,名之曰"聚义",谁非王土,谁非王臣,天下岂有两义乎?迨至有罗贯中之《后水浒》出,直以梁山之一百八人为真英杰、真忠义,而天下之祸即由是而始。予少时每遇稗官小说诸书,亦尝喜涉猎,而独不喜观前后《水浒》传奇一书。盖以此书流传,凡斯世之敢行悖逆者,无不藉梁山之鸱张跋扈为词,反自以为任侠而无所忌惮。其害人心术,以流毒于乡国天下者,殊非浅鲜。近世以来,盗贼蜂起,朝廷征讨不息,草野奔走流离,其由来已非一日。非由于拜盟结党之徒,托诸《水浒》一百八人,以酿成之耶?

俞君吉甫次兄仲华先生,少年颖悟,博极群书,凡天人性命之书，以及稗官野史之说，无不流览，浃洽贯通，卓然为一代硕儒，不独浙之名士而已。初从尊人先大夫宦游粤东，既而归浙，著《荡寇志》一书。由七十一回起，直接《水浒》，又名之曰《结水浒传》，以著《水浒》中之一百单八英雄，到结束处，无一能逃斧钺。俾世之敢于挑梁，藉《水浒》为词者，知忠义之不可伪托，而盗贼之终不可为。其有功于世道人心，为不小也。迩来赖圣天子威灵，两宫皇太后厚福，凡跳梁小丑，无不俯伏授首，宇内渐次荡平。耐庵、贯中之前后《水浒传》，贻害匪浅；仲华先生之《荡寇志》，救害匪浅，俱已见之于实事矣。昔子舆氏当战国时，息邪说，诋诐行，放淫辞，韩文公以为功不在禹下。而吾谓《荡寇志》一书，其功亦差堪仿佛云。

仲华性倜傥、淡泊，不以功名得失为念，以酒一壶，铁笛一枝，分系牛角，游行于西湖之上，自号为"黄牛道人"。其于人世轩冕，不啻视若泥涂。以岐黄行世，复著有《医学辨症》，属稿未镌。设使有志功名，出其文经武纬之才，以拯斯民之水火饥溺，其勋业吾知其必有观也。虽然，仲华功虽不在当时，而《荡寇志》一书，其功匪浅，抑亦可以不朽矣。余虽不获与仲华游，幸与吉甫游，常聆其言，因得以慨想其梗概焉。吉甫胸襟恬澹，拙于逢时，虽迍邅偃蹇，一笑付之，恂恂然于物无忤也。将续刻是书，因赘其言于左。时上章敦牂腊月，桂林半月老人序于羊城之扫闲轩。

续刻荡寇志序

钱湘

噫，著书立说之未易言也！古人慎之又慎，而犹未敢笔之于书，诚以卷帙一出，即为世道人心所关系，非可苟焉已也。然而世之怀才不遇者，往往托之稗官野史，以吐其抑塞磊落之气，兼以寓其委曲不尽之意。于是人自为说，家自为书，而书之流弊起焉。盖不离乎奸、盗、诈、伪数大端，而奸也、诈也、伪也，害及其身，盗则天下之治乱系之，尤为四端之宜杜绝而不容缓者，此《荡寇志》之所由作也。且夫为盗者，诚有罪矣，而迫之使盗，不尤重乎？高俅、蔡京辈卒未能幸逃法网，其果报固已彰彰矣。推之一官一邑，司牧者判一词，决一狱，未能衷诸天理,准诸人情,以是为非,以非为是,怨气充积,由微至著,酿成厉阶,变速者祸小,变迟者祸大。不必其忍,并生灵狂澜横起也。而血气心知之伦,夫固已骚然动矣。咸丰三年,五岭以南,萑苻四起,以绛帕蒙首,号曰红兵,蜂屯蚁聚,跨邑连郡。于斯时也,欃枪晓碧,烽火昼红,惟佗城巍(另本作"峀")然独存,危于累卵。当道诸公,急以袖珍板刻,播是书于乡邑间,以资劝惩。厥后渐臻治安,谓非是书之力也,其谁信之哉!

庚午秋,予将有珠江之行,道出玉屏山下,仲华之故居在焉。谨以纸钱一陌,麦饭一盂,奠于忽来道人之墓下。残碑卧倒,荆棘纵横,夕照寒烟,虫声如雨,徘徊久之而不能去。长老曰:"岁时烝尝,赖吉甫耳。迩来典质以供,不致馁而。第日后则未可料也。为我告吉甫云:清介自持,徒自苦耳。"乃至粤以告,卒不能易其操命也。殆将穷饿以终其身乎?而仲华之窀穸奚赖耶?于是以《荡寇志》盛行于大江南北,巨本之有批注者,为发逆所嫉,毁于姑苏。当时有识者曰:"贼其遂亡乎,自知其非义而去之也!"已而果然。乃从沈观察乞书于楚南太守周铁园。又从姚君庆堂于唐君午峰处得副本以较订之。诸公好义,乐于从事,而是书遂成。吾乃解囊以助。工竣,吉甫致板于予,曰:"姑偿汝贷,而后归之。"固却不允。吾不知其一介不取之心,至老而弥坚也。因而思夫淫辞邪说,禁之未尝不严,而卒未能禁止者,盖禁之于其售者之人,而未尝禁之于其阅者之人。即使其能禁之于阅者之人,而未能禁之于阅者之人之心。今则并其心而禁之。此不禁之禁,正所以严其禁耳。况是书也,旁批笺注,鸳鸯之绣谱在焉,若从而删之,徒以供牧竖贩夫之一噱耳。昔板桥氏自序其集曰:"有私刻以渔利者,吾必为厉鬼以击其脑!"吾于是书亦云。慈溪瑟仙钱湘序。

荡寇志跋

镜水湖边老渔

按有明一代丛书,如《国屑》诸种,朱竹垞先生采入《明史》,馀则汗牛充栋,更仆难数。惟内有万历戊申秋杪雁宕山樵续刻古宋(曰"古宋"者,出明人手笔,避禁令耳。)遗民所著《水浒后传》,其《论略》云:"《水浒》曾见本传,称古杭罗贯中撰,又有归之施耐庵者,或施罗合笔,如王实甫、关汉卿之《西厢》是也。"有明去宋较此时为近,其言不无可信。然据是说也,则《后水浒》一书,决非罗氏所撰,其笔墨之相去远甚,而《水浒》本传亦不得专美于施耐庵一人矣!但近时粤中坊本,又改《后水浒》之名为《征四寇》,仍图煽惑愚民,而以"征寇"二字与"荡寇"二字相混杂,殆伏莽犹未靖欤?此哥老会之所由来耳。忆发逆之窜粤也,初犯梅关,适唐观察(启荫)监司韶石,称兵拒之。枭厥渠魁,屡攻不入,得免蹂躏之苦。于是由豫章军门岭窜入,潮嘉各县,相继失守。虽幸大军围剿,聚而歼旃,然而劳师糜饷,肝脑涂地矣。观察为桂林名进士,天性纯孝,慈惠廉明,所至皆有政声,胸中罗十万甲兵,乃当今之儒将也。因思序是书者之痛责罗氏,盖仅见《后水浒》而未见《水浒后传》之"论略"耳,兹特为罗氏雪之。噫,天下事大抵如是尔。为施耐庵者何幸,而邀此不虞之誉;为罗贯中者何幸,而罹此求全之毁,谅可慨已!其更有甚者,焦头烂额为上客,曲突徙薪反无功,岂特区区之著作为然哉!壬申夏日,镜水湖边老渔跋。

说明：上按语、序及跋，录自清同治十年玉屏山馆刻本《荡寇志》，原本藏湖州图书馆。此本内封镌"同治十年重镌""山阴俞仲华重镌荡寇志""荡寇志""蕉轩摭录嗣出""玉屏山馆藏板、翻刻千里必究""侄继光题签"。此本为《结水浒全传》的重刻本，新增相关序跋文字已录于上。半叶十行，行二十五字。版心单鱼尾上题"荡寇志"，下署卷次、叶次。

俞烺字少甫，山阴人，大约是俞万春的后人。光绪二十二年广东丰顺县知县有俞烺，殆为同一人。

龙光为俞万春之子，俞矗为俞万春之弟。钱湘，字瑟仙，浙江慈溪人。半月老人、镜水湖边老渔，真实身份、生平事迹待考。

万花楼演义

万花楼演义叙

李鹤堂

书不详言者,鉴史也;书悉详而言者,传奇也。史乃千百年眼目之书,历纪帝王事业,文墨辈借(嘉庆本作"籍")以稽考运会之兴衰,诸君相则以扶植纲之准法者,至重至要之书也。然柄笔难详,大题小作,一言而包尽良相之大功,一笔而挥全英雄之伟绩,述史不得不简而约乎?自上古以来,及数千秋以下,千百数帝王,万几(嘉庆本作"机")政事,纸短情长,焉(嘉庆本作"乌")能尽博?至传奇则不然也。揭一朝一段之事,详一将一相之功,则何患乎纸短情长哉!故史虽天下至重至要之书(嘉庆本无"之书"二字),然而笔不详则浅,而听之者未尝不觉其枯寂也。唯传虽无关于稽考扶植之重,如客(嘉庆本作"舟")中寂寞,伴侣已希,遂觉史约而传则详博焉。是故阅史者虽多,而究传者不鲜(嘉庆本作"少")矣(嘉庆本作"也")。更而溯诸其原,虽非痛快奇文,焕然机局,较之淫辞艳曲,邪正犹有分焉。然好淫辞艳(嘉庆本"艳"前多"僻"字)曲之辈,未必(嘉庆本"未必"前多"阅此"二字)协心。唯喜正传、疾艳淫者,定(嘉庆本作"必")以余言为不谬也。是为序。时戊辰之春,自序(嘉庆本作"叙")于岭南汾江之觉后阁云。鹤邑李雨堂识。

说明:上叙录自经纶堂本《万花楼演义全传》。此本内封上镌"狄青初传",下分三栏,右栏题"西湖居士手编",中题"万花楼演义",左栏题"全传经纶堂藏版"。首《叙》,尾署"时戊辰之春,自序于岭南汾江之觉后阁云。鹤邑李雨堂识",戊辰当为嘉庆十三年。次"后续大宋杨家将文武曲星包公狄青初传目录",凡十四卷六十八回。正文第一叶卷端题"后续大宋杨家将文武曲星包公狄青初传卷之一",署"吴西瑞云斋原本 羊城长庆堂新梓"(卷二镌"赏心亭梓行"),半叶十一行,行二十四字,版心单鱼尾上镌"万花楼",下镌卷次、叶次。又有嘉庆十九年刻本等,叙文字与此处所录叙几同(不同处于括号中注出)。目录叶、及正文第一叶卷端题署均与经纶堂本同。有图像。半叶十行,行二十字。

鹤邑李雨堂,生平事迹待考。

龙图刚峰公案合编

龙图刚峰公案合编叙

云崖主人

《书》曰:"明于五刑,以弼五教。"而知士师之折狱,非明不为功。然理虽一致,事有万殊,求其于情伪百出之际,能以明察秋毫者实难。其人世传《龙图公案》一书,乃包公素断之狱,皆有鬼神所不及觉而信手拈来,奇幻莫测者。良以包公之为人,严毅正直,生平寡色笑,无私书,不为关节所通,不为情欲所蔽,故当时有"阎罗包老"之称,所谓公生明者,此也。厥后无有出其右者。阅数百年,至大明肃宗时,忽生海公于濒海之外,当夫历事三朝以来,其直声在朝廷,其清风在宇内。凡一切冤沉之狱,无不决断惟明。口碑载道,群欣传述。爰有集其颠末为之传,曰《刚峰公案》。迄于今,坊本亦颇残阙失次。余偶阅是书,按其事迹,殊不异包公剖晰之明焉。因思并而志之,名之曰"合编",以付诸梓,亦以见古今媲美、先后同揆之意云。是为叙。时嘉庆十四年己巳秋月,金陵云崖主人题并书。

　　说明：上序录自嘉庆十四年本衙藏版本《龙图刚峰公案合编》。此本内封三栏，由右向左，分题"嘉庆十四年新镌""龙图刚峰公案合编""本衙藏版"。首叙尾署"时嘉庆十四年己巳秋月，金陵云崖主人题并书"。序据《龙图公案序》及李春芳《海刚峰居官公案序》改写而成。正文上栏为《刚峰公案》，下栏为"龙图公案"。原本藏复旦大学图书馆。

　　金陵云崖主人，真实身份、生平事迹待考。

双凤奇缘

昭君传序

雪樵主人

山川灵秀之气,钟于奇男子者多,而钟于奇女子者复不少。或女子徒以才见,临风作赋,对月敲诗,乃闺阁诲淫之渐,非奇也。或女子徒以色胜,尤物移人,蛾眉不让,又脂粉涂抹之流,非奇也。奇莫奇于有才有色,虽颠沛流离,不改坚贞之志;能文能武,虽报仇泄恨,自全忠义之名。非特此也,前因梦而咏《好逑》,能使芳魂归故土;后因梦而歌《麟趾》,犹是骨肉正中宫。乃知二难会称于女子者固奇,两美兼收于一君者尤奇。故名曰《双凤奇缘》。是为序。嘉庆十四年春月上浣之三日,雪樵主人梓定。

说明:上序录自兆敬堂本《绣像双凤奇缘昭君传》。原本藏法国巴黎国家图书馆,中华书局据以影印行世。此本内封上镌"嘉庆丙子年镌",下分三栏,由右向左,分题"说汉奇书""绣像双凤奇缘昭君传""兆敬堂藏板"。首《昭君传序》,尾署"嘉庆十四年春月上浣之三日,雪樵主人梓定"。次《序》,不题撰人,不署年月,其内容则系《绣戈袍》序文(前已录),不赘。目录页题"昭君传总目""兆敬堂藏板",凡八卷八十回。

雪樵主人,真实身份、生平事迹待考。

双凤奇缘序

古溪主人

夫山川灵秀之气,男子钟于奇者多,而女子钟于奇者亦复不少。第女子奇其才而不奇其貌,虽道韫、文姬不足谓之奇;抑谓奇其貌而不奇其才,即南威、西子亦何足□奇!夫奇也者,必才色兼备,遇颠沛流离,不改坚贞之志。文教足□,克全忠义之名,故不谓之奇,则其奇传矣。然是书也,前因梦而咏《好逑》,能使芳魂归故国;后因梦而歌《麟趾》,犹是骨肉正中宫,乃知二难曾称于女子者固奇,两美兼收于一君者尤奇。故名曰《双凤奇缘》,是为序。道光癸卯岁仲春月中浣之夏,古溪主人梓定。

(双凤奇缘图序)

饶云凤

君臣遇合为缘,而社稷安危,用文用武,全赖于二女子者,奇;龙凤作配为缘,而姊妹忠贞,或离或合,共收名于一男者,更奇。《双凤奇缘》固名之不谬。然奇其缘,不思奇其貌,亦徒负有奇人而成奇书矣。但余无奇才无奇技,不能作奇见而施奇才,惟闻相由心生,叹其奇忠、奇奸、奇节、奇义,故敢推其奇心以绘奇像耳。后之览者,奇之也可,不奇之也亦可。时道光癸卯岁,绣谷彼冈饶云凤摹于卧云书阁。

说明:上二序录自卧云书阁本《绣像双凤奇缘》。原本藏复旦大学图书馆。有《古本小说集成》影印本行世。此本内封题"绣像双凤奇缘""卧云书阁藏板(有"卧云"圆形篆体印一方)",首《双凤奇缘序》,尾署"道光癸卯岁(二十三年)仲春月中浣之夏,古溪主人梓",序之文字系由兆敬堂藏板本《昭君传序》改作而成。次序,尾署"时道光癸卯岁(二十三年),绣谷彼冈饶云凤摹于卧云书阁",有"彼冈"阴文、"饶云凤"阳文钤各一方。复次,

"绣像双凤奇缘传总目",凡八十回。再次,绣像八叶十六幅,各有像赞。正文第一叶卷端题"双凤奇缘传",不题撰人。半叶十行,行二十一字。版心单鱼尾上镌"双凤奇缘",下镌卷次、叶次。

绣谷彼冈饶云凤,待考。《绣戈袍》道光间刊本亦有"道光癸卯岁□谷彼冈饶云凤"序。当系同一人。

又清刊巾箱本亦有二序,文字与上录略异,《中国历代小说序跋集》录,不赘。

四游记

《四游记》序

明轩主人

余肄业家塾,训授诸生。适友人持一帙示余,曰:此吴元泰、余仰止诸先生所纂《四游记》也。敢乞公一序以传?余受而读之,见书中所载《东游》系八仙事迹,《西游》系三藏取经,《南游》乃五显大帝出处,《北游》乃真武祖师出身。虽其书离奇浩汗,亡虑数十万言,而大要可以一言蔽之曰:不外一心而已。盖人之成仙成佛,皆由此心。此心放,则为妄心。妄心一起,则能作魔,其纵横变化,无所不至。此心收,则为真心。真心一见,则能灭魔,其纵横变化,亦无所不至。故学者但患放心之难收,不患正果之难就。是书之谆谆觉世,其大旨宁外是哉?况历朝以来,屡加封号,显圣灵通,功参造化,直与天地同流。其有裨于世道,足以刊行。是为序。时嘉庆十六年辛未孟冬月,明轩主人题于式武学堂。

说明：上序录自该书之嘉庆间福文堂刊本，原本藏国家图书馆。此本未见内封，首《序》，尾署"时嘉庆十六年辛未孟冬月明轩主人题于式武学堂"。书凡四册，首册《南游记》，载序，次图像二叶，凡绣像三幅，第二叶后半叶题"凛凛威风耀日、英姿勃勃凌云"，署"福文堂"。正文第一叶卷端题"南游志传卷之（按："之"字下无序号）"，署"三台馆山人仰止余象斗编　书林圣德堂仕弘李氏梓"。半叶十二行，行二十字。版心单鱼尾上镌"南游志传"，下镌卷次、叶次。《北游记》有内封，题"北游记玄帝出身传"，次"新刊北方真武禅师玄天上帝出身全传目录"，亦有图像二叶，绣像三幅（第一叶像赞各半叶），正文第一叶卷端题"新刊北方真武祖师玄天上帝出身全传卷之一"，署"三台山人仰止余象斗编　书林正祖圣秀堂梓行"。《东游记》内封题"东游八仙全出身传"。次"新刊八仙出处东游记目录"，凡二卷四十五回。次图像四叶。正文第一叶卷端题"新刊八仙出处东游记卷之上"，署"兰江吴元泰著　社友凌云龙校"。《西游记》内封题"西游唐三藏出身传　近文堂藏板"。次图像两叶，再

2123

次"新刊西游记传目录",凡四卷四十一回。正文第一叶误置图像前,卷端题"西游记传卷之一",署"齐云阳至和编　天水赵毓真校　龙江聚古斋梓"。后三种版式行款均与第一种《南游记》同。惟版心分作"北游志传""东游志传""西游记传"。

明轩主人等,真实身份、生平事迹待考。

听月楼

听月楼序

　　万物俱生于情,何况人乎!情涉淫邪,情邻怨恨,情至忧思,情形悲苦,皆不得谓之情。以有情为情,自勉强而出,其情不真;以无情为情,情由自然而生,其情倍笃。《听月楼》一书,宣登鳌之吟《玉人来》,痴情也;柯宝珠之怜宣生才,柔情也;柯太仆之逼女拒婿,寡情也;裴司寇之设计完珠,深情也;如媚、如钩之几死,屈情也;国銮、秀林之偷香,私情也;蒋连城之不从父命,高情也;柯无艳之逼走才郎,绝情也。及后吟诗听月,闲情也;仙人降楼,留情也。此书以情始,以情终,可为谓千古钟情者云尔。是为序。时在嘉庆壬申桂月。

　　说明:上序录自忠恕堂本《听月楼》。原本藏杭州大学(现浙江大学)中文系图书室,为胡士莹先生旧藏。此本内封三栏,由右向左,分题"乙亥年春镌""听月楼""忠恕堂梓"。首《听月楼序》,尾署

"时在嘉庆壬申(十七年)桂月"。书之第一回叙裴府建楼成,仙人吴刚为题名"听月楼",又赠诗一首,诗曰:"听月楼高接太清,楼高听月更分明。天街阵阵香风送,一片嫦娥笑语声。"徐朔方先生谓,诗源出褚人获《坚瓠补集》卷三《听月楼诗》。序所署之壬申似为书成之年。次"新刻听月楼目录全集",凡二十回,四字目。正文第一叶卷端题"听月楼",不署撰人。半叶八行,行十八字。版心单鱼尾上镌"听月楼",下镌回次、叶次。另有嘉庆二十年积秀堂本,二十四年同文堂本、登秀堂本等,分藏首都图书馆、国家图书馆等处。

海公大红袍全传

大红袍序

李春芳

《大红袍》一书,稗官家言也。按《明史》:海公举乡试,署南平教谕,迁淳安令,擢户部主事。世宗四十五年上疏言事,忤帝意,下狱。穆宗立,释公,复故官,改兵部,旋调大理。隆庆三年,以右佥都御史抚吴,浚吴淞白茆。会高拱掌吏部,素衔公,遂谢病归。万历中,江陵枋国亦不乐公。居正卒,召为右佥都御史,改南京吏部右侍郎,时已七十二矣。帝屡欲召用,执政者阴沮之,公亦上疏乞休,慰留不允。十五年卒官,无子。史称其秉刚劲之性,戆直自遂,盖可希汉汲黯、宋包拯,盖定论也。兹书所述公行事与本传多不合,语近附会,然其命意所在,则无非扶忠而抑奸,与《七侠五义》及《彭公》《施公》等案,同一存心,而笔墨明白晓畅,正如白太傅诗,能令老妪都解。其状忠奸处,尤快人意。夏日坐豆棚下,与村农里老,抵掌剧谈,洵足驱睡魔,消长昼,亦未始不足以佐挥麈之助也。印既成,爰书数语,以弁诸首。山右李春芳艺斋氏序。

红袍传小引

李春芳

红袍甚小,何以名书?盖刚峰先生官服。既官服,何以书?吾应之曰:"此刚峰先生平常所服之衣,而始终如一者也,故志之。"或曰:"官服,寻常服也,亦寻常物也,何以书此?"吾曰:"夫庶民百姓,莫不有服有冠,此寻常之事也。今以《红袍》命名于书,盖以刚峰先生自筮仕以来,历任封疆,不可谓之不贵,不可谓之不荣,而不传其官阶仕迹,而独以红袍命名者,盖以其一生,以红袍始,以一红袍终者也。"

说明:上序、小引录自光绪十九年文渊山房石印本《海公大红袍全传》。书托明李春芳,实为清人所作。《大红袍》一书,版本不少,有嘉庆间二经楼本,藏英国博物院;道光二年书业堂本、道光二十年聚星堂藏版本、经国堂本、同治六年聚盛堂本等,均未见序跋。

红楼圆梦

红楼圆梦楔子

槐黄冠盖闹如云,圆梦先生夕又醺。梦到圆来浑不了,圆从梦里总无分。从他婢学体多涩,奈此儿嬉意自勤。勘破三生归结案,安床架屋笑纷纷。

这首诗,乃太平年间,有一梦梦先生做的。先生少年本号了了,因读诗到"人生若大梦,何苦劳其生"两句,他就绝意功名,不谈经史,逢人只说梦话,因自改此号。一日,忽梦到一座红楼里面,见一姓高的在那里说梦话,悲欢离合,确当世态,实在听之不倦,因即绕这楼四面去听。说梦的不止一家,较那姓高的所说,相去远甚,正在吟诗纳闷,忽见来了警幻仙子,对他笑道:梦者,觉也。觉者,梦也。有了《圆觉经》,岂可没有《圆梦传》?我现有三十卷《圆梦传》,你快拿去顶礼罢。那先生接来,打开看时,只见卷中子目:

……

端的有头有尾，前书所有尽有，前书所无尽无，一树一石，一人一物，几于杜诗韩碑，无一字无来历。却又心花怒发，别开生面，把假道学而阴险如宝钗、袭人一干人都压下去；真才学而爽快如黛玉、晴雯一干人都提起来；真个笔补造化天无功，不特现在的《复梦》《续梦》《后梦》《重梦》都赶不上，就是《玉茗堂四梦》以及关汉卿草桥惊梦也逊一筹。先生不禁拍案道："有此一梦，何必更圆；有此一梦，何必不圆。"要知端的怎样圆法？正文分解。

说明：上楔子录自红蔷阁藏板本《红楼圆梦》。原本藏浙江图书馆。此本内封三栏，由右向左分题"嘉庆甲戌孟冬新镌""红楼圆梦""红蔷阁藏板"。无序跋，不题撰人。首《红楼圆梦楔子》，楔子中间列该书之子目。凡三十回。正文半叶八行，行十八字。版心单鱼尾上镌"红楼圆梦"，下镌叶次。

红楼圆梦序

六如裔孙

世之阅前梦者，莫不感宝、黛之钟情而愿其成眷属焉。岂独阅者之心如是，即原其宝、黛之心，亦未尝不认为将来之必成佳偶也。及见黛玉身死,宝玉出家,无不废卷而太息,诚古今之恨事也。兹得长白临鹤山人所作《圆梦》一书,令黛玉复生,宝玉还家,成为夫妇,使天下有情人卒成眷属,不亦快哉!且前传之所不平者,无不大快人心。至于文采之陆离,词意之缠绵,尤与前传称双绝,因亟付手民,以公于世之有情者。是为序。光绪丁酉年(二十三年)春三月,六如裔孙。

说明:上序录自上海书局石印本《红楼圆梦》,原本藏天津图书馆。此本有图像七叶,四卷三十回,分四册,题"长白临鹤山人著"。又有光绪二十四年上海书局石印本,改题《绘图金陵十二钗后传》,序改题"江左好游客",有图像十叶。光绪三十三年石印本序改题"聊寄子书于沪江"。

长白临鹤山人,真实身份、生平事迹待考。

六如裔孙,当为唐姓,唐寅号六如居士。

天豹图

〈天豹图〉序

三影张氏

若夫指帝天而喻美，赋云雨以传奇，此固小说家铿金戛玉，多存嬿婉之词，是世人之不可与庄语也。然谓柳絮之才，罕柏舟之操；如云之媛，罔崩城之烈；辞华之嫕，多同车之行；苎萝之姝，靡坐台之守；窃香之姬，无坠楼之志；琴心之女，乏投梭之贞。何哉？竹箭不花，芙蕖寡节，岂非骚人墨客，借古人以浇胸中垒块也？细阅此书，寓旨隐跃，如讽如嘲，全在浩然之气耳。观施碧霞卖身葬母，陷入虎穴，终保完璞；李荣春仗义疏财，临大节而不可夺；花锦章专国柄，残害忠良；花子能倚父势，导情恣欲，强占人家三十一女，难逃冶女淫风，不保妻子，父子聚麀，忝不知儆，尚欲弑君僭位，若非万花老祖预知，陶天豹指点，诸英雄何知救驾？奸相满门焉能伏诛？则施必显之辈聚集蟠蛇山，岂不几几终为草寇也耶！予观古之书籍多矣，如江如海之才，儒墨旅人，集倾国倾城之句，未若此《天豹图》一书，包罗忠孝，罔乖大雅。其胆豪神隽可及也，其浩然之气不可及也。是为序。嘉庆阏逢阉茂畅月，三影张氏题于鹭门城东醉墨轩书屋。

说明：上序录自丰胜书坊藏板本《绣像天豹图传》。原本藏东京东洋文库，有《古本小说集成》影印行世。此本内封上镌"嘉庆十九年镌"，下部分栏，题"绣像天豹图传""厦门丰胜书坊藏板"（按：后八字四字一排并立）。首《序》，尾署"嘉庆阏逢阉茂（甲戌，十九年）畅月，三影张氏题于鹭门城东醉墨轩书屋"，有"二酉"阴文、"丰胜书记"阳文铃各一方。次"天豹图传目录"，凡十二卷四十回。次图七叶。正文第一叶卷端题"天豹图传卷之一"，不署撰人。半叶十行，行二十字。版心单鱼尾上镌"天豹图传"，下镌卷次、叶次。书另有英秀堂本，原本藏国家图书馆，序之文字及书之行款皆与上所录同，惟序尾署"道光柔□（兆）阉茂畅月，三影张氏题于鹭门城东醉墨轩书屋"。

三影张氏，真实身份、生平事迹待考。

补红楼梦

（补红楼梦识语）

此书直接《石头记》（《红楼梦》）原本，并不外生枝节，亦无还魂转世之谬，与前书大旨首尾关合。兹者先刻四十八回，请为尝鼎一脔。尚有增补三十二回，不日嗣出。读者鉴之。

补红楼梦叙

娜嬛山樵

太上忘情，贤者过情，愚者不及情，故至人无梦，愚人无梦。是庄生之栩栩梦为蝴蝶，彼犹是过情之贤者，不能如太上之忘情，亦不能如至人之无梦者也。是钟情者，正贤者之过情者也，亦正梦境缠绵之甚焉者也。不知庄周之为蝴蝶，蝴蝶之为庄周？然则梦生于情，抑情生于梦耶？古人云："情之所钟，正在我辈。"故情也，梦也，二而一者也。多情者始多梦，多梦者必多情，犹之善为文者，文生于情,情生于文,二者如环之无端。情不能出乎情之外,梦亦不能出乎梦之外。昔晋乐令云:"未尝梦乘车入鼠穴,捣齑啖铁杵,皆无想无因故也。无此情即无此梦也,无此梦缘无此情也。妙哉!雪芹先生之书,情也,梦也!文生于情,情生于文者也。不可无一、不可有二之妙文,乃忽复有后、续、重、复之梦,则是乘车入鼠穴、捣齑啖铁杵之文矣。无此情而竟有此梦,痴人之前尚未之信,矧稍知义理者乎?此心耿耿,何能释然于怀。用敢援情生梦、梦生情之义,而效文生情、情生文之文,为情中之情衍其绪,为梦中之梦补其馀,至于类鹜类犬之处,则一任呼马呼牛已耳。嘉庆甲戌之秋七月既望,娜嬛山樵识于梦花轩。

说明:上识语及叙均录自本衙藏版本《补红楼梦》。此本内封前半叶凡三栏,分题"嘉庆庚辰夏镌""补红楼梦""本衙藏版";后半叶为识语(见上)。首《补红楼梦叙》,尾署"嘉庆甲戌(十九年)之秋七月既望,娜嬛山樵识于梦花轩"。次"补红楼梦目录",凡四十八回。复次图像二十叶,皆像赞各半叶。正文第一叶卷端题"补红楼梦第一回"。不题撰人。作者殆即娜嬛山樵。娜嬛山樵尚有《增补红楼梦》三十二回。版心单鱼尾下镌回次、叶次。半叶九行,行二十字。原书藏芜湖图书馆、北京师范大学图书馆等。

娜嬛山樵,真实身份、生平事迹待考。

红楼觉梦

红楼觉梦弁词

　　近岁,曹雪芹先生所撰《红楼梦》一书,几于不胫而走。属在闺门孺稚,览之者罔不心羡神住,以为新奇可喜。大都喜其铺陈缛丽,艳奇绮思柔情。愁香怨粉之场,往往堕人于迷窟,而于当日著书之意反掩。此铁峰夫人《红楼觉梦》一书之所以续著也。夫宇宙一梦境也,然非身历沧桑、备尝艰苦者,岂易攓回长夜超越情尘。今夫人抱绝世才华,而早赋离鸾饮冰茹蘖,爰叩色界之晨钟,破昏途之爱网。其寓意也始于幻终于幻,举凡前书中未了之缘、未竟之欢,一一为之归结,人人为之圆满,使孽海情天无恨不补,而意存规戒,语切劝惩,有善必昌,有恶必罚,借水月镜花之妙谛,摅勉忠勖孝之苦心。夫儒者区别异端,痛诋仙佛,斥轮回为虚诞,驳鬼神为渺茫。夫人则悟澈根尘会通三教,所谓觉原是梦,梦原是觉,非觉非梦即梦即觉者,与大慈氏色空空色之旨浑合无间。昔普门士大以薰闻妙力发菩提心拯人到岸,有求明悟不犯欲尘者,现三十二应身而为说法,令其成就。今夫人提醒尘梦,点破迷津,其即大士现女儿身而为说法之意乎?嗟乎!夜摩天上自为极乐之乡,清净界中尽是明心之士。普愿锦绣才子猛省回头,同登彼岸,则夫人立言之旨为功不浅矣。

说明:上弁词出自《梅树君先生文集》,转录自《新发现的铁峰夫人续书〈红楼觉梦〉及张船山有关资料叙录》。

梅成栋,字树君,卒于道光二十四年(1844)。

铁峰夫人,即武懿,号铁峰,浙江钱塘人,盐大使陈嘉斡妻。著有《讯秋斋诗稿》。

飞跎全传

《飞跎全传》序

一笑翁

演小说者多矣,或假忠孝以成文,或夸淫靡以取悦,究之,盈前矛戟,满目荆榛。事不辨乎妍媸,自难谐夫雅俗已。趣斋主人负性英奇,寄情诗酒,往往乘醉放舟,与诸同人袭曼倩之诙谐,学庄周之隐语,一时闻者,无不哑然失笑,此《飞跎全传》之所以作也。书为同人欣赏,久请付梓,而主人终以游戏所成,惟恐受嗤俗目,不敢问世。昨因坊请甚殷,乃掀髯大噱曰:红尘鹿鹿,触绪增愁,所谓人世难逢开口笑,不独余悼之戚之,苟得是编而览焉,非拍案以狂呼,即抚膺而叫绝,若徒谓灵心慧舌,变化神奇,亦壮夫之所不为,岂有心世道之所取容求媚者哉。余故于主人之刻是传,即书其所言如此。是为序。嘉庆丁丑孟夏上浣,一笑翁漫识。

说明:上序录自一笑轩刊本《飞跎全传》。此本未见内封,首序,尾署"嘉庆丁丑孟夏(二十二年)

上浣,一笑翁漫识"。有"怡情""逸性"阳文钤各一方。目录叶题"飞跎全传卷一目录",凡四卷三十二回。

或谓此书作者为邹必显,号趣斋主人,扬州著名评话家。

一笑翁,真实身份、生平事迹待考。

镜花缘

镜花缘序

许乔林

班志称:小说家流出于稗官。如淳注谓:王者欲知闾巷风俗,立稗官使称说之。此古义也。乃坊肆所行杂书,妄题为第几才子,其所描写,不过浑敦穷奇面目。即或阐扬盛节,点缀闲情,又类土饭尘羹,味同嚼蜡。余尝目为不才子,似非过论。昔王临川《答曾南丰书》谓:小说无所不读,然后能知大体。而《续文献通考》"经籍"一门,亦采及《琵琶》《荆钗》,岂非以其言孝言忠,宜风宜雅,正人心,厚风俗,合于古者稗官之义哉?

《镜花缘》一书,乃北平李氏松石,以数年之力成之,观者咸谓有益风化。惜向无镌本,传抄既久,鲁鱼滋甚。近有同志辑而付之梨枣。是书无一字拾他人牙慧,无一处落前人窠臼。枕经葄史,子秀集华,兼贯九流,旁涉百戏,聪明绝世,异境天开,即饮程乡千里之酒而手此一编,定能驱遣睡魔;虽包孝肃笑比河清,读之必当喷饭。综其体要,语近滑稽,而意主劝善。且津逮渊富,足裨见闻。昔人称其正不入腐,奇不入幻,另具一副手眼,另出一种笔墨,为虞初九百中独开生面、雅俗共赏之作。知言哉。辄述此语,以质之天下真才子喜读是书者。海州许乔林石华撰。

镜花缘序

洪棣元

凡人胸中无物,必不能立说著书;目中有物,又必至拘文牵义。此作家之所以难也。从古说部,无虑数千百种,其用意选辞,非失之虚无入幻,即失之奥折难明;非失之孤陋寡闻,即失之肤庸迂阔,令人不耐寻味,一览无馀。夫岂无惬心贵当卓然名世者?总未有如此书之一读一快,百读不厌也。观夫繁称博引,包括靡遗,自始至终,新奇独造。其义显,其辞文,其言近,其旨远。后生小子,顿教启发心思;博彦鸿儒,藉得博资采访。匪特此也,正人心,端风化,是尤作者之深意存焉。不知者仅以说部目之,知之者直以经义读之。盖温柔敦厚,《诗》

之教；疏通知远，《书》之教；广博易良，《乐》之教；洁静精微，《易》之教；恭俭庄敬，《礼》之教；比事属辞，《春秋》之教：是书兼而有之。非胸中有物，而目中无物者，讵能若是乎！论者尝谓：《宋书》固属精详，而擅造奇诡；《晋书》虽为骈丽，而丛冗特甚。必于是书，斯能无憾，岂可以稗官野史而忽之哉！武林洪棣元静荷识。

说明：上二序录自日本京都大学图书馆藏本《镜花缘》。此本内封三栏，由右向左分题"丁丑春月开雕""镜花缘""翻刻必究"。首《镜花缘序》，尾署"海州许乔林石华撰"。次《镜花缘序》，尾署"武林洪棣元静荷识"。再次"镜花缘目录"，凡一百回。正文第一叶卷端题"镜花缘卷一"，不署撰人。半叶十行，行二十字。版心单鱼尾上镌"镜花缘"，下镌卷次、叶次。丁丑为嘉庆二十二年，又有"开雕""翻刻必究"等语，当为初刊本。孙佳讯谓有嘉庆二十三年苏州原刻本，二十三或为二十二之误，若不误，则此本当更早于苏州刻本。

李氏松石，即李汝珍（1763—1830），字松石，号松石道人。直隶大兴（今属北京市）人。随兄李汝璜至海州,寓居海州板浦盐课司大使公署。受业于经学大师凌廷堪,曾于河南任县丞。著有《镜花缘》《李氏音鉴》《受子谱》等。

许乔林(1775—1852),字贞仲,号石华,祖籍安徽歙县,生于四川。清乾隆四十一年,随母居板浦(今江苏海州板浦镇)。主编《海州文献录》,并著有《球阳琐语》等。

洪棣元,字静荷,武林(今浙江杭州)人,馀待考。

(镜花缘序)

麦大鹏

李子松石《镜花缘》一书,耳其尽善,三载于兹矣。戊子清和,偶过张子燮亭书塾,得窥全豹,不胜舞蹈。复闻芥子园新雕告竣,遂购一函,如获异宝。玩味之馀,忠孝节烈,文词典雅,百戏九派,聪明颖悟,闺秀团聚,谈笑诙谐,足见一班。虽事涉荒唐,不啻确有其人其事如在目前也。翻若弗克身历其境,睹兹彬彬文盛、济济同时为恨。适上林谢先生过访,因共赏鉴累日,评阅不倦。先生固会邑之端人也,少时癖嗜画,学人物最工,故相与赞扬而乐为之像。神存意想而挹其丰姿,得一百八人。晤对之下,性情欲活,恍聆啸语一堂。披其图而如见其人,岂非千古快事乎?先生尚友古人,于其间意兴所至,慕之爱之而不得见,即执笔图之,不必求其肖也。是图一成,渴怀顿释。吾知先生之风由是千古矣。己丑嘉平月既望,拎云麦大鹏谨志其颠末。

(镜花缘像)自序

谢叶梅

原夫日丽风和,气清天朗,益友扳谈,奇文共赏。既遘锦心,亟宜绣像。神游幻化之间,品在羲皇以上。洵可乐也。道光己丑葭月长至日,拎云麦子以《镜花缘》示予,其中忠孝节义,诗赋品艺,闺阁风流,咸归于正。翻阅之下,令人起敬起爱,实传奇之大观也。嘱予拟像一百八人。于是神凝梦想,略摹梗概,而巾帼尽见于其间。不啻萃古人于一时,如亲聆其声咳也。敢谓笔法无讹,聊以应酬,是亦物聚于所好耳。或诮予师心自用,予惟顺受而已。古者见尧于羹,见顺于墙,后人岂尝亲炙之哉?要其精神所注，结而成象，遂有旷百世而相遇者。予之绘此，亦若是而已矣。后之览是集者，翰墨同缘，可为百花一助云尔。时道光十年岁在上章摄提格清和月朔，灵山谢叶梅摹像并序。

镜花缘题词（一百韵）

切斋孙吉昌

造物之奇巧，斯人尽得之。天付数寸管，挥洒无不宜。意蕊纷满纸，心花开四时。洋洋千万言，首尾贯以丝。稗官与小说，纷出若路歧。汗牛且充栋，指瑕难掩疵。此编二十卷，一览无参差。不拾人唾馀，亹亹抽秘思。独开真面目，毕肖古须眉。兼令愿见者，如针之引磁。有如古训诂，诘屈而崎嵬。有如古谣诼，光怪而朴媸。有如《山海经》，举目逢魑魅。有如《职方志》，跬步识险巇。有如《朝贡图》，丹陛集四夷。有如《搜神记》，古冢拜野狸。有如南山豹，隐雾而留皮。有如东海鳌，跃浪而扬鳍。恬退如《老子》，幽怨如《楚辞》。寄托如蒙叟，风雅如邱迟。忽如初春月，瘦影生罗帷。忽如盛夏雨，新凉落酒卮。忽如秋晓花，瀼瀼浓露滋。忽如冬暮雪,莽莽长风吹。疾如出瓶鹊,一瞥不可追。快如下阪马,千里不可羁。静如古寺僧,禅突忘浙炊。怨如孤舟妇,愁眠懒枻榹。艳如曲江头,忽见杨家姨。争妍而逞媚,采入风人诗。猛如铁幢浦,壮气遏子胥。万镞回怒潮,笑煞弄潮儿。其猛也如虎,其锐也如牦。其苦也如荼,其甘也如饴。肥如九月蟹,鲜如四月鲥。眩如登绝巘,悄如入古祠。牵情如莼菜,媚舌如蛤蜊。甜脆如玉笋,芳洁如楚蓠。其笔用全力,如缚五色狮。其文回古锦,如蟠千岁螭。其偶作细语,喁喁儿女私。其故作大言,巍巍廊庙仪。其尊崇之概,凤阙而龙墀。峨峨列九鼎,累累蹲小彛。其潇洒之致,茅屋而竹篱。泥涂比轩冕,啸傲轻皇羲。其变幻不测,如佛在须弥。弹指现楼阁,世界皆琉璃。其奇伟悲壮,如将在边陲。平沙列万帐,号令惊偏裨。其技之小者,书画而琴棋。琐事及星卜,贱役至巫医。其学之大者,天地随指挥。象纬俯可数,斗杓仰可持。可使人忘倦,可使人忘饥。可使人起舞,可使人解颐。雅俗共叹赏,遐迩无诽訾。咄咄北平子,文采何陆离。生有此异质,乃不拥皋比。歌咏颂升平,清声夸凤池。乃不学班生，投此囊中锥。虎头飞食肉，斩将还搴旗。乃不作高隐，丰采傲霜姿。悠然对南山，微醉拈吟髭。乃不为大贾，坐拥百万赀。蜀船与楚舶，检点淮南贺。乃不求神仙，商山采紫芝。服药常寿考，免作被绣牺。而乃不得意，形骸将就衰。耕无负郭田，老大仍饥驱。可怜十数载，笔砚空相随。频年甘兀兀，终日惟挛挛。心血用几竭，此身忘困疲。聊以耗壮心，休言作者痴。穷愁始著书，其志良足悲。有心弄狡狯，无意成叹嚱。不失劝惩旨，绝无淫冶辞。古今小说家，应无过于斯。谓之集大成，此语不我欺。传抄纸已贵，今既付劂剞。不胫且万里，堪作稗官师。从此堪自慰，已为世所推。试问把卷客，知否香沁脾？但恐宫人戟，得之徒刈葵。皎月入明镜，好花多繁枝。镜花本空相，悟彻心无疑。有因必有缘，缘偶因乃奇。拈毫寄深意，其意欲何为？凭空结蜃沫，蜃沫黏蛟螯。只可撞以梃，不能测以蠡。经营更惨淡，推敲复喔咿。岂仅三易稿，此情当告谁？我昔读未半，掩卷双泪垂。今得见全豹，寒夜不停披。悲喜顷刻集，情久为之移。一书汇百种，方矩而圆规。百读百不厌，笑口常怡怡。江梅初破萼,小折供碧瓷。纸窗一痕月,春色来相窥。谁言作者心,只有明镜知。

菊如萧荣修

蓬莱撮土海如杯,顷刻须弥弹指来。一笔纵横随意扫,万花璀璨向人开。稿成谁信经三易,卷掩何曾厌百回。石破天惊秋雨滴,居然女榜试闺才。

闻说书成二十年,穷愁兀兀剧堪怜。此编一出真无价,半部先窥信有缘。(原注:"此书百回,只作半部。")寓意不嫌称少子,快心何幸遇群仙?镜中莫叹头颅白,亦使青莲姓氏传。

蔬庵许祥龄

上超往古下超今,创格奇文意趣深。布散万花天女手,空明孤月道人心。无弦琴响能成曲,集腋裘完不用针。毕竟聪明似冰雪,红炉点遍总难寻。

英雄报主启封疆,侠女寻亲入大荒。瓠史屡全青简阙,葩经堪补白华亡。诙谐玩世真禅指,忠孝求仙捷径方。或泣或歌皆至性,非徒满幅斗琳琅。

约斋范博文

一时粉黛尽含羞,说部谁怜枉汗牛。试看此书初出处,玉环微笑正回头。

万言洒洒笔无痕,都是伶俜倩女魂。怪石嵯岈盘地脉,老松夭矫结云根。

鸳湖女士朱玫紫香

自是君家多谪仙,人间那得有斯编?十年未醒红楼梦,又结飞花镜里缘。

又衡胡大钧

人惟忠与孝,性与神仙宜。忠孝有未尽,本性已浇漓。反欲求神仙,歧路又生歧。所以唐闺臣,独得餐仙芝。

酒色与才气,四关并峙雄。何曾设锁钥,人自入牢笼。六尘谁不染?五蕴总宜空。打破四关者,即与仙佛同。

此书以"忠""孝"二字为修仙根本,以打破"四关"为入道工夫,特为标出,庶使作者一片救世婆心,昭然共见也。钧又识。

吉人邱祥生

绝响千年擅独弹,塔铃牛铎不胜寒。底须漫付鸡林贾,识曲知音自古难。

百花璀璨阳冰笔,万丈光芒少子书。不向槐柯穿九曲,心丝一线贯灵珠。

香泾金翀

才人已赴樱桃宴,海上乘槎去不回。朱草肉芝供大嚼,几番游戏小蓬莱。

百麟百介总成仙,高会瑶池奏管弦。不向广寒逢月姊,姓名争入《镜花缘》。

花样翻新绝世无,精神秋水雪肌肤。双声叠韵心思巧,彩笔描成百美图。

藜光不比旧时青,才女抽思笔墨灵。莫向筵前伤薄命,酸风苦雨泣红亭。

休宁女士金若兰者香

不上泣红亭,群花梦已醒。耕烟种瑶草,滴露写鹅经。波浪千寻碧,峰峦万点青。乘风归去好,闲看鹤梳翎。

情田浦乘恩

关尹遮留请著书,五千言外本清虚。青牛一去流沙远,更有何人说尾闾?

小范胸罗十万兵,闲来袖手看楸枰。须知百美图中景,不用丹青笔写生。

镜花缘会悟前因,月姊风姨莫认真。休向泣红亭上望,蓬莱山外更无人。

说鬼搜神事偶然,也从海外见诸天。百花巧借东风力,再结人间未了缘。

虞山女士钱守璞莲因

众香国里艳词成,一样才华各样情。名记泣红亭上女,大都薄命为聪明。

黄绢新传幼妇辞,蛾眉良遇幸当时。笑他未醒《红楼梦》,只写寻常儿女痴。

人间那有小蓬莱,慧想奇思笔底来。百八牟尼珠一串,竟无一字着纤埃。

端合焚香拜谪仙,前身侬亦是秋莲。传神欲倩先生笔,谱入空花镜里缘。

古愚朱照

才人笔意问如何？万斛舟行海不波。云水空濛归组织，鱼龙变幻入包罗。百花经雨飘零易，一卷临风慷慨多。趣语奇谈皆醒世，细看莫使眼轻过。

燕山女士徐玉如月仙

百花都向笔端开，谁识青莲八斗才？隔断仙凡千尺瀑，个中人在小蓬莱。

大言已见谈忠孝，小技还看说异能。惨淡经营成别调，十年秋雨剔秋灯。

白猿已向白云归，电掣寒光遍绣帏。尤爱凭虚奇绝景，海天无际一车飞。

泣红我亦泪馀痕，薄命徒嗟往事存。最爱挑灯深夜读，卷中常对美人魂。

春泉陈瑜

花样新从笔底翻，班班考据溯根源。个中奥旨谁参透？须识南华有寓言。

青莲才调世无伦，结想精微妙入神。不是老猿能解事，枕函那得付闺臣？

仙机久寓泣红亭，孝女天教此处经。摹写玉碑征后验，抡才已兆女魁星。

典谟讨论惜惺惺，绮阁诙谐见性灵。尤爱一番闲着笔，竟将世味补《茶经》。

游戏文章各一家，笔锋锐处扫浮华。四关若果真能破，往事都成梦里花。

全无厄语涉闲情，叠韵双声义更精。赢得王公垂盼睐，一时名誉重燕京。

讱斋孙吉昌

木之奇者莫若松，根柯夭矫如游龙。有时倒挂一千尺，斜阳掩映青芙蓉。我入黄山曾目睹，雨馀翠滴天都峰。长风猎猎振万壑，涛声怒卷苍烟浓。山之怪者莫如石，薜荔为衣千载碧。山头高指日轮红，洞口横遮水帘白。自怜瘦到秋有魂，谁信清留月之魄。屹然砥柱立中流，万丈洪涛巨灵擘。松因石怪松更奇，根盘石礴多虬枝。扶苏影动怒虬舞，纠结根络欹石危。松或化石有鳞皱，石或化松无枝垂。撑风荫月忘岁月，忽忆上古无人时。石得松奇石逾怪，昂然不屑米颠拜。箕踞特兀现佛形，几点松如璎珞挂。忆昔秋深登泰山，松石绕径不知隘。松石相依信有缘，难偿今古诗人债。须知石怪松奇各有真，无非造物之灵秀、天地之精神。灵秀精神钟一身，遂为千古不朽之传人。其人清介比水石，节操同松筠，胸怀潇洒常如春。老子之后谁继起？其书直可称少子。落笔飕飕风入松，石奏流泉无此美。镜花水月结因缘，宛委娜嬛搜秘史。读遍人间记载书，诙谐风雅无与比。心血煎熬二十年，萤窗雪案费钻研。难投蚁垤时人眼，已压鸡林贾客肩。一时名誉盛都下，脱帽露顶王公前。寡和调高同白雪，无俦才大比青莲。壮心耻击渐离筑，燕台不见黄金筑。画饼虚名最误人，浮云富贵同蕉鹿。愿作藤萝松石间，缠绵牵引生幽谷。更得枕流漱石卧，烟霞清香饱吃松花粥。三生石上万松巅，一笛骑牛过天竺。

是书初成，手香行者曾题百韵诗记其事，附刊卷首，一时传为美观，故同人咸有题词盛举。兹以是编出自松石道人之手，复作《松石歌》一首，与前作洵称双璧。爰附二十八字，以志钦佩：镜花水月是前身,松石清风不染尘。笑我漆园蝴蝶梦,廿年劳苦作诗人。情田浦承恩识。

　　说明:上二序及诸题词,均录自芥子园本《镜花缘》。此本内封前半叶题"镜花缘绣像""芥子园藏板",后半叶蕉叶图形上分署"道光十二年岁次壬辰春,王新摹""四会谢叶梅灵山氏画像,顺德麦大鹏抟云子书赞"。首二序,分署"梅(海)州许乔林石华撰""武林洪棣元静荷识",文字与上所录序几同。次序,尾署"己丑(道光九年)嘉平月既望,抟云麦大鹏谨志其颠末",有"大鹏和印""抟云""麦大鹏"钤各一方。再次,《自序》,篆体,尾署"时道光十年岁在上章摄提格清和月朔,灵山谢叶梅摹像并序",有"谢叶梅"阴文、"上林"阳文钤各一方。再次,《自序释文》,将篆体《自序》用正楷书写,"自序释文"四字下有"上林"阴文印一方,序末有"谢""叶""梅"钤各一方。次图像一百零八叶。复次"镜花缘目录",凡一百回。目录后为《镜花缘题词》若干首(已全录如上)。正文第一叶卷端题"镜花缘卷一",半叶十行,行二十字。版心单鱼尾上镌"镜花缘",下镌卷次、叶次。

许祥龄(1746—?)，字蔬庵，邗江名士，有《蔬庵诗草》。

金翀，字香泾，安徽休宁人，嘉庆六年接李汝珍兄李汝璜任，为板浦盐课大使。著有《吟红阁诗钞》等。

金若兰，字者香，安徽休宁人，板浦盐课大使金翀女。著有《花语轩诗抄》等。

钱守璞，原名璞，字寿之，号莲因、莲缘，昭文(今江苏常熟)人，丹徒张骐妻。花卉得玉壶山人改琦传，垂帘卖画，一时纸贵。著有《绣佛楼诗稿》等。

朱照，字晓村，别号齐右乡人，山东历城(今济南)人。著有《锦秋老屋笔记》等。(又，《国朝诗人征略》亦有朱照，字古愚，号野鹤，江苏海州人，官布政司理问。有《野鹤诗钞》。)

浦承恩，号情田。江苏无锡人。

抟云麦大鹏、灵山谢叶梅、切斋孙吉昌、菊如萧荣修、约斋范博文、鸳湖女士朱玫紫香、又衡胡大钧、吉人邱祥生、燕山女士徐玉如月仙、春泉陈瑜，生平事迹待考。

镜花缘图像叙

王韬

《镜花缘》一书虽为小说家流,而兼才人、学人之能事者也。人或有诋其食古不化者,要不足病。观其学问之渊博,考据之精详,搜罗之富有,于声韵、训诂、历算、舆图诸书,无不涉历一周,时流露于笔墨间。阅者勿以说部观,作异书观亦无不可。顾宜于雅人者,未必宜于俗人。阅至考古论学,娓娓不休,恐如听古乐,倦而思睡,则卷中若唐敖偕多九公、林之洋周游各国,所遇多怪怪奇奇,妙解人颐,诙谐讥肆,玩世嘲人,揣摩毕肖,口吻如生,又足令读者拍案称绝,此真未易才也。窃谓熟读此书,于席间可应专对之选,与他说部之但叙俗情,羌无故实者,奚啻上下床之别哉?予少时好观小说家言,里中严君忆荪甫有此书,假归阅之,神志俱爽。首册所绘图像,工巧绝伦,反复纽视,疑系出越东剞劂手,非芥子园新刊本也。后虽有翻版者,远弗能逮。特有奇书,而无妙图,亦一憾事。予友李君,风雅好事,倩沪中名手,以意构思,绘图百,绘像二十有四。于晚芳园则别为一幅,楼台亭榭之胜,具有规模。

诚于作者之用心,毫发无遗憾矣。梅修居士谓:北平李子松石竭十餘年之力而成此书。功固不浅哉。然今之绘图者,出于神存目想,心会手抚,使其神情意态,活见楮上,当亦非易。两美合并,二妙兼全,固阙一而不可者也。间尝论之,唐武曌以一女子而奔走天下士,其才固亘古今而无对,宜其人之于《无双谱》中。意其时必有闺阃一英,为之黼黻隆平,赞襄政事者,当不止上官婉儿一人。乃并无闻焉!唐闺臣诸才女应运而生,虽由作者意想所及,凭空幻造,然揆之于理,亦有可通。天之生人,阴阳对峙,男女并重,巾帼胜于须眉者,岂少也哉!特世无才女一科,故皆湮没而无闻耳。武如木兰,文如崇嘏,久已脍炙人口。历观纪载,其奇突足传者,固难以更仆数。妇德、妇言、妇容、妇工四者,本所不废。自道学之说兴,乃谓女子无才,便足为德,而闺阃少隽才矣。夫书也者,足以陶冶性情,增修德行,何于女子而独不?所谓妇言者,即识字知书之谓也。乃以后世头巾学究之偏见,而废古圣贤所相传,诚所不解矣!因诸才女一时文学之盛,畅论及之。质诸作者,作者必曰:"先生所论,实获我心。"光绪十有四年春王正月,王韬叙。

说明:上叙录自上海点石斋石印本《镜花缘》。

题镜花缘后

呜呼!书之所贵于有用昔,吾知之矣:以之训乎俗,可以敦化原;以之施乎事,可以奏捷效;以之资乎学,可以广见闻;以之陶乎情,可以博旨趣。虽其说涉于子虚乌有,光怪陆离,变幻不测,苟揆诸四者之义而无所悖焉,是亦可谓有用之书已。近时小说家,往往喜传闺阁中书,非纤即亵,大约多喃喃私语耳。余尝偶过戏场,值台中方演《荆钗》《琵琶记》诸剧,观者俱意兴索然,倦而思卧;及再演《葡萄架》《拷火》《滚楼》等戏,观者俱眉飞色舞,津津乎有馀味焉:以是知习尚之中于人心也亦已久矣,此固法言庄语之所扞格而不能相入也。夷考《班志》,称:"小说家流,出于稗官。"如淳注:"欲知闾巷风俗,立稗官使称说之。"《镜花缘》者,亦专言闺阁中事,且其说涉于子虚乌有,光怪陆离,变幻不测,在恒情视之,鲜不以荒唐之词相诟病;而余独喜其合于四者之义，盖有取焉。其书中自述，凡诸子百家，琴棋书画，医卜星相，音韵算法，以及灯谜酒令，双陆马吊，射鹄蹴球，投壶斗草之类，无一不备，此犹其小焉者也，其用心亦良苦矣。石华居士之序曰："今坊肆所行杂书，妄题为第几才子，其所描写，不过浑敦、穷奇面目，即或阐扬盛节，点缀闲情，又类土饭尘羹，味同嚼蜡，余尝目为不才子，岂过激之论欤。"

说明：上"题后"出排印本《韵鹤轩杂著》卷二，不题撰人。转录自黄霖《金瓶梅资料汇编》，中华书局1987年版。

西湖小史

西湖小史序

李荔云

藜照书屋,吾友蓉江读书处也。少年时仆与蓉江相处其间,连床三载,每花晨月夕,必煮酒论文。乃蓉江大才见屈,多困名场,而仆联登贤书,驱车北上。后离居数载,闻其屡战必北,每为惋惜。丁丑之秋,仆自浙南还,闻蓉江著有《西湖小史》一书,索而读之,不禁喟然叹曰:世无才子,则佳人不生;世无佳人,则才子不出。故天生一才子,必生佳人以为之偶;天生一佳人,必生才子以为之配,其理然也。然天既生才子佳人矣,而其生平事迹有足称羡一时,流传千古者,非有名士以立传,则其事迹已没耳。所以有才子佳人以起于前,有蓉江以继于后,是才子佳人之事迹,因蓉江而始彰;而蓉江之才,亦因佳人才子而愈著也。呜呼,仆与蓉江厚交十馀年,知其词赋文章终非沦落者,今有《西湖小史》一书,已足以藏之名山,传之来世矣。其后之云雨扬鬐,风雷烧尾者,只以显耀一生耳。捧诵之馀,仆固欣然执笔,以为之序云。嘉庆丁丑冬月,李荔云书于碧云山房。

说明:上序录自琅玕山馆藏板本《西湖小史》。原本藏上海图书馆。此本内封三栏,自第二栏起,分题"西湖小史""琅玕山馆藏板"。首《西湖小史序》,尾署"嘉庆丁丑(二十二年)冬月,李荔云书于碧云山房"。次"西湖小史目次",署"上谷氏蓉江著",凡四卷十六回。复次绣像十叶二十幅。正文第一叶卷端镌"西湖小史首卷　上谷氏蓉江著",半叶九行,行二十字。版心单鱼尾上镌"西湖小史",下镌卷次、叶次。写刻。"首卷"为《西湖胜迹》,列西湖景致甚详,然所述非杭州西湖,乃惠州西湖。书述惠州才子侯春旭等事。作者似系惠州一带人,为一久困场屋的文人。"玄"字或缺笔或不缺。原本藏上海图书馆。另有光绪丙子六经堂重镌袖珍本,总目缺第十三回。无图像,题"上谷蓉江氏著定庵居士评点",原本藏浙江图书馆。

上谷氏蓉江,真实身份、生平事迹待考。

李荔云,真实身份、生平事迹待考。

红楼梦补

《红楼梦补》序

犀脊山樵

稗官者流,卮言日出,而近日世人所脍炙于口者,莫如《红楼梦》一书。其词甚显,而其旨甚微,诚为天地间最奇最妙之文,窃谓无能重续者,不图归锄子复有此洋洋洒洒四十八回之作也。余在京师时,当见过《红楼梦》元本,止于八十回,叙至金玉联姻,黛玉谢世而止。今世所传之一百二十回之文,不知谁何伧父续成者也。原书金玉联姻,非出自贾母、王夫人之意,盖奉元妃之命,宝玉无可如何而就之。黛玉因此郁抑而亡,亦未有以钗冒黛之说,不知伧父何故强为此如鬼如蜮之事,此真别有肺肠,令人见之欲呕。归锄子乃从新旧接续之处,截断横流,独出机杼,结撰此书,以快读者之心,以悦读者之目。余因之而重有感矣。夫前书乃不得志于时者之所为也。荣府群艳,以王夫人为之主。乃王夫人意中,则以宝钗为淑女,而袭人为良婢也。然宝钗有先奸后娶之讥,袭人首导宝玉以淫,是淑者不淑,而良者不良,譬诸人主,所谓忠者不忠,贤者不贤也。又王夫人意中疑黛玉与宝玉有私,而晴雯以妖媚惑主,乃黛玉临终有我身干净之言,晴雯临终有悔不当初之语,是私固无私,惑亦未惑,譬诸人臣,所谓忠而见疑,信而被谤也。归锄子有感于此,故为之雪其冤而补其阙,务令黛玉正位中宫,而晴雯左右辅弼,以一吐其胸中郁郁不平之气,斯真炼石补天之妙手也。其他如香菱,如鸳鸯,如玉钏,如小红,如万儿,如龄官,一切实命不犹之人,慈悲普度,俾世间更无一怨旷之嗟,此元人所云"愿天下有情人都成眷属",即圣贤所云"王如好色,与百姓同之"者也。前书事事缺陷,此书事事圆满,快心悦目,孰有过于此乎?犀脊山樵序。

红楼梦补序

归锄子

月如无恨,月自常圆;天若有情,天应不老。试看山中白骨,一梦如斯;无非镜里红颜,三生莫问。如《石头记》傅奇,演红楼之歌曲,即色皆空;惊黑海之波涛,回头是岸。绛珠还泪,谁怜泪眼之枯;顽石多情,终负情天之债。忆雯鹃而饮恨,涕蜡流干;代宝黛以衔悲,唾壶击碎。然而王嫱归汉,不埋塞外之香;荀粲齐眉,尚剩奁间之粉。借生花之管,何妨旧事翻新;架嘘气之楼,许起陈人话旧。此《后》《续》两书所以复作也。但如宾岂有并尊,抑后来更难居上。屈我潇湘之位,尚费推敲;让人金玉之缘,终留缺陷。且也太君已逝,未观合卺以承欢;伯姊云亡,莫试如簧之故智。吁,其甚矣!憾如之何?于焉技痒续貂,情殷附骥。翻灵河之案,须教玉去金来;雪孽海之冤,直欲黛先钗后。宜家宜室,奉寿考于百年;使诈使贪,转炎凉于一瞬。大观园内,多开如意之花;荣国府中,咸享太平之福。与其另营结构,何如曲就剪裁。操独运之斧斤,移花接木;填尽头之邱壑,转路回峰。换他结局收场,笑当破涕;芟尽伤心恨事,创亦仍因云尔。嘉庆己卯重阳前三日,归锄子序于三时(晋?)定羌幕斋。

(红楼梦补)叙略

一、传奇之续,无不自卷终后再开生面,未有将前书截弃者。然续传明翻前事,亦尽属子虚乌有之谈,则与其勉强凑合,毋宁直截了当,似不妨补以剪裁之法,阅者幸勿哂其荒谬。

一、此书写黛玉回生,直接前书九十七回,自黛玉离魂之后写起。凡九十七回以前之事,处处照应;以后则各写各事。如贾母、王熙凤、鸳鸯、赵姨娘诸人,书中照常列叙。

一、院宇房屋及大观园台榭山坡汀桥路径,逐一跟照前书叙写,并无舛错。

一、此书写荣国府亲族门客仆婢等,皆系前书所有之人,故黛玉之婶无氏,叔与弟无名,以名似有若无,不添蛇足。

一、前书写屋宇之轩昂,陈设之富有,服饰之华丽,器具之美备,肴馔之精工,以及下人伺候之规矩整肃,铺张笔墨,已尽致极妍,此书不过约略其词,不事重复,以避数见不鲜。

一、此书首回写警幻仙议补离恨天,则前书未了情缘,自必一一补之,而宝玉又推己及人,如小红、万儿、龄官诸人,俾得各如所愿。至死于前书九十七回以前之金钏、尤三姐、司棋等人,不能尽令回生，只可礼忏超度，以酬死者，归结前书而已。

一、林黛玉系书中之主，警幻仙之抽改十二钗册，全为黛玉起见，自必筹及所以位置之处，使扬眉吐气，一雪前书之愤恨。惟专顾主而不顾宾，终留缺陷，非补之之意也。故十二钗册既改，而宝钗不死，不足以快人心；宝钗死而不生，亦不足以快人心。

一、晴雯系死于前书七十七回中，尸腐已久，若写作与黛玉先后回生，或亦如宝钗之借体，未免印板文字，故书中有补叙一段。

说明：上序及叙略均录自道光己酉藤花榭藏版本《红楼梦补》。原本藏南京图书馆。此本内封三栏，由右向左分题"道光己酉新镌""红楼梦补""藤花榭藏版"。首犀脊山樵序，次《红楼梦补序》，尾署"嘉庆己卯（二十四年）重阳前三日，归锄子序于三时（晋？）定羌幕斋"。又次《叙略》，再次"红楼梦补目录"，凡四十八回。正文半叶八行，行十八字。

归锄子，即沈懋德，字寅恭，浙江桐乡人。据《濮院志》卷二十四《艺文志》，沈懋德著录有《香雪缘传奇》《补红楼梦传奇》《旌烈记传奇》和《后白蛇传奇》四种(详参邓庆佑《归锄子(沈懋德)与红楼梦补》)。

增补红楼梦

《增补红楼梦》叙

槐眉子

娜嬛山樵著《补石头记》一书,付麻沙本业已不胫而走。顾以为未足,复补成三十二回,于是作者无不尽之怀,阅考无可晋之憾。槐眉子读而善之,趣付梨枣。或有问于槐眉子曰:"前书之作也,一缕清思,蟠天际地,言欢则笔随春涌;叙悲则声与泪俱破空而来,破空而去。正使千古情人,留有馀不尽之想。《后梦》《续梦》《复梦》《圆梦》诸书,人鬼混淆,蛙蝇嘈杂,非画虎类犬,即仪毫失墙,识者不值一哂。今是书复取而补之,且再补之,得毋悬疣附赘,易地而转相笑耶?"槐眉子曰:"不然,书之有待于补也,或缀辑散亡,或弥缝罅漏,或前人意未尽而我敷演之,或前人意已尽而我绅绎之,自河间补《周官》,少孙补《史记》,悲松之补《三国》,束长生补《笙诗》,虽气体有肖有不肖,然旁搜博采,苦心孤诣,与作者并垂不朽,洵艺林之巧匠,往哲之功臣也。余纵观读书，大都为宝、黛二人补恨，故不得已为还魂再生之说，不知三生眷属，终归同尽；百年伉俪，只成俄顷。彼金碗幽婚，玉箫再世，非诸皋之尸魅，即囊橐之寓言耳。白傅有言：'但教心似金钿坚，天上人间会相见。'何必破镜重圆，灵箫墨会，然后谓之团结哉。今是书一空陋习，诚堪步武雪芹，炼五色石，鼓百衲琴，所谓笔补造化天无功者，以视世之狗尾续貂，画蛇添足，相去奚翅天壤耶！"问者唯唯而退。时山樵方索序，爰书此以弁其简端。嘉庆庚辰新秋，槐眉子题于息我轩。

（增补红楼梦）叙

讷山人

《红楼梦》一书，不知作自何人，或曰曹雪芹之手笔也，姑弗深考。然其书则反复开导，曲尽形容，为子弟辈作戒，诚忠厚悱恻，有关于世道人心者也。顾其旨深而词微，具中下之资者，鲜能望见涯岸，不免堕入云雾中，久而久之，直曰情书而已。夫情书何书也？有大人先生许其传留至今耶？予以知其不解矣。予尝欲阐其义而弗克。予友娜嬛山樵先获此志，成《补红楼梦》一书，凡四十八卷，刳厥竣而予始见。卷中凡前此之妄为续貂者，亦弗尽屏，特取其近是者而纫补之。分别段落，大旨揭然，使天下之子弟合前《红楼梦》而读之，有以知若此则得，若彼则失者，真《红楼梦》之大功臣也。梨枣既成，远近争购，予欲赞一词而又弗克。昨山樵袖出一编示予，曰新成之《增补红楼梦》也。予始而疑，既而信，欣然读之，则是另一笔仗。凡世之稗官野史，引用旧例，无不化腐为奇；又尽补前书之所未及，如海市蜃楼，愈变愈幻。虽仅三十二回，与前之四十八回，实有藕断丝萦之妙，一归于教人为善而已。玄之已玄，补而又补，予以为娲皇之石不在怡红公子而在嫏嬛山樵也。是为序。时嘉庆庚辰秋七月既望，讷山人就月书于万物逆旅之片云台。

《增补红楼梦》自叙

嫏嬛山樵

陈天裔过邯郸，题吕祖祠云："富贵繁华五十秋，纵然一梦也风流。而今落拓邯郸道，要与先生借枕头。"好梦原不厌其重复，此亦天下之同情也。

邯郸,赵地。《史记·赵世家》纪梦最多。《红楼梦》一书,原有邯郸遗意,补之者要不失邯郸本旨,庶不失本来面目。倘有类于南柯,则画蛇添足矣。曩作《补红楼梦》四十八回,余友咸以为可,趣付梨枣。后已忘为东施效颦,犹以为未足,乃复增补三十二回。书成,先示二三良友以定可否。一友云:"一之为甚,其可再乎?"此妒我者也。一友云:"愈出愈奇,不厌多也。"然此又谀我者也。二者均非直言,不着痛痒。噫嘻!余有直友,新亡之矣!安得起九原而质之哉?嘉庆庚辰麦秋,嫏嬛山樵再识于梦花轩。

增补红楼梦题词

其一　　　　　　　　　　　九畹农夫

一梦红楼香,痴魂断复连。奇文填孽海,妙笔补情天。莫问真和假,同归幻与仙。雪芹如见赏,应结再生缘。

其二

一补还重补,文心百转回。石头无憾矣,仙草有缘哉。漫把枯肠索，重看生面开。芙蓉城一座，应号小蓬莱。

其一　　　　　　　　　　　　桐阴居士

梦断青峰埂，情根萎复滋。骊龙欣独探，锦豹得全窥。尽补人间恨，重翻天上痴。女娲一块石，万古惹相思。

其二

独取散钱贯，情缘再续之。梦中还说梦，痴外更言痴。獭髓功何巧，鸾胶技独奇。大荒山下事，观止叹于斯。

调寄菩萨鬘　　　　　　　　　情里魔头

情根万古终难死，痴魂不断都如此。着手会成春，翻新有快文。　　文奇生妙论，补尽无穷恨。缺月堕情天，芙蓉城内圆。

说明：上三序及题词，均录自本衙藏板本《增补红楼梦》，原本藏辽宁图书馆等。此本内封三栏，由右向左，分题"道光四年新镌""增补红楼梦""本衙藏板"。首《叙》，尾署"嘉庆庚辰（二十五年）新秋，槐眉子题于息我轩"。次《叙》,尾署"时嘉庆庚辰(二十五年)秋七月既望,讷山人就月书于万物逆旅之片云台",再次《自叙》,尾署"嘉庆庚辰(二十五年)麦秋,娜嬛山樵再识于梦花轩"。又次《增补红楼梦题词》,分署"九畹农夫""桐阴居士""情里魔头"。目录叶题"增补红楼梦目录",凡三十二回,正文第一叶卷端题"增补红楼梦第一回",不题撰人。半叶九行,行二十字。版心单鱼尾上镌"增补红楼梦",下镌卷次、叶次。写刻。

娜嬛山樵、槐眉子、讷山人、九畹农夫、桐阴居士、情里魔头等,真实身份、生平事迹待考。

争春园

争春园全传叙

寄生氏

人不奇不传,事不奇不传;其人其事俱奇,无奇文以演说之亦不传。郝、鲍诸人,率性而行,忠君信友,奇人也,奇事也,即奇文也。而编中尤为马俊描写尽致,拯相知于囹圄,脱淑媛于陷阱。除憸王则直探虎穴,保君上则深入龙宫。是书之第一人,亦千古侠客之第一人耶。颜其名曰《争春园》,言郝而不言鲍、马,提纲也;言栖霞而不言孙佩,对景也。园名"争春",地之灵,实人之杰矣。云收月上,凭栏读之,一击节,一浮大白,如见玉蛱蝶栩栩然来往也已。时在己卯暮春修禊日,寄生氏题于塔影楼之西偏。

说明:上叙录自一也轩梓行本《争春园》。此本内封上镌"绣像"二字,下分三栏,由右向左,分题"道光己酉年镌""争春园""一也轩梓"。首《争春园全传叙》,尾署"时在己卯(嘉庆二十四年)暮春修禊日,寄生氏题于塔影楼之西偏"。次"争春园全传目录",凡四十八回,次图像八叶,皆像赞各半叶。正文卷端题"争春园全传",不题撰人。半叶八行,行十八字。版心单鱼尾下镌回次、叶次。原本藏南京图书馆。

寄生氏,真实身份、生平事迹待考。

善恶图全传

善恶图序

浮槎使者

《易》曰："积善之家,必有馀庆;积不善之家,必有馀殃。"上天报施,不爽毫发。《善恶图》一书,所以劝善惩恶者也。论者谓李雷之恶,雷固肆行其虐,实冯承受肇启其萌,其他张三、邵青辈,不过济恶之小人,冯之辜,当不在雷之下。或又以为冯则不知者不造罪耳。总之,李雷恶贯满盈,彼苍岂容久世?是以唐经略出,而雷恶毕形,全家俱正国典,犹之红日升中,层冰安恃?此馀殃之理,不惟一身受之,自应波及妻孥,是可为作恶者鉴。是书向无刻本,坊主人欲藉以风世,不惜重赀刊刻成帙,请序于余。余因主人亦好善之士,敢不成好善之心?爰题二百言于简端云。汉上浮槎使者漫题。

说明:上序录自颂德轩本《善恶图全传》。原本藏首都图书馆,上海古籍出版社据以影印行世。此本内封题"新刊善恶图全传 颂德轩藏板"。首

《善恶图序》,尾署"汉上浮槎使者漫题"。次,"新刻善恶图全传目录",凡四十回。正文卷端题"新刻善恶图全传",半叶九行,行二十字。版心单鱼尾上镌"善恶图",下镌回次、叶次。

汉上浮槎使者,真实身份、生平事迹待考。

后宋慈云走国全传

《后宋慈云走国全传》叙

稗传外史,奇幻无根者十之七八,近史实录者十之二三,惟在布演者之安排耳。兹后宋神宗、哲宗、徽宗三帝,在北宋继统之君,事出于大同小异,然其间忠佞并生,不无治乱交溷,其忠者流芳百世,是以甘棠有不忍之伐,儿童有竹马之迎。去者虽古,慕羡者不啻复见于今。其佞者遗臭万年,是以巷伯为之深嫉,阉人为之唾骂。是千古好善恶恶之同心。总之,天下有道,君子则见;天下无道,君子则隐耳。至于趋权附势,尸位素餐之辈,岂与流芳百世之君子同日而语哉?惟于昔人有言为:大丈夫之辈,既不能流芳百世,亦当遗臭于万年。然于没世不见称于时者,又不可同日而语也。时当春永夏长,无聊抑郁,不禁寄寓于数卷中,谈中一哂,为一叙云。

说明:上叙录自福文堂本《绣像后宋慈云走国

全传》。此本内封上镌"嘉庆乙亥新镌",下分三栏,分题"后续五虎将平南""绣像后宋慈云走国全传　福文堂发兑""内附善善国兴师"。首《叙曰》,不题撰人。有绣像二十二叶,皆像赞各半叶,目录叶题"新镌绣像后宋慈云太子逃难走国全传目次",凡八卷三十五回。正文第一叶卷端题"新镌绣像后宋慈云太子逃难走国全传卷之一"。半叶十行,行二十字。版心单鱼尾上镌"慈云走国全传",下镌卷次、回次、叶次。书末云:"此书正接《五虎平南》之后,下开说岳精忠之书",因又名《后续五虎将平南后宋慈云走国全传》。

换夫妻

（谐佳丽序）

余观小说多矣，类皆故饰淫词为佳，陈说风月为尚，使少年子弟易入邪思梦想耳。惟兹演说十二回，名曰《谐佳丽》，其中善恶相报，丝毫不紊，足令人晨钟惊醒，暮鼓唤回，亦好善之一端云。

说明：上序录自冰雪轩藏版本《谐佳丽》。原本藏中国社科院文学所资料室。内封题三栏，由右向左，分题"云游道人编""谐佳丽""冰雪轩藏板"。首序，不署撰人。次"新编颠倒姻缘目录"，凡十二回。正文卷端题"新编换夫妻"。半叶八行，行二十字。书名一作《颠倒姻缘》。

欢喜浪史

（欢喜浪史序）

余观小说多矣，类皆故饰淫词为佳，陈说风月为尚，使少年子弟易入邪思梦想耳。惟兹演说十二回，名曰《谐佳丽》，其中善恶相报，丝毫不紊，足令人晨钟惊醒，暮鼓唤回，亦好善之一端云。

说明：上序录自一坊刊本《新刻欢喜浪史》，原本藏日本东京大学东洋文化研究所双红堂文库。此本无内封，首序，不题撰人。序与《谐佳丽》之序全同。但却未见《谐佳丽》的书名（萧按：《风流和尚》一名《谐佳丽》），也无"谐佳丽"的实际内容，实即抄自《换夫妻》一书。次"新刻欢喜浪史目录"，凡十二回。总目与正文目录稍有不同。正文卷端题"新刻欢喜浪史"，亦不题撰人。半叶八行，行二十字。版心单鱼尾上镌"欢喜浪史"，下镌卷次、叶次。全书实系由书贾拼凑而成，详参萧相恺《珍本禁毁小说大观》(1992年中州古籍出版社)该条。

碧玉楼

碧玉楼原序

尝观淫词诸书,多浮泛而不切当,平常而不惊奇。惟有《碧玉楼》一书,切实发挥,不但词藻绚烂,而且笔致新鲜,真足令阅者游目骋怀,解其倦而豁其心。其尤有可取者,劝人终归于正,弗纳于邪,殆警半之奇文也。是为序。

说明:上序录自积善堂梓行本《碧玉楼》,藏北京大学图书馆。

浓情秘史

（浓情秘史序）

尝观淫词诸书，多描写淫情，不归于正，观之者易入于邪思。惟《浓情秘史》一书，情词雅致，趣味弥长，令人观之不厌，亦且终归于劝善改过，大有益于身心性命也，故援书而作序。

说明：上序录自一抄本《浓情秘史》，原本藏北京大学图书馆。首序，不署撰人。次为总目，凡十一回。全书由《杏花天》之后半部改写而成。

风月鉴

（风月鉴序）

爱存氏

余于戊寅冬得痿疾,阅三载而未就痊。起坐虽可,稚不偁心而步履维艰矣。镇日独坐,甚觉岑寂。时文侄可邨,甥居亭,皆课侄于余家。每为小谭。余告之曰:始余将何以有处也？可邨曰:先生胡不评论花鸟以自娱兮？居亭亦曰:甚善。余则自思,左手瘉矣,右手虽尚可磨墨拈笔,然意乱心烦,何能有事笔砚兮？因念花鸟文章,自古累累成帙,后之所作者,即珍句奇字,亦不过拾古人牙慧。且余之才,夫何敢与骚人文士驰骋而较邪？若风月佳话,余则有闻之古人者,书见之今人者。余固非种于情者,窃欲以深情者、过情者、缠绵于情不可解者,又有用情而迷于情、伤于情者,余置之以供余之闲情。或曰:余不知情者。余不问也。余之是编,有谓为言之有因者,非也;有谓为言之无因者,亦非也;有谓为在有因无因之间者,更非也。余不过一时信笔书去耳,又何因之足言也。此编成,余招可邨、居亭观之。可邨曰:时至炎夏矣,可为消暑之一策。居亭曰:闷坐无聊矣,可为消遣之一方。余即志之,以为序。嘉庆庚辰夏仲,爱存氏自书于茹芝小堂。

(风月鉴跋)

方钰

先生中州弋阳旧族也,姓吴氏,讳贻棠,字荫南,爱存其号也。与先君为莫逆交。钰当总角,先君即命钰依先生侧,曰:子其事之如吾可也。钰欣然应之唯唯。先生视钰如己子,令来入家塾读,凡衣食之类,无不过厚焉。后先君见背,先生更厚视之。及先生仕长芦,钰以家事故未得随往。先生归田,越数载,先生之嫡配任母捐世。次年,先生续弦于周。周母来归,其间繁冗多故,皆命钰劝(襄)之。又次年,先生抱手足恙,不获出入自随,每日寂坐小斋,先生不能时舍钰,钰亦不忍一时违先生也。然先生为人,好脱略,性豪迈,常对令(冷)窗矩(短)榻,咄咄不自得,因编《可是梦》《风月鉴》二种,以为消遣。书成,亲友索观之,俱唤为静者心多妙也。

钰思先生生平，其卓卓者若是，固今之不可多见，而以病废，惜哉！悲哉！但其人不可不传，不借书以传之，乌知先生期颐后，人尽得识先生为何如人耶？钰堂弟存智为先生理家计，时居其家，钰与商之，付诸剞劂，庶存先生一时之无聊寄慨云尔。寄男方钰谨识。

说明：上序录自广州中山图书馆藏本《风月鉴》，此本未见内封，首序，尾署"嘉庆庚辰（二十五年）夏仲，爱存氏自书于茹芝小堂"。有印两方，一为"弋阳吴氏"阴文铃，另一方印的文字，访书时未记，不能标出。次"风月鉴目录"，凡十二回。复次图像八叶，皆像赞各半叶。正文半叶六行，行十六字。未完。跋录自浙江图书馆藏抄本。上海古籍出版社据以影印。此本行款版式，与上所述中山图书馆藏本相似，序末署名之后，画有方框二，以示有印两方。惟凡十六回，无图像。末后有跋。跋叙作者的里居、生平，很有参考价值。书仿《红楼梦》而成。又有嘉庆刻本，藏天津图书馆等。

爱存氏，据抄本，为吴贻棠；据刻本，则名吴贻先，字荫南，号爱存。河南弋阳（今河南光山县）人。

施公案

施公案序

《尚书》云:"非佞折狱,惟良折狱。"是知折狱之道,不在乎捷捷善言,而在乎忠贞慈谅也。本朝江都令施公,其为人也,峭直刚毅,不苟合,不苟取,一切故人亲党有干谒者,俱正色谢绝之。江都为之语曰:"关节不到,有阎罗施老。"盖以其行比宋朝包公也。更可异者,而其为官克己怜民,凡民有一害,必思有以除之;有一利,必思有以兴之。即至密至隐之情,未有不采赜索隐,曲得其实者。而一时无情之人,不敢尽其虚诞之词。则普天下施公所历之区,盖几无含冤之民矣。昔施公尝恶吏擅权,民有得罪重者,求救于吏。吏曰:"汝当临问时,但哀求不已,我自有处。"临刑,民果哀呼。吏在旁喝道:"快领罪而去!"后施公旋自省悟,为滑吏所卖,因重责此吏。嗣后狡滑吏役,举不敢用其诪张之术矣。此诚我朝第一人也,故特采其实事数十条,表而出之，使天下后世，知施公之为人，且使为官者知以施公为法也。是为序。嘉庆戊午年孟冬月新镌（住福建泉州府涂门城外后阪社施唐培督刻）。

说明：上序录自厦门文德堂本《绣像施公案传》。此本内封上镌"道光庚寅夏镌"，下分两栏，分题"绣像施公案传""厦门文德堂藏板"。首《施公案序》，尾署"嘉庆戊午年孟冬月新镌"，后注："住福建泉州府涂门城外后阪社施唐培督刻"。次"施公案奇闻目次"，凡八卷九十七回。复次图像六叶。正文第一叶卷端题"施案奇闻卷一"。半叶十一行，行二十一字。版心单鱼尾上镌"施案奇闻"，下镌卷次、叶次。另有道光己丑金阊本衙藏板本。首序，尾署"嘉庆戊午年孟冬月新镌"，序后有施不全绣像，后半叶有像赞。目录叶题"施案奇闻"，凡九十七回。正文半叶十行，行二十五字，版心镌"施案奇闻"。原本藏辽宁省图书馆。又有甲申（道光四年）本衙藏板本，此本内封上镌"道光甲申秋镌"，下分两栏，分题"绣像施公案传""本衙藏板"，首序，题署及内容均与上文德堂本同，惟无"住福建泉州府涂门城外后阪社施唐培督刻"的注。仅一

"施公图像",有《施公像赞》,与道光己丑本同。亦八卷九十七回。版式行款亦与上文德堂本同。又有道光壬辰本等,不另具。

施唐培,福建泉州书坊主。所刻另有《诗经读本》《四书题镜》《四书体注》《万花楼演义》等,其生平事迹待考。

清风闸

(清风闸序)

梅溪主人

小说昉自《虞初》,后之作演义者,或借一人一事,引而伸之,可以成数十万言,如《封神传》、《水浒传》,由来久矣。抑或有凭虚结撰,隐其人,伏其事若《金瓶梅》《红楼梦》者,究之,不知实指何人,观者亦不过互相传为某某而已。唯《清风闸》一书,既实有其事,复实有其人,为宋民一大冤狱,借皮奉山以雪之。奉山则一市井无赖子耳,愈贫困,愈趋下流,不惟亲族不与之齿,抑且乡邻疾忿衔仇,几濒于死地而后生。卒之坎坷俱脱,富贵相逼而来,竟能为孙氏之沉冤,一旦昭雪于奉山得志之后,是天使之雪其冤,即不使之终其困。览是书者,莫不啧啧而称羡之。予因是书脍炙人口,可以振靡俗,挽颓风,惜向无刻本,非所以垂久远。今不惜工价,付诸剞劂,庶使穷乡僻壤,海澨山陬,无不可购而得之,非无裨于世道人心之用也。爰题数言,弁于简端。嘉庆己卯夏五月既望,梅溪主人书于奉孝轩。

说明:上序录自华轩斋藏板本《绣像清风闸全传》。此本内封分题"道光元年镌""绣像清风闸全传 华轩斋藏板"。首序,尾署"嘉庆己卯(二十四年)夏五月既望,梅溪主人书于奉孝轩",有"梅溪"阳文、"奉孝轩"阴文篆体钤各一方。目录叶题"新刻清风闸目录",凡四卷三十二回。有绣像。正文卷端题"新刻清风闸卷一",半叶九行,行二十字。

或谓作者为浦琳,字天玉,扬州人,著名评话家。

梅溪主人,真实身份、生平事迹待考。

三分梦

（三分梦题词）

缪艮

金鉴家声,曲江风度,吾乡名士登场。试观锦心绣口,吐属琳琅。早有四方志,待生平抱负报君王。奈运蹇,遨游岭峤,寄托潇湘。　　因不试,故多艺,相依着舅氏,入幕屏藩。回思半生阅历,变幻沧桑,无过一场春梦,三分约略七分详。恨见晚,君偏似我,游戏文章。

调倚《庆清朝慢》,时己卯仲秋下浣,缪艮莲仙题。

黎成华

者事何关是姓章,看书先要审端详。琵琶作记非因蔡,普救弹琴岂是张。别有才人图小影,托为仙史寄潇湘。诙谐议论皆经典,劳尔搜罗锦绣肠。

人情何处不波澜,踪迹曾上入笔端。大半不嫌书实录,三分无奈话邯郸。行过险地心偏定,看到浮云眼更宽。谁是现身来说法,先生今日正登坛。

嘉庆二十四年岁次己卯孟冬朔日,南海黎成华笃焉氏题于半隐山房。

《三分梦》序

潇湘仙史

仆隐居三十年,家在深山,有田数亩,足以赡口,性复拙懒,不慕荣利。近因阴雨弥月,荒斋无事,闲将历年偶有所闻于友人者,撮拾凑成小说一部,亦前人《邯郸梦》传奇之意也。其中姓氏情节,随笔填入,毫无成见。虽自信生平未涉世务,与人无忤,第恐言者无心,观者错会,或将无稽之谈,认作有心之诮,则岂予之心也哉,故特表明。须知鲁有两曾参,唐有两韩翃,古今一时同姓名者,正复不少,阅者谅之。时嘉庆戊寅中秋佳节,潇湘仙史自题于陆沉山房。

《三分梦凡例》

一、此书自始至终,无一笔不简而明者,真是好书。细阅自知。

一、有人谓此书起首似乎平淡无奇,殊不知依事直叙,势难增减,不比《西游记》等书,可以任意添造也。

一、凡稗史,后不如前者居多,唯此书下半部词意更妙,越看到尾越有味,越有趣。

一、粗浅小说,不待看完,已索然无味,唯此书复读不厌。缘其意味深长,耐人咀嚼也。

一、他书所说战法妖法,多系凭空杜撰,不近情理。此书却是不同,论交战,则合兵法;说妖术,则寓劝惩。且趣语横生,最足解人之颐,醒人之睡,迥非他书可及。

一、此书连琴谱、棋谱俱细细载入,不独于小说中另开生面,标新独异,且使有爱学琴棋者,即可藉此学习,不须另觅他谱,岂不至便?

一、此书前数回据事直叙,笔难十分逞巧。至下半部,不独语趣思深,即一切人之姓名,以及关名、桥名、山名、郡名诸类,均运用入妙,真良工苦心,传世之作。

一、是书用笔炼字,追摹《水浒传》;措词命意,远胜《镜花缘》。有识者观之,断不以余言为谬也。故仆乐得而细评之。

一、近日稗官,惟《红楼梦》可以寓目,续者纷纷,皆无是处;今《三分梦》一出,虽分道扬镳,却异曲同工,可合称之为"二梦"。

说明:上序及题词、凡例均录自道光二十八年坊刊本《三分梦全传》,此本内封题"道光廿八年新镌""三分梦全传""板藏衙内"。首《庆清朝慢》词,尾署"时己卯(二十四年)中秋下浣,西湖缪艮莲仙题",次题词,尾署"嘉庆二十四年岁次己卯孟冬朔日,南海黎成华笃焉氏题于半隐山房"。再次《序》,尾署"时嘉庆戊寅(二十三年)中秋佳节,潇湘仙史自题于陆沉山房"。序后为《凡例》。后为"三分梦传目录",凡十六回。

另一坊刊本,原本藏上海师范大学图书馆,无内封,未署刊刻年月。首有《庆清朝慢》词,署"时己卯仲秋下浣,缪艮莲仙题",又有七律两首,署"嘉庆二十四年岁次己卯孟冬朔日,南海黎成华笃焉氏题于半隐山房",又次《序》,尾署"时嘉庆戊寅中秋佳节,潇湘仙史自题于陆沉山房"。另有《凡列》九条。正文半叶八行,行十八字。版心鱼尾下镌"三分梦"、卷次、叶次。此本或即孙楷第《中国通俗小说书目》所谓道光十五年本。正文入话有"甚矣清朝,升平瑞世,道光圣主当阳,君臣协和民治,四海安康"语,可知书之刻印已由序所署嘉庆二十四年入道光某年了。

缪艮,字兼山,号莲仙,武林人,著有《嘤求集》《泛湖偶记》等。

潇湘仙史,真实身份、生平事迹待考。

平闽全传

《平闽全传》叙

自职方列七闽之名,而山川风土犹未详言也。考闽分野,上应女牛,地隶扬州。汉时始属会稽群(郡)。在吴为侯官,在晋为晋安,在唐为福建道。五岭环于西北,大海卫于东南。辨冈峦之起伏,审洞壑之回环。绀宇凌霄,以阴阳为嘘吸;丹崖插汉,以风云为扃关。其中或危岩转旆,或登道飞空。欱欲乎百灵,包藏乎万象。仰观俯瞩,离离奇奇,如匪仅猺獞之凭恃其崎岖,蜑户之寄托其岛屿已也。自唐时陈圣王削平负固,李观察振兴文教,由是风气始与中州等焉。逮宋时,以海滨邹鲁见称,声教尤为极盛。然伟颒洞之奇观,幻空蒙之灵宇,山川之钟毓,人物之瑰异系焉。时有杨元帅者,起家名将,树勋宋室,平闽之功尤彪炳于人世,父老虽或读之而弗及详也,或能详之而情文若未备至耳。近于友人处得阅《平闽全传》,列叙曩时评闽事实,委曲周详，了如指掌。披览之馀，自幸生当熙世，得以饮和食德，共跻寿域，则知今之海晏河清亦有年矣。而先朝之辛勤而履险者，其丰功伟绩，皆得优游于化日中而按籍以稽云尔。

说明：上叙录自鹭江崇雅本《平闽全传》。此本内封分三栏，分题"道光元年新镌""平闽全传""鹭江崇雅藏板"。首《叙》，不署撰人。目录叶题"平闽全传"，凡八卷五十二回。复次图像十六叶，共三十二幅。正文第一叶卷端题"平闽全传"，半叶十行，行二十二字。版心单鱼尾上镌"平闽全传"，下镌卷次、叶次。原本藏北京大学图书馆。

三续金瓶梅

《三续金瓶梅》自序

讷音居士

闲窗静坐,偶看到第一奇书,始于王凤洲先生手作。观其妙文,金针之细,粉腻香浓,至藏针伏线,令人毛发悚然。原本《金瓶梅》一百回内,细如牛毛千万根,共具一体,血脉贯通,千里相牵,自弟字起,孝字结,天理循环,幻化已了。但看《三世报》,虽系续作,因过犹不及,渺渺冥冥。查西门庆虽有武植等人命几案,其恶在潘金莲、王婆、陈经济、苗青四人,罪而当诛。看西门庆、春梅,不过淫欲过度,利心太重。若至挖眼下油锅三世之报,人皆以错就错,不肯改恶从善,故又引回数人,假捏金字、屏字、梅字,幻造一事。虽为风影之谈,不必分明理弊功效,续一部艳异之篇,名《三续金瓶梅》,又曰《小补奇酸志》,共四十回。补其不足,论其有馀,自幻字起,空字结,文法虽准旧本,一切秽言污语,尽皆删去,不过循情察理,发泄世态炎凉、消遣时恨,令人回头是岸,转祸为福。读者不可以淫书续淫词论。若看错了题目,不惟失去本来面目,而更辜负作者之心。须观其如何针锋相对,曲折成文;如何因果报应,酿成奇酸。天下最真者莫若伦常,最假者莫如财色。譬如大块文章,莫过一理。诗三百,一言以蔽之曰:思无邪。已矣,余本武夫,性好穷研书理。不过倚山立柱,宿海通河。因不惜苦心,大费经营,暑往寒来,方乃告成,为观者哂之,写一轴虎头蛇尾图画以嘲一笑云尔。讷音居士题。

(三续金瓶梅)小引

务本堂主人

尝闻酒色财气四大迷关,贪嗔痴爱人所不免。但不思世事如梦,转头皆空,可发一哭也。此书□何说起?因看列传诸书,皆以美中不足,令人悲叹,为能人多懒看。余借《金瓶梅》笔法,观其一线串珠,八面玲珑,回回可爱,果称奇才。寓意中,虽云月被云遮,风定尘息,雪消花卸,报应分明,但看到楚岫云生,梅花复盛,自当有一片佳言,方合妙文。且书内"金瓶"之事,叙至八十七回之多,独"梅花"

只作得十三回，似有如无，可见作者神疲意懒，草草了结，大杀风景。既云孝弟起结，想当有"忠信"二字收局，故以目注阿堵为基，说得堆云积翠，左盘右旋，至末卷有观见捉得住，共成一体，以公为忠，以禅作信。法前文笔意，反讲快乐之事，令其事事如意。为财色说法，一可悦人耳目，引领细观。再看财色始终，是真是假，因果报应一丝不漏，可不慎乎？世人多被财色所惑，贪嗔迷恋，果不迁乎？若能于锦绣场中回首，打破迷关，修心种德，改邪归正，虽不能超凡，亦可保身，岂不快哉？此书断不可视为小说，草草看过，用此作一服开心药，可分清浊矣。余虽无才，粗知笔墨，不过止于至善，非敢妄谈，故竭力搜求，效而续之。时在道光元年岁次辛巳孟夏谷旦誊录，务本堂主人识。

说明：上序和小引，录自道光元年抄本《三续金瓶梅》。首《自序》，尾署"讷音居士题"。次《小引》，不题撰人，详其文意，或亦讷音居士所作。《小引》所署年月，当系抄录的年月。抄录者为"务本堂主人"。《小引》后面是目录，凡四十回，无题署，未分卷（但正文分卷）。正文第一叶卷端题"三续金

瓶梅卷之一　讷音居士编辑"，半叶十行，行十七字。原本藏北京大学图书馆，为马廉旧藏，有"平妖堂""不登大雅文库"钤两方。

务本堂主人、讷音居士，均待考。务本堂刊刻过《南北两宋志传》（光绪五年本）和署孙高亮的四十回本《于少保萃忠全传》（道光二年本）等，与这个抄本抄录的时代相及。

载阳堂意外缘

绣像载阳堂意外缘辩

秋斋

余于庚辰岁游幕岭南花山官舍,暇日与同年友金陵龚梓材者,把酒谈心,志相得也。往往各道本乡今昔奇事。梓材性似聊斋,闻异必志。曾志余述之事一十二则,其笔法宛似《虞初新志》,阅之可爱。梓材索余亦志彼述之奇事,但余素不善此,又不敢藏拙,不得已而择其所述之邱树业自鬻于张,以私尤环环一事,其遇合之奇,报施之真,情文之笃,颇有趣味,爰成一书,名曰《意外缘》。此书虽蹈于淫,然由于缘动于情,即蹈于淫,犹可说也。夫缘也者,合之端也。情也者,理之用也。有是缘,有是情,然后通乎阴阳之气,谓之和可也,目之淫非也。况天下之淫事,何日无之,亦何处无之?人非圣贤,谁能免此。试问天下希贤希圣者,能有几人终之?此书断不可经两种人之眼:若与冬烘头脑先生见,恼文理不通,淫行可秽而已,不审其故,是以文害志也;

之但与荡检逾闲之徒见之，固不问文理不通，亦不理书中之本意，但将床笫之事，回环笑阅，以为《醋葫芦》之外书云，余更憾焉。绕屋循思，欲藏鸠拙，不如卷而怀之，火而除之为尤得也。吾将请自斯语矣。秋斋自序。

《绣像载阳堂意外缘》序

龚晋

盖作述之笔不重于名冠一时，而重于神留千古，犹人之不贵于邀誉一朝，而贵于范围奕世也。自有书传以来，代有名家，世多奇笔，然不过擅一长，精一艺而已，未有如毗陵周竹安先生，操作述之笔，神绝有如此者，诗文歌传，皆为丰岁之珍，饥年之粟，世之文人墨士获之，如暗室一灯，已有大裨于后进矣。兹乃于花山官舍闲暇之馀，复传《意外缘》一书，览之，不觉击（夺一"节"字）称快称快，其事虽近淫淫，而章法、笔法、句法、字法，无一不足启发后人。因悟圣叹批《会真记》《金瓶梅》诸书曰："淫者见之谓之淫，文者见之谓之文。"而先生传《意外缘》之笔，亦近乎是。虽云前法，实出新裁。显微抝折，跌宕淋漓，不时冷韵晚香，袭袭动人，更一种意在笔先，神游境外之妙，真前无古人，而后无来者矣。吾知此刻一出，聋聩顿醒，世之取法于斯者，何患不名冠一时而神留千古哉。岁次道光辛巳季冬，题于花山官舍，新安天中生书于沪上，白下梓材龚晋。

　　说明：上二序均录自上海书局石印本《绣像载阳堂意外缘》。原本藏复旦大学图书馆。此本内封前半叶题"绣像载阳堂意外缘"，后半叶题"光绪己亥季春上海书局石印"，首《绣像载阳堂意外缘辩》，尾署"秋斋自序"。次《序》，尾署"岁次道光辛巳（元年）季冬题于花山官舍　新安天中生书于沪上　白下梓材龚晋"，又次，"绣像载阳堂意外缘卷一目录"，凡四卷十八回。次图像六叶十二幅。正文第一叶卷端题"绣像载阳堂意外缘开场律诗一则"，诗后题"绣像载阳堂意外缘卷之一"。不题撰人。半叶十四行，行三十二字。版心单鱼尾下镌卷次、叶次。

　　秋斋、白下梓材龚晋，均待考。

末明忠烈奇书演传

忠烈奇书序

汉之高祖、明之太祖，以布衣而得承天运。在七国之馀，纷争五百馀秋，岁无宁日。汉高承秦苛改六国之后，项氏出而合立楚义帝。项羽强横而弑其君。汉高入关，与父老约法，议除秦敝政。后与项羽纷争，不五载而灭之垓下。是藉文武智略，以混归一统，以不嗜杀人而得之。项羽不强乎？惟强暴而败，是可鉴也。即明太祖亦以布衣而兴，慨然有安天下之志、救拯生民之心，倡大义入濠，一时豪杰云集，定都于金陵。命将出师，一举而平西汉，再战而灭东吴，三驾而克元都。不数载，遂成帝业，的是王者之师。所至者，皆以民为重，故以得之易，且享国久。是恩泽德于民深也。岂若此闯、献二贼，为盗之初，即以劫掠：初劫边民，后残暴蹂州踹府，杀无遗类。剖腹刳心，挖目刖足，割耳切鼻，堆薪以焚尸，剖人腹以暖马足，钓人耳以马饮血。攻城五六日不下，城陷之日，必尽屠戮。城将陷，以兵围外濠，缒城者杀之，故一城之陷，残杀过多，岂体上苍好生之德者？是闯与献终于贼焉。至于承天门是入，御座是升，亦云得矣，何至升座辄得目眩头晕，铸承昌钱不成，铸洪基钱又不成者，何哉？盖失其民者失天下，得其民斯得天下，故为渊驱鱼者獭，为丛驱者鹯，为汤武驱民者桀纣。圣贤之训，千古不易之则。故秦楚为汉之獭鹯、汉吴又为明太祖之獭鹯。然则今之闯、献又为大清圣主之獭鹯也乎。是以为之序云。

　　说明：上序录自啸月楼本《绣像三轴图忠烈全传》。原本藏广州中山图书馆。此本内封上镌"道光四年新镌"，下分三栏，由右向左，分题"内附活捉假李闯　生擒李洪基""绣像三轴图忠烈全传""啸月楼刊行"。首《忠烈奇书序》，不署撰人。次"绣像末明忠烈奇书凡例"，共五条。凡例有几点颇值得注意：一是一再申明，本书"依正史起笔，并非他书言神道鬼，无根妄撰以欺世"。二是特别申明"是书叙事并无伤碍语，且照末明对事实录，并不敢少涉当代旁说，只末数页将吴三桂往本朝乞师灭贼带写数言耳"。前者大约是申说这部《忠烈奇书》与《新世宏勋》等的区别。后者则为的是避免禁毁的厄运。再次是"绣像末明忠烈奇书演传目录"书凡六卷四十回。正文半叶十行,行二十字。

忠孝勇烈奇女传

《忠孝勇烈奇女传》序

修庆氏

尝思人道之大,莫大于伦常;学问之精,莫精于性命。自有书籍以来,所载传人不少,求其交近乎伦常者,鲜矣;求其交近乎性命者,益鲜矣。盖伦常之地,或尽孝而不必兼忠;或尽忠而不必兼孝;或尽忠孝而安常处顺,不必兼勇烈。遭际未极其变,即伦常未尽其难也。性命之理有不悟性根者,有不知命蒂者,有修性命而旁歧杂出者,有修性命而后先倒置者。涵养未得其中,即性命未尽其奥也。乃木兰一女子耳,担荷伦常,研求性命,而独无所不尽也哉!予幼读《木兰诗》,观其代父从军,可谓孝矣;立功绝塞,可谓忠矣。后阅《唐书》,言木兰唐女,西陵人,娴弓马,谙韬略,转战沙漠,累大功十二,何其勇也!封武昭将军,凯旋还里。当时筮者谓:致乱必由武姓。谗臣嫁祸武昭,诏征至京。木兰具表陈情,掣剑剜胸出心,示使者而死。死后位证雷部忠孝大神。何其烈也！去冬阅《木兰奇女传》，复知其幼而领悟者，性命也；长而行持者，性命也。且通部议论极精微，极显豁，又无非性命之妙谛也。尽人所当尽，亦尽人所难尽。惟其无所不尽，则亦无所不奇；而人奇、行奇、事奇、文奇，读者莫不惊奇叫绝也。此书相传为奎斗马祖所演，卷首有武圣帝序。今序已失。同人集赀付梓。书成，爰叙其缘起如此。光绪四年六月上浣，修庆氏谨撰，虚白氏敬书。

忠孝勇烈奇女传辞

"唧唧复唧唧，木兰当户织。不闻机杼声，惟闻女叹息。问女何所思，问女何所忆。女亦无所思，女亦无所忆。昨夜见军帖，可汗大点军。军书十二卷，卷卷有爷名。阿爷无大儿，木兰无长兄。愿为市鞍马，从此替爷征。"此便说出孝女愁叹之故。只因父有病，又无大兄，欲免戍边，非自去不可，真奇女子也。军帖，征兵之册籍。隋末称天子曰可汗，唐初仍然。点，查点也。"东市买骏马，西市买鞍鞯。南市买辔头，北市买长鞭。"此言从军之具，不可不精良，故备写东南西北之市。"朝辞爷娘去，暮宿黄河地。不闻爷娘唤女声，但闻黄河流水鸣溅溅。"此言辞亲远行，不闻爷娘唤女声。质朴妙婉，犹是闺中女子口气。"旦辞黄河去，暮宿黑水头。不闻爷娘唤女声，但闻燕山胡骑鸣啾啾。"复说一遍，愈觉凄切。"万里赴戎机，关山度若飞。朔气传金柝，寒光照铁衣。将军百战死，壮士十年回。回来见天子，天子坐明堂。策勋十二转，赏赐百千镪。可汗问所欲，木兰不用尚书郎，愿借明驼千里足，送儿还故乡。"将军，或云指番将康和阿也。此言功成受赏。朔气，北方寒气也。柝，夜行所击之梆也。十二转，封爵之等级也。镪，钱索也。明驼，木兰之坐骑也。送儿归，终不脱女子声音，好绝妙。"爷娘闻女来，出郭相扶将。小弟闻姊来，磨刀霍霍向猪羊。"一家喜悦，摹写生动。"开我东阁门，坐我西间床。脱我战时袍，着我旧时裳。当窗理云鬓，对镜贴花黄。"有绝世奇人，有绝世奇事。"出门看火伴，火伴皆惊忙。同行十二年，不知木兰是女郎。"木兰之苦心奇节，却于伙伴说出，奇绝妙文。"雄兔脚扑朔，雌兔眼迷离。双兔傍地走，安能辨我是雌雄。"

扑朔,蹉跌之貌。迷离,散乱之貌。木兰十二年不露破绽,若经人辨,不其危乎？借兔为喻,谑浪生姿。一篇极质古文,至末篇用戏笔,真绝世奇文也。先由黄河而至黑水,又过燕山,明是自南而北。后人讹传为河朔人,不辨自明。

忠孝勇烈奇女传跋

周汇淙

淙生平敬慕协天圣帝,若天地父母之无日不在心目间。凡遇灵迹,片语单词,珍若拱璧。兹得新降马祖所演《木兰奇女传》,并蒙赐诗寄示,因得与于是书校刊之役。世但传木兰代父从征一节,未能晰其颠末。历今千馀年,非马祖文奎之笔,其孰能知之？而孰能传之？传则曷为例以传奇俗说,不嫌于亵其体乎？曰：此马祖救世之苦心也。世人迷真逐妄,与谈经训典籍,辄欠身视日早暮不能耐,或更无从得书,与不能通其词句,则教泽有遗憾焉。兹导以传奇俗说,而实以忠孝勇烈,如木兰将军之奇人奇事,相与街谈巷说,皆令惊心动魄,而激发其志气,有感喟唏嘘而相继以泣者。其为书探原天人性命之理，剖示鬼神幽冥之故，贯通三教玄微之旨，旁及术数修炼家言、外道妖邪之术，总显出一忠孝勇烈之奇人奇事，以引人于道。盖其用意至深远矣。伏惟圣帝忠义参天，为千古第一奇人，陈承祚《三国志》只传其略，后得王实甫《三国演义》补葺封金秉烛等，读者勃勃有生气，顽廉懦立之效，捷于风草。世儒漫以不见正史为毁。史家剪裁以示体要，势难备载，见闻亦不无阙略，若但据正史，挥斥一切，书之得存焉者寡矣，人之不幸而泯没者多矣，岂可训乎？予久欲著论驳正而未果，心怦怦不能释。若乃如木兰将军之奇人奇事以成奇节，今得星官之灵，著为奇书，又得忠义参天之第一奇人以为之序，尤与稗官野史不同。则是书诚足以信今传后。而木兰将军忠孝勇烈之气，千载如生，非独为闺阁之英奇，实足以愧须眉而作其振奋也已。是为跋。大清道光七年小阳月上浣之吉，淦川周汇淙敬撰。

说明：上序、辞和跋录自常州道生堂藏板本《忠孝勇烈奇女传》。此本内封三栏，右栏题"光绪戊寅年重刊"，中题"忠孝勇烈奇女传"，左题"常州道生堂藏版"。首序，尾署"光绪四年六月上浣修庆氏谨撰、虚白氏敬书"。次《忠孝勇烈奇女传辞》，全引《木兰诗》，而于行间、末尾进行评论。复次"忠孝勇烈奇女传目录"，凡三十二回。正文第一叶卷端题"忠孝勇烈奇女传卷之一"，不题撰人。半叶九行，行二十四字。版心单鱼尾下镌卷次、叶次。书末有《忠孝勇烈奇女传跋》，尾署"大清道光七年小阳月上浣之吉淦川周汇淙敬撰"。

修庆氏，待考。

周汇淙，淦川（今湖北咸宁）人，清道光九年己丑科进士。笃信道教，酷爱关羽，著有《关帝全集折中》《吕帝书抄》。《黄陂县志》中有《木兰传》一篇，内容与本书基本相同。

忠孝勇烈奇女传序

刘芳

尝闻天地无不泄之精华，古今无不传之妙蕴，帝王无不垂之经济，圣贤无不著之斯文，忠肝义胆，无不建之大勋猷，烈节英风，无不播之名誉。论其性，则性刚健。论其情，则情慨侧。论其心，则心慈和。论其志，则志果决。处焉，正身心，励诚明，为道义门树千百年仪型之标；出焉，本盛德，为大业，于身世间创亿万岁奇绝之功。可以为孝子，可以为忠臣，可以质天地，可以泣鬼神。上可与日月星辰同其光华，中可与雷雨风云同其振奋，下可与乃圣乃神乃武乃文同其拨乱而反治。斯人也，斯诣也，自古迄今，求之男子，固觉历历而难数；求之女子，盖诚寥寥而无几矣，而木兰则首屈一指者焉。夫木兰物一女子耳，其父祷木兰山则生。人传为木兰山灵所感，或亦有据。八岁参性学，十四替父征，任提调军马总管之职。北征突厥，十二载枕戈待旦，不敢遑处。卒至功成告退，封官不受，赐禄不受。圣天子赏功懋德，封为武昭将军而后止。后遂以虚衔招实祸，一时奸佞，得以颠倒是非，媒蘖其短，谓唐代宗社，必从武字致祸。此先诬伍登，后诬武昭，所由来也。虽三次陈表，而祸焰难熄，竟至自割肌肤，自剖心肝。烈乎苦哉，千古少有矣。兹不俱论，第就十二年中，无人知其为女身论之，此从小心中来也。小心者，仁也。就三次诏无从辱其一毫论之，此从大力中来也。大力者，勇也。而其中将兵将将，措置咸宜，运筹帷幄之中，决胜千里之外者，而智又处乎其间矣。智、仁、勇兼全,是即天地之正气也;是即古今之奇节也;是即帝王之措施,圣贤之学问也。人以肝献忠,彼以忠献肝。人以胆披义,彼以义披胆。烈节之奏,直驾乎凌烟阁功臣之上,而不为誉;英风之布,远播乎唐贞观边隅之外,而不为阔。忠臣孝子,反出于巾帼织机之手;文武圣神,亘古一人,竟来自闺范窈窕之身。天地间,造物莫测。刻以待豪杰,正厚以待豪杰也;虐以处名流,正宽以处名流也。不刻则不奇,不虐则不显。奇则绝,显则古。所以天下后世,垂之简编,列为篇章,妇人孺子,朝野上下,啧啧人口,代为椎心而泣血者,正为此也。然此犹浅言耳,就其书而深探之,而性命又寓焉。若者传为诗歌,皎月止水,未足形其光辉;若者著为论说,丧吾铁冠,无非欲绵薪传。再细推之,木兰者,姹女也。织机者,转法轮也。从征者,用武火也。战胜者,降六贼也。必十二年而成功者,益信一纪飞升也。及太宗见木兰之心,不啻一颗舍利,赤若丹砂,光似明珠,益信舍凡体,证金身也。晚观此书,能开发修人之志据。故起念刊刻,以广其传。尤虑独力难支,广为劝输,以成厥志。后之修者，果不泯灭于斯书，则幸矣。是为序。皇清宣统元年元旦吉日，河南陈州府扶沟县继贤刘芳拜撰。

贞德公主忠孝勇烈传序

任从仁

天生奇人，必有奇遇；人称奇才，必有奇节。人不能敦伦，不足为奇遇；人不能修身，不足为奇节。能敦伦，而不能修身，亦不足为奇人。旷观忠孝勇烈木兰传，诚千古之奇人也。祖朱若虚，隋文帝时屡举孝廉，不就。木兰聪明过人，五岁入学，读十三经，过目不忘。又喜看佛道典，三教宗旨，心印妙法，一一贯通。观其幼习弓马，代父从军，何其孝也。屡败番兵，建功沙漠，何其忠也。立十二大功，封武昭将军，何其勇也。三上陈情表，对天使剜心，何其烈也。夫木兰，一女子耳。父朱天禄，梦玄帝召，谓之曰："唐室当兴，选天真下降，建立奇功，为唐代之完人，可称为巾帼中女丈夫也。"观朱若虚师事李靖，荐举尉迟与魏徵、褚遂良，博通古今，与丧吾等参司性理后，每日焚香静坐，梦文昌帝君召为南宫桂香殿主簿。以生平所读之书，传之木兰。木兰幼习遁甲，操演枪法，早立忠孝之机；吟诗念佛，隐喻性命之理。迨至凯旋还里，与花阿珍打坐参禅，不应召至京，修其天爵，而弃其人爵也。后被谗臣嫁祸，唐太宗谥武烈公主为贞德公主。题其坊曰"忠孝勇烈"。读此书者，谓其奇遇，谓其奇节，而不知始可称为奇人也。后人读此书者，以忠地勇烈自勉，庶几恶世化为升平，娑婆改换莲花。诚劝世之铭箴，度人之宝筏也。

适有河南省陈州府扶沟县大冈集贡生刘君讳芳字继贤，清举孝廉方正，在周滨同读忠孝勇烈木兰传，无不拍案称奇。刘君因有心疼病，发愿许刊板，以广流传。自捐银洋五十五元，劝捐四十五元，病即全愈，感应如神。忠孝勇烈贞德公主在天之灵，默为保佑也。钦旌孝子、帮医院员丁君讳福魁字冠五，生平喜印善书，刊板无数，不惮心力，较对付梓，普结善缘，善哉！一时劝人以口，百世劝人以书也。事成，索序于予。予忝列儒林，身进佛门，心参道妙，据事直陈，挽回世道人心之一助也，何敢以序云。

兹不俱论，第就十二年中，无人知其为女身论之，此从小心中来也。小心者，仁也。就三次诏无从辱其一毫论之，此从大力中来也。大力者，勇也。而其中将兵将将，措置咸宜，运筹帷幄之中，决胜千里之外者，而智又处乎其间矣。智、仁、勇兼全，是即天地之正气也；是即古今之奇节也；是即帝王之措施，圣贤之学问也。人以肝献忠，彼以忠献肝。人以胆披义，彼以义披胆。烈节之奏，直驾乎凌烟阁功臣之上，而不为誉；英风之布，远播乎唐贞观边隅之外，而不为阔。忠臣孝子，反出于巾帼织机之手；文武圣神，亘古一人，竟来自闺范窈窕之身。天地间，造物莫测。刻以待豪杰，正厚以待豪杰也；虐以处名流，正宽以处名流也。不刻则不奇，不虐则不显。奇则绝，显则古。所以天下后世，垂之简编，列为篇章，妇人孺子，朝野上下，啧啧人口，代为椎心而泣血者，正为此也。然此犹浅言耳，就其书而深探之，而性命又寓焉。若者传为诗歌，皎月止水，未足形其光辉；若者著为论说，丧吾铁冠，无非欲绵薪传。再细推之，木兰者，姹女也。织机者，转法轮也。从征者，用武火也。战胜者，降六贼也。必十二年而成功者，益信一纪飞升也。及太宗见木兰之心，不啻一颗舍利，赤若丹砂，光似明珠，益信舍凡体，证金身也。晚观此书，能开发修人之志据。故起念刊刻，以广其传。尤虑独力难支，广为劝输，以成厥志。后之修者，果不泯灭于斯书，则幸矣。是为序。大清宣统元年岁次己酉仲春中旬，古亳高阳子任从仁薰沐敬撰。

说明：上序等均录自《木兰奇女传》，所据底本，殆为清宣统间的本子。亦有"光绪四年六月上浣修庆氏"序及"大清道光七年小阳月上浣之吉淦川周汇淙"跋，文字几同，不赘录。

刘芳，字继贤，河南陈州府扶沟县人，生平事迹待考。

任从仁，无考。

绿牡丹

《绿牡丹》叙

夫传者,传也,播传于世,以彰忠贞义节。出于毫下,亦有雪月风花,借其腕下之馀情,以解胸中之闲垢,而悦目畅于怀,消其长昼之暇,并警闲者之安。故胡为评,胡为刻? 文浅章忓,词顽句拙,虽非效史,而亦可观,愿贤者而削之,故作是传。欲其名,谓之曰《绿牡丹》云耶。

说明:上叙录自经纶堂本《绣像绿牡丹全传》。此本内封三栏,分题"道光丁未年镌""绣像绿牡丹全传""经纶堂梓"。首《叙》,不题撰人。次"新序牡(绿)牡丹全传目录",不分卷,凡六十四回,单目,回目颇多错误,比如第四回为"花振芳求任爷巧作冰人",第五回仍然是"花振芳求任爷巧作冰人"。而正文则作"观母女王宅显男",次图像十二叶。正文卷端题"绣像绿牡丹全传",不署撰人。半叶十一行,行二十五字。版心单鱼尾上镌"绿牡丹",下镌卷次、叶次。

《绣像反唐绿牡丹》序

　　昔孔圣删《诗》,贞淫并采,盖美行必彰,奸回莫掩,使读者有所劝而有所惩也。是编体昉(仿)野史,事叙前唐。乐岁月之宽闲,漫劳松使;喜窗几之明净,用倩楮生。节义忠贞,千载而声名仍在;风花雪月,未几而色相皆空。因借号乎花王,花神应恕;效著书于叶底,叶奖(将)谌(堪)传。虽无补《诗》意之劝惩,聊可警吾人之志意云尔。

　　说明:上《序》录自京都琉璃厂存板本《绣像反唐绿牡丹》。此本内封上镌"光绪乙酉重镌",下分四栏,首栏空,二栏署"绣像反唐",三栏题"绿牡丹",末栏题"板存京都琉璃厂"。首《原序》,与经纶堂本《叙》全同。次《序》,不题撰人。复次"新纂绿牡丹全传卷首目次",凡六十四回,纠正了经纶堂本不少错误,比如,其第五回目为"亲母女王府显勇",不仅改正了经纶堂本总目录的错误,而且纠正了其正文目录的错误。有图像十二叶,似系由经纶堂本的图像覆刻而成，说明了其间的渊源。正文第一叶卷端题"新纂绿牡丹全传卷一"，半叶十行，行二十四字。版心单鱼尾上镌"绿牡丹"，下镌卷次、叶次。另有道光间芥子园刊本，亦有序，文字与上所录同，惟尾署"长洲爱莲居士漫题于芥子园"。

爱莲居士，或谓即鹤侣氏，本名爱新觉罗·奕赓，自号爱莲居士、墨香书屋主人、鹤侣主人、天下第一废物东西等，清宗室庄襄亲王五世子。道光间，曾任宫廷侍卫六年，后家道中落，归隐京郊山村，以耕田为生。著有子弟书多种，并有《佳梦轩丛著》。

海公小红袍全传

《大明绣像小红袍全传》叙

铁崖外史

慨自明季中叶，专宠内侍。嘉隆以还，奸邪迭出。朝纲紊乱，国纪颠连，严东厂、张华盖辈尤其昭彰显著。蠹国殃民，莫知底极。而忠贞节操之士，亦杂出乎其间；位卑言高，适足取罪，乃若杨忠愍、海忠介二公，鹄立朝端，回狂澜于既倒；不以官卑禄少，与世浮沉，故天下后世历指而称道，虽死之日，犹生之年也！传奇有《小红袍》一书，余耳其事而未觏其书。是岁桐阴消夏，客有携是书见示。余读之，不觉炎威顿消于何有。惟是篇中专述海忠介公晚节贞操，除奸剪佞，文近鄙俚，而其形容忠贞凛烈之处，亦自有足观。《岭南杂志》戴明鼎革时，忠介公石坊镌名处，血泪三日乃止，则其精诚之气，与君国相系，垂百馀载。明威显相，"死之日犹生之年"，洵不谬矣！爰附梨枣，以公同好。是为叙。道光壬辰年仲夏，铁崖外史。

说明：上序录自文德堂本《大明绣像小红袍全传》，原本藏国家图书馆，上海古籍出版社据以影印行世。内封上镌"道光壬辰年镌"，下分两栏，分镌"大明绣像小红袍全传""厦门文德堂藏板"。首《叙》，尾署"道光壬辰年（十二年）仲夏，铁崖外史"，有"林雅帆"阴文铃一方。次，"新刊海公小红袍全传目录"，凡十卷四十二回。复次，图像七叶十四幅。正文第一叶卷端题"新刊海公小红袍全传卷之一"，不题撰人。半叶十一行，行二十三字，版心单鱼尾上镌"小红袍"，下镌回次、叶次。另有咸丰丁巳年镌本。原本藏日本东京大学文学部。内封上镌"大明海公忠记"，下分三栏，由右向左分题"咸丰丁巳年镌""小红袍全传""同安徐管城藏板"，首《叙》，叙之文字与上所录全同，惟尾署"咸丰丁巳年谷旦铁崖外史"。有"徐管城印"阳文铃一方。次"新刊海公小红袍全传目录"，十卷四十二回。有图像，正文第一叶卷端题"新刊海公小红袍全传卷之一"，半叶十四行，行二十五字。版心单鱼尾上镌"小红袍"，下镌回次、叶次。又有光绪间印本，亦有序，惟尾署"时在光绪辛丑仲夏月上浣甬上昨非今是室主人书",叙之文字与上所录仅小异。

铁崖外史,即徐管城,馀则待考。

如意君传

陈天池第一快活奇书序

徐璈

丁酉岁,予秉篆阳城,初登太行,历天井关,行析城王屋山中。层峦拱抱,叠嶂清奇,因忆王荆公之言曰:"龙蛇之神,虎豹犨翟之文章,梗楠竹箭之材,皆自山出。至其淑灵和清之气,磅礴委积于天地之间,万物之所不能得者,乃属之于人。"遂念:"此山中人庶其不俗乎?"下车见二坊,书:"十凤齐鸣,三台接武。""十凤"者,东山(原注云:尔泰字)张少司寇乡会共擢人也;"三台"者,乃文贞公午亭、田文瑞公晓山相继而大拜者也。粤稽前明,如杨贞肃(原注云:讳继宗)、原襄敏(原注云:讳杰)、白尚书孕谦、王冢宰疏庵辈,高文典册,伟绩鸿勋,俱垂青史,始信此山中之大有人在也,荆公之言诚不虚。著作存亡,每勤遍访。惟《午亭文编》一书,啧啧在人耳目间。捧读之馀,钦仰不置。并读其《陈氏传家集》,其中之贤而才者,世固多传人也。

己亥四月，于午亭山村，得晤陈子天池，既以所著《第一快活书》丐致。初读之，快活，奇；读半，更快活，更奇；读竟，始末快活，且无一小不快活之罅可摘者，愈见奇奇。盖天下竞言著述矣，圣经贤传，注解精赅，奇；剿袭雷同，不奇；子史杂集，汗牛充栋，皆欲争妙，奇；佶屈赘牙，腐滥庸弱，不奇；稗官如《红楼梦》，艳称时尚，情隐事新，奇；卒读令人不快，不奇；《聊斋》辞炼意渊，奇；鬼狐甚惑世，不奇；《西游》幻，《水浒》侠，《西厢》荡，《镜花缘》浮，固各逞奇，抑皆有所訾议，不尽奇。奇莫奇此《第一快活书》者，写其知周万物、道济天下、乐天知命、安土敦仁始终不懈之见；其奇也，莫奇以尧舜之心，法孔孟之性，道程朱之教，言中庸之能，事尽用俚言出之也，更见其奇。奇俚言者，如水火菽粟，惩劝于世，固易知易从耳。易知易从，则有亲有功，可久可大，贤人之德业在是矣，文顾不奇乎哉！文之奇，乃以知其人之奇也。书虽稗史，迥异寻常。应付剞劂，以公斯世。嗟乎！使陈子据此才华学问、瞻识精神，出而黼黻皇猷，布宣廊庙，不与乃祖午亭相国媲美当代也乎！陈子若不以此奇，抑或甘心肥遁，娱老林泉,求志著书,记徽千载,别具幽深高旷之怀也欤?以此为奇,甚矣,知人固难也。而余窃有以幸之矣。

居是邦久,其大夫之贤者如王侍御介民、刘中宪文沚,明府则顾瑞人、卫淇园、张扶春、田艺陶辈,既得而学文矣,今复遇一士之仁而奇者,又得而友之焉,岂不幸甚?然晋国山河,天下莫强;阳城山水,三晋为最。淑灵和清之气日积,宿学奇才之士日生,或更有如陈天池其人者乎?余将驱车四野,尤遍物色之矣。道光岁在庚子孟春之吉,桐乡樗亭甫徐璈拜题。

陈天池如意君传序

刘象恒

昔昌黎论文,谓"不得其平则鸣",然所以得鸣其不平者,必本于山川之灵秀,教泽之流传,风晨月夕考核之精详,稗史山经搜罗之富有,钻研既久,识解特超,而后思如泉涌,笔若花生,良非偶也。

阳城在太行之麓,王屋析城,层峦叠嶂,其山水之清淑,为三晋最。以故掇巍科,登显仕者,代不乏人。抑或所如不合，放浪于山巅水涯间，而穷老著书，以寄其抑郁无聊之慨者，亦所在多有。余自下车以来，与邑中文士相周旋，凡民物之富庶，风俗之敦庞，与夫学士大夫之流风馀韵，每殷勤访问，不置诸怀。

丁未夏，陈子天池以所著《如意君传》问序于余，余公馀之暇，为之披阅。见其敷词典丽，征事赅博，且自述历十馀寒暑而后成书，可谓用心专而程功久矣。窃谓圣贤垂训之书，指不胜屈，然世人往往于正言庄论，非听而生厌，即束之高阁，故盲《左》蒙《庄》而降，或贪述异闻，或直摅己意，或好为驳杂无稽之论，或假托神仙怪诞之辞，虽其间乌有子虚，无关体要，然观者得其旨于语言之外，无拘其见于迹象之间，反足以动听闻而昭炯戒，亦未始非世道人心之一助，可漠视欤？今陈子以相国文贞之裔，世业青箱，其贻泽不可谓不厚，且以卓荦不羁之才，而落拓半生，青衫潦倒，不得已因托笔札以自见，正昌黎所谓"不平之鸣"而遂以自鸣其不平者也。余故不辞而为之序云。道光丁未季秋下浣之吉，灌水莪圃氏刘象恒拜序。

如意君传序

田秋

且吾人生古人后,勿论才力不逮古人,即可几及,而自《左》《国》《骚》《史》,诸子百家,由秦汉以迄于今,宏文巨制不啻百千万亿也。降而稗官小说,如《三国志》《西游》《水浒》《西厢》《聊斋》《红楼》《虞初新志》,齐谐志怪种种,不可胜数者,又不啻百千万亿也。吾人搦三寸管,不愿泯殁无闻,乃以让古人者为争古人之地,独开生面,不袭窠臼,此固难之又难者矣,要亦不得已也。

陈子天池,居沁湄之郭峪,相距二千餘里,风雅力学,举茂才后,乡试一击不中,耻为再举。父母兄弟妻子间,薄田数亩,佐以舌耕,怡然自得,乡党称之。闻著《第一快活书》四帙,十年而成,每以未获见为憾。己亥冬,余养疴家居,风雨蓬庐,知交零落,惟以残编断简,晤对古人。陈子忽持所著书过余,嘱校订而加序焉,仓促未能竟读。庚子夏,一为披阅,虽喜其该博,尚觉直叙无奇,寻常视之。秋抄,余遭亡女之恸,哭以百韵。父母兄弟全无,侄及嗣子意情不属,半百夫妇,泪眼相看,毫无生趣,处人生第一不快活之境。因思人生第一快活之书,取而再读之,觉其佳。越辛丑而再三读之,尤觉其佳。其作书之旨,详于《自序》及《与友人书》,其大小兼赅,雄博瑰丽,详于《题词》《略言》。至推本于无理不欺,以积德存心为快活之主,深有合积善馀庆,先慎德,修天爵之意,可以劝而不失之夸,可以惩而不伤于悖,是书其必传也已!独其征序于余,则是陈子之过爱乎?余而未暇一再思也。夫刘勰跪献于休文,得其序而《文心》以传;太冲称善于皇甫,得其序而洛阳纸贵。项斯标格,赠言敬之;留仙《志异》,见赏渔洋。登龙附骥,历代不乏,然必人足以传其人,而人始借人以传,未闻身不足传而能以不传之身传人者也。余也文不足以雄天下,名不足以出乡国,老博春闱,不才家食,其不足以传陈子也。惟念登山而采玉,涉海而采珠,人之嗜好,原自不同。吾生古人后,后人生吾之后,倘有爱陈子是书者,并爱是文,将陈子不能藉传于余者,余反藉传于陈子也,或亦事之未可知者乎?道光二十二年岁次壬寅嘉平月,赐进士出身文林郎知陕西邠州长武县事同邑弟艺陶田秡拜撰。

第一快活奇书序

卢联珠

书之所贵者奇也。《易》备六经之体,而韩昌黎以"奇"括之。至子史百家,隶骚坛,列艺苑者,靡不争胜于奇,下逮稗官野史,统目之为传奇,盖奇则传,不奇则不传,书之所贵者奇也。故《三国》之谲,《西游》之幻,《西厢》之荡,《水浒》之侠,人瑞金氏标之为"四大奇书"。外此小说家言,若《牡丹亭》《红楼梦》《聊斋》《虞初》等集,且无虑数百十种,亦皆各出其奇,各擅其奇。信乎奇则传,不奇则不传。书之所贵者奇也。顾奇见为奇,人自惊其奇,爱其奇,争传其奇;奇不见为奇,人或不识其奇,不识其奇,则不惊其奇,不爱其奇,而因不传其奇矣。余则以为奇见为奇固奇,奇不见为奇,而合众奇以为奇,是尤奇中之奇。奇可传,而奇中之奇尤不可以不传。

友人陈天池,相国文贞公之裔,奇士也。余素稔其人之奇,而犹未悉其文之奇也。道光丁酉,余司铎龙门,越辛丑夏,抱重疴,濒其殆。方辗转床箪间,而天池携仆担簦至。余力疾延之,乃出所著《如意君传》见政,即《第一快活书》也。夫但曰"如意"而已,"快活"而已,无波澜曲折操纵变化之方,一径直之文耳。初则以为无奇也,而案头置之。翌日,天池登龙门,看黄河水。余病兼苦热无聊,强取案头书阅之。见其《自序》《与友人书》,是欲布堂堂之阵,树正正之旗,故不袭诸家窠臼,特下笔以开生面者,乃稍稍奇之。而以疾作,未能卒读也。是时余兼龙门书院主讲,因置酒院中,为天池寿。天池请余阅其书。余辞以病未能也。天池曰:"君试坐而我为君诵之,可乎?"余辞以病,坐亦未能也。天池曰:"君试卧而我为君诵之,可乎?"于是左携杯,右执卷,且读且饮。每至得意处,则意气飞扬,辄起立,急口疾读,或奋声高歌,兴酣酒浓,手足舞蹈。不半日间,一部七十二回大文,已了然若揭,而天池亦醉不可支。余乃矍然而起,执其手,谓之曰:"奇哉乎,子之书!初几以皮相失之矣。"居数日,天池嘱序于余,辞以去。余由此病益剧,乃屏除一切,谢绝生徒,公事外,惟无思无为,默然静坐;笔墨之事,更束之高阁。是以此书之序未遑也。

　　自保荐以来,回籍候选。与天池居且相距数十里,未及一晤,天池枉顾,余又他适未面。昨李固仙携是书将代献之大令刘莪圃,先生且以柬来索序。余惭无以应。阅其简首,序而题词者已十馀人,因复取其书读之,夫乃益叹其奇也。其发锺毓也奇,其叙天伦也奇,其阐性道也奇,其述学业也奇,其著词章也奇,其谈遭际也奇,其表贵显也奇,其夸功绩也奇,其摹佳丽也奇,其道家常也奇。至若创以奇地,蔚以奇人,络以奇事,罗以奇品,则又无不各极其奇。奇哉乎!其才奇,其学奇,其识见力量奇,而其势则如黄河直泻千里,曲折波澜,横纵起伏,无不见于一往奔腾中,则其用法为更奇。奇哉乎!是合众奇以为奇,而奇不见为奇,乃尤奇中之奇者也。然奇见为奇,则人得惊其奇,爱其奇,争传其奇;而奇不见为奇,在不识其奇者,且目之为无奇。夫"奇则传,不奇则不传。书之所贵者奇也",余故表其奇,且表其为奇之不见奇者之奇,而特为是书增一字曰《第一快活奇书》。道光二十七年岁次丁未暑月中浣,同里弟卢联珠星如甫书于绮园之有斐轩。

陈可泉无恨天传奇序

刘作霖

江文通赋云："仆本恨人,心不惊不已。"如意事常八九,大抵然矣。使文通而无恨也,则何为以五色之笔,如姚苌之神授如意,指挥三军,洋洋然作此数百言之赋,以流传至今也。文通而多恨也,则能不直念古者忧恨而死,觊缕数之,以入吾赋,若王处仲之用铁如意击碎唾壶者乎!

今陈可泉(天池之号)之作《如意传》也,人不知其用意所在,吾知其本文通之意而反言之者也。可泉之遇,不知其何类文通?而可泉之才,则真文通之才,可以赋恨而补其天也。其传如意子也,举人世所欲如之意而尽如之,举人世所必不能如之意而无不如之。无吊诡之说,无谬悠之谈,取夫忠孝名节,富贵福泽之事,出以清虚缥缈之思,衍以鸿博秀丽之笔,香艳繁华,步步引人入胜,所谓华严楼阁,弹指立现也。视世之穷愁易工者,彼则万窍之号,此则钧天之奏;彼则山气之绷,此则卿云之烂;彼则片羽之光,此则九苞之采。翻出窠臼,光景常新。且征之考献,引用正史,则识之高也;伦常经济,不诡于正,则学之粹也;俪辞谐韵,不涉于俚,则才之隽也。其他雕章琢句,则前人所有而无不有,前人所无而不使无,视耐庵之《水浒》,雪芹之《红楼》,可以鼎足;《西厢》《琵琶》等书,则词曲一路偶及之,亦可齐观。而《西游》之幻,《金瓶》之秽,厕奇书之列者,皆自郐以下矣!

书以十馀年始成,题之曰《如意君传》,又曰《第一快活奇书》,予未阅其书,闻其名而不喜,嫌其直率而少蕴蓄。及索其书而读之,为之浮白者不知其几,为之距踊者又不知其几。作书者能如读者之意,读书者能如作者之意,两相得矣。于是以佛书"离恨天"之义而标题焉,曰《无恨天》。"离"者,离而去之之谓,恐人以离别错解,故易"离"以为"无"也。而佛书之言"六根"也,眼、耳、鼻、舌、身,而终之以意;其言"六尘"也,色、声、香、味、触,而摄之以法,意尘为法,如法即如意矣。然则恨之离也,有不踌躇满志自鸣得意者耶?可泉之传"如意"也,恐自古及今,从无此世法能如是之如意也,则将归之于天上,是无也不谓之无恨而谓之何天也?可泉能如意乎?笔之所如意之所如也。可泉能上天乎?笔补造化，胸中别有一天也。可泉能无恨乎？可泉之才无恨于天，可泉之遇，正不必恨矣。噫！昔时之如意子，乃乌有子虚者也，而后日之可泉子，则非乌有子虚者也。道光二十八年岁次戊申，□□科举人平阳府吉州教授愚弟刘作霖雨苍氏序于凭山堂。

如意君传自序

陈天池

《如意君传》者何？传如意君也。传如意君何？传如意君之如意意也。如君之如意，又曷为传？传其事事之皆如意也。使其为一如意，以至于十如意，百如意，千万如意，而苟有一不如意者，亦不足以传。人尝言"不如意事常八九"矣，而如意君之如意，则不仅于一如意，十如意，以至于百千万如意，而绝无有一不如意者，此如意君之所以传也。或者曰：如意者，乃如意君之如意，而子又曷为传？人尝言"不如意事常八九"矣，使人当不如意之时，而忽遇一如意之事，则未有不欣欣然而如其意者矣；苟其当多不如意之时，而竟见此无不如意之事，则更可欣欣然见彼之皆如意而忘其我之不如意者矣。

余固能知如意君之如意,而余亦因之如意矣。余即有一不如意之事,余惟以其皆如意,而自可无不如意也。余又不忍余之独知此如意而秘之,使人人不共知此如意也,此如意君之所以传也。人或曰:如意君之所如意,而于我或未必如意也;于我未必如意,而于人人亦或未必如意也,子又曷为传?人尝言"不如意事常八九"矣,而子之不如意,余不知其何在而不如意也,且并不知夫人人之所如意者何在也。孟子曰:"无为其所不为,无欲其所不欲,如此而已矣。"子欲为其所不为,欲其所不欲,而始得遂其如意,势必至于无所不为,无所不欲,而非人之所意及者,是子以之为如意,而非如意君之所谓如意也。如意君之所谓如意,乃能随时存心而不失其正,所谓素也,素则无事而不如意矣。勿论其处富贵之地而皆如意,即使其处贫贱患难而亦未有不如意者,能素其位以安其心也。此又如意君之所以传也。

至其里居姓字,传中自详载矣。人或以史鉴无稽,多滋拟议。而我读明以来书,见传建文帝者,焚亡不同;著王冢宰者(国光),详略各异,亦多不能尽信而无疑。况明未经兵燹之馀,鼎革之后,安知非家乘遗亡,国书失证耶?今从逸史而得其原委,故特揭之以为《如意君传》。传中有文辞乖谬,识解浅疏处,原在风晨月夕之下,杯残客去之时,信手拈来,未暇细校,惟祝阅之者犹以大如意处教我也,则幸甚。高都陈天池自序。时道光十三年岁次癸巳腊月十有五日。

说明:上序等均录自撷华书局排印本《第一快活奇书》。此本内封题"泽州陈天池先生著""第一快活奇书""撷华书局印行"。有"道光岁在庚子(二十年)孟春之吉,桐乡樗亭甫徐璈拜题"的《陈天池第一快活奇书序》,"道光丁未(二十七年)季秋下浣之吉,灌水葰圃氏刘象恒"《陈天池如意君传序》,"道光二十二年岁次壬寅嘉平月,赐进士出身文林郎知陕西邠州长武事同邑弟艺陶田秌"《如意君传序》,"道光二十七年岁次丁未暑月中浣,同里弟卢联珠星如甫书于绮园之有斐轩"《第一快活奇书序》,"道光二十八年岁次戊申,□□科举人平阳府吉州教授愚弟刘作霖雨苍氏"《陈可泉无恨天传奇序》,"道光十三年岁次癸巳腊月十有五日"《如意君传自序》。道光十八年八月朔日陈天池的《与友人书》及《题词》、"道光二十年三月上己辰受业门人月如李恒"的《读如意传略言》等,以太多太繁,故略之。

  陈天池,字香泉,号子泉,山西泽州人。陈敬廷之后裔,举茂才,乡试一击不中,耻为再举,薄田数亩,佐以舌耕。

  樗亭甫徐璈、莪圃氏刘象恒、艺陶田秌、卢联珠星如、刘作霖雨苍、月如李恒等,生平事迹待考。

梅兰佳话

《梅兰佳话》序

赵小宋

自来传奇,初非实有是事,亦非实有其人,大抵境由心造,以抒其胸中之学。吾友曹子梧冈,洵翰苑才也,厄于病,自食饩后,即淡心进取。庚寅岁,其病愈剧,余适馆于家。时染病在床,不能行动,遂坐床凭几,信笔直书,撰此一段佳话。虽非诗古文词可传后世,然其结构有起有伏,有照有应,非若小说家径情直叙,一览索然。余阅之,把玩不置,劝其付之剞劂,公诸同好。梧冈曰:"此弟游戏之作,若付之剞劂,实足令人喷饭。"其事遂寝。越丁酉岁,遂赴玉楼之召。余检其遗稿,捧读数次,不甚扼腕,因为之校正以待梓。是为序。时道光己亥年菊月,古云赵小宋拜撰。

说明:上序录自至成堂本《梅兰佳话》。原本藏首都图书馆。此本内封三栏,右题"道光辛丑年镌",中题"梅兰佳话",左题"至成堂梓"。首《序》,

尾署"时道光己亥年（十九年）菊月,古云赵小宋拜撰"。目录叶题"梅兰佳话　阿阁主人著",凡四十段。正文卷端题"梅兰佳话",版心单鱼尾下镌卷次、叶次。共八卷。半叶八行,行二十字。

阿阁主人,即曹梧冈,逝于丁酉年（道光十七年）,小说为其遗作,成书的时间则在庚寅（道光十年）。

白鱼亭

〈白鱼亭〉叙

黄瀚

余生也不辰,赋性好游,足迹已遍天下。于山,历太华绝顶,五岳之中,已登其四焉;北入太行,西入峨嵋,旁及终南、武当、罗浮诸胜。于水,则泛五湖,寻范蠡系舟处,溯流而下,观海市蜃楼、鱼龙出没之乡。于人,则见诸名公鸿文巨制,常附骥尾。非幸也,是天之以辛苦与我,使我备尝也。设使生长华胄,青云直上,致君泽民,旰食不暇,何暇及此哉?抑又家难不堪,父母见背,兄弟散处寰中,一身毫无挂碍,得跋涉于山颠水涯,寄情诗酒,醉则狂呼,天地为之变色,雷霆为之息怒。非幸也,天之以狂态与我,使我终无所成也。设使菽水可以承欢,骨肉得以聚首,吾亦不愿放浪于形骸之外,事亲敬长,朝夕不暇,何暇及此哉?然余尝闻古之人,动辄以游名山大川,然后文有奇气。裹粮走险,寻幽探奇,此得志君亲者之所有事也,非所以语于劳人弃士。往者峨嵋道上，几经阅历，今又以寻诗故，走方山，谒烟霞石，遍搜蜀中所有，劳顿极矣。歇足于曲川公署，八阅月，解馆下泾南，蕉窗无事，思有以醒天下人之耳目，悦天下人之性情，非积善感应之事不可，非词俗语俚之笔尤不可。故将生平所见所闻，撰述成书，颜其名曰：《白鱼亭》。计八卷，共六十四回。如是而已。

若夫表扬世道，维持人心，自有六经之大文章在。天道福善而祸淫，作善者日休，作伪者日拙，此古今不易之龟鉴也。大君子自能勉之。嗟夫余以一书生奔走天下，阅尽山川，饱看人物，除诗囊酒瓢而外，他无所得，虽雕虫小技早已餍饫人口，而究不能济一饥渴之用，何哉？是天使我终其身于天下名胜之区，亦未可知也。设使子臣弟友而得其一焉，亦不能穷愁著书，以贻身后。非幸也，空言无补，于世何益？孟子曰：劳其筋骨，饿其体肤。自治且不暇，何暇及此哉。然而已及此矣，夫复何言。聊伸鄙况，以弁诸首，是为序。道光廿二年季春月中浣，趣园野史珊城黄瀚题于红梅山房。

说明：上序录自红梅山房本《白鱼亭》。此本内封三栏，右题"趣园野史撰述"，中题"白鱼亭"，左题"红梅山房开雕"。首《叙》，尾署"道光廿二年季春月中浣，趣园野史珊城黄瀚题于红梅山房"。叙后为"白鱼亭目录"，凡六十回。复次图像十六叶，皆像赞各半叶。赞分署"觉迷道人""好山""弄丸道人""趣园野史""月樵""抚梅山人""鹤园""渔田""伴月书生""秋坪""郎斋""无妄子""烟霞散人""溪山"等。正文第一叶卷端题"白鱼亭卷一""趣园野史黄小溪撰述"（卷二署"趣园野史黄辉庭撰述"），半叶九行，行二十字。版心单鱼尾上镌"白鱼亭"，下镌卷次、叶次。原本属傅惜华所有，今藏中国艺术研究院戏曲研究所图书馆，上海古籍出版社据以影印。另国家图书馆亦收藏此本。

据序，知书作者为黄瀚。瀚字辉庭，又字（或号）小溪，号趣园野史，道光间珊城（今属江西抚州）人。

大明正德皇游江南传

(游龙幻志序)

黄逸峰

窃思余之素志,性嗜古文,凡属稗官野史罔不评阅,常于灯窗蕉雨之夜用以寄兴舒怀。友人何梦梅先生,宿负慧性,胸怀豁达,尝作奇书异传以之寓意,即以之感慨世情也。自未识荆,朋侪谓嗜古为怀,知我者鲜,岂期先有同调,噫嘻!彼此相遇,各述其痴,遂成密友。偶于一日促膝谈心之暇,友人梦梅以一书授予观览。吟咏之际,不觉击节叹赏,指书而笑曰:"抑扬婉转,此中别有深心。"友人闻言而叹曰:"弟编此书,正如村女不含颦,牧童不揖让,一味率真耳!"余答曰:"水晶盐味,虽淡犹浓。"以是为序。时道光壬辰仲夏上浣,樵西黄逸峰拜题。

(游江南序)

何梦梅

余阅鉴史诸书,见历代帝皇未有如正德武宗

者，想其行年十五，即正位枫宸，遂以好逸乐游为心，存（曾）不以江山为重，遂至群魔百出，社稷几至倾危，幸赖之良臣力为匡获（护），乃得日月幽而复明，社稷危而复安，此乃非关昏暗，实出乎自心之好逸耳。第见其于国家康宁之后，君臣宴乐之时，细案风尘，何其郑重。迨及一闻江南胜地，即欲微行，于是僭易衣冠，月下追贤，何其快捷！及江南一下，见酒楼月榭，杏店桃津，柳岸花村，绿窗红粉，各府之炎凉世态，尽入于听闻睹记之中；各郡之风土人情，毕观于车驾轮辕之下。为民除害，为国诛奸，何其乐畅！又于酒楼戏凤之时，宋府观花之际，或未见而怀思，或相逢而乞宠，一呼百和，何等如心！余见此段文词，足堪寓目，而稗官野史，亦未有以梓传，故于风雨惆惆之暇，采叠成篇，未敢夸言笔墨，不过见其事有可观，聊学志之，以为我辈清夜长宵之遣兴耳。道光壬辰季秋中浣，顺邑雪庄何梦梅识。

说明：上二序均录自江左书林本《绣像正德游江南传》。此本内封三栏，分题"大明游龙戏凤全本""绣像正德游江南传""江左书林梓"。首二序，分署"时道光壬辰仲夏上浣,樵西黄逸峰拜题""道光壬辰(十二年)季秋中浣,顺邑雪庄何梦梅识"。次图像十四叶二十八幅。复次"大明正德皇游江南总目",凡七卷四十五回。正文第一叶卷端题"大明正德皇游江南卷之一",半叶十行,行二十字。版心单鱼尾上镌"游江南传",下镌卷次、叶次。此书版本甚多,国家图书馆、天津图书馆等另藏宝文堂本。

黄逸峰,待考。

何梦梅,字雪庄,广东顺德人。生平事迹待考。

五美缘

五美缘全传叙

寄生氏

美人者,天之灵秀所钟,得一已难,况倍之而复蓰之乎?暮春坐海棠花下,客持《五美缘》见示,细加详阅,窃思钱月英之纯贞、赵翠秀之纯烈、钱落霞之纯谨,守志完身,仗义除逆,俱巾帼中仅见者。至若蕙兰坚随寒士,飞英爱服将材,亦不愧美人之号。冯生何福书懦,消受如许温柔乡也。他如林公吏治,附书之足长智识。信乎天生才子必配佳人,钟灵毓秀,天之所以成全美人也。如《五美缘》其一也耶?壬午谷雨前二日,寄生氏题于塔影楼之西榭。

说明:上叙录自道光二十三年慎德堂本《五美缘全传》。原本藏南京图书馆。此本首《五美缘全传叙》,尾署"壬午(道光二年)谷雨前二日,寄生氏题于塔影楼之西榭"。《中国通俗小说书目》"争春园"条谓"寄生氏即《五美缘》作者",但无可靠的证据。次图八叶,皆像赞各半叶。目录叶题"新刊五美缘全传",无目录或目次字样。凡八十回。正文第一叶卷端题"新刊五美缘全传",半叶八行,行十八字,版心单鱼尾下镌回次、叶次。书成于道光二年之前(壬午最迟为道光二年),其他版本也多署"壬午",惟楼外楼本署"甲申谷雨前二日寄生氏题于塔影楼之西榭"。

　　寄生氏,真实身份、生平事迹待考。

红楼幻梦

《红楼幻梦》叙

花月痴人

同人默庵问余曰:《红楼梦》何书也？余答曰:情书也。默庵曰:情之谓何？余曰:本乎心者之谓性,发乎心者之谓情。作是书者盖生于情,发于情,钟于情,笃于情,深于情,恋于情,纵于情,囿于情,癖于情,痴于情,乐于情,苦于情,失于情,断于情,至极乎情,终不能忘乎情。惟不忘乎情,凡一言一事一举一动,无在而不用其情,此之谓情书。其情之中,欢洽之情太少,愁绪之情苦多,何以言之？其欢洽处,如花解语、玉生香、识金锁、解琴书、撕扇品茶、折梅咏菊等事,诵之爽脾,不过令人叹艳。其悲离处,如三姐戕、二姨殁、葬花绝粒、泄机关、焚诗帕、谏花护玉、晴雯灭、黛玉亡、探春远嫁、惜春皈依、宝玉弃家、袭人丧节各情,阅之伤心,适足令人酸鼻。凡读《红楼梦》者,莫不为宝、黛二人咨嗟,甚而至于饮泣。盖怜黛玉割情而殀,宝玉报情而遁也。余尝究心是书。默庵曰：子可知，是书乃红楼中一梦耳。余曰：然。彼则曰：子曷不易其梦，而使世人破涕为欢，开颜作笑耶？余曰：可。于是幻作宝玉贵、黛玉华、晴雯生、妙玉存、湘莲回、三姐复、鸳鸯尚在、袭人未去诸般乐事，畅快人心，使读者解颐喷饭，无少欷歔。凡人居六合之中，困苦悲离，富贵利达，无非梦幻泡景。是以痴人说梦，细玩《红楼》乃奇梦也，痴人乌得而语之？今摭其奇梦之未及者，幻而出之，综托之于梦幻，故名之曰《幻梦》云。时道光癸卯秋，花月痴人书于梦怡红舫。

说明：上序录自疏景斋本《幻梦奇缘》。原本藏首都图书馆。此本内封三栏，由右向左分题"道光癸卯新刊""幻梦奇缘""疏景斋珍藏"。首《叙》，尾署"道光癸卯秋，花月痴人书于梦怡红舫"。次"红楼幻梦目录"，凡二十四回。正文第一叶卷端镌"红楼幻梦卷之一"，不题撰人。半叶九行，行二十字。版心上下黑口，双鱼尾内镌"红楼幻梦"、回次、叶次。另芜湖图书馆亦藏此本。

花月痴人，真实身份、生平事迹待考。

升仙传

升仙传弁言

倚云氏主人

古今良史多矣,学者宜博观远览,以悉治乱兴亡之故,识忠贞权奸之为,既以阔广其心胸,而复增长其识力,所益良不浅也。至稗官野史所载济仙诸人,虽事皆奇异,疑信参半,而其扶善良、除奸邪,其足以兴起人好善恶恶之心者,与古今史册无异焉。其较诸世之淫哇新声,荡人心志者,自不侔也。大雅君子,宁必遽置勿道也哉?于是集为一编,名之曰《升仙传》,而付诸梓,以公于世焉。倚云氏主人书于宝月堂。

说明:上序录自文锦堂本《绣像升仙传》。此本内封上镌"道光丁未孟夏重镌",下分三栏,分题"倚云氏手著""绣像升仙传""文锦堂梓行"。首《升仙传弁言》,尾署"倚云氏主人书于宝月堂"。次"绣像升仙传全目",凡八卷五十六回。复次图像五叶。正文第一叶卷端题"新刻绣像升仙传演义卷一",不署撰人,半叶十三行,行三十字。版心单鱼尾上镌"升仙传",下镌卷次、回次、叶次。

倚云氏主人,真实身份、生平事迹待考。

二刻泉潮荔镜奇逢

荔镜传叙

儵与忽问道于浑沌曰:"色何以不离空,空何以不离色?"浑沌应之曰:"色即是空,空即是色。"儵忽大喜,谓:"空既是色矣,若并其色而空之,依然真空;色既是空矣,若去其空而色焉,斯为真色。"于是凿浑沌之窍,以观其妙。殊不知七凿之后,无能复有浑沌也。于焉六根之外,更生情根,随儵忽起,随儵忽止。或慧而为男,手弄金镜,打得破,复收得完;或惠而为女,意甜丹荔,抛得去,仍取得来。邃阁重栏,密约佳期,何可胜数,而又奚但必卿碧琚之为区区也?虽然,霄壤之间即有关雎,不废鸳鸯。日暖风和,宴衍太空,曷曾有相碍适乎?然则试进儵忽而告之曰:"子知荔与镜之不物于物乎?甘者有如波罗蜜,莹者当为祇园金也。"吾知儵与忽必相视而笑,以为悔不及留浑沌而质之。

说明:上叙录自道光间刊本《新刻荔镜奇逢

集》。原本藏国家图书馆。此本内封三栏,由右向左,分题"道光丁未春镌""新刻荔镜奇逢集""藏板"("藏板"二字上应挖去某些字)。首《荔镜传叙》,不题撰人。正文第一叶卷端题"二刻泉潮荔镜奇逢集卷一"。半叶九行,行十六字。版心镌"荔镜传"、卷次、叶次。

风月梦

《风月梦》自序

邗上蒙人

夫《风月梦》一书,胡为而作也?盖缘余幼年失恃,长违严训,懒读诗书,性躭游荡。及至成立之时,常恋烟花场中,几陷迷魂阵里,三十馀年,所遇之丽色者、丑态者、多情者、薄幸者,指难屈计,荡费若干白镪青蚨,博得许多虚情假爱。回思风月如梦,因而戏撰成书,名曰《风月梦》。或可警愚醒世,以冀稍赎前愆,并留戒余后人,勿蹈覆辙。间有观是书而问余曰:"此书分明是真,何以曰梦?"余笑而答曰:"梦即是真,真即是梦。曰真即真,曰梦即梦。呵呵哈哈!"时在道光戊申冬至后一日,书于红梅馆之南窗,邗上蒙人谨识。

说明:上序录自光绪间刊本《风月梦》。此本内封三栏,右栏题"光绪丙戌",中栏题"风月梦",左栏空格。首《自序》,尾署"时在道光戊申冬至后一日,书于红梅馆之南窗,邗上蒙人谨识"。次"风月梦目录",凡三十二回。复次图像五叶,皆像赞各半叶。赞分署"守拙斋主人""吟月主人""爱莲主人""玩月书屋主人"等。正文第一叶卷端题"风月梦",不署撰人。半叶十二行,行二十七字。版心双鱼尾上镌"风月梦",内镌回次、叶次。此书版本甚多,另有光绪甲申上海江左书林校刻本、光绪九年申报馆排印本、光绪十二年聚盛堂刊本等,自序皆署道光二十八年,是早期的狭邪小说,比《品花宝鉴》早出。

邗上蒙人,真实身份、生平事迹待考。

阴阳斗异说传奇

阴阳斗序

形不离乎影,影必依乎形;阳不背乎阴,阴必随乎阳。然形离影必至消亡,阳背乎阴必至乖戾。是此书名之曰《阴阳斗》,是阳背乎阴矣。阴阳背戾,阴阳安得不斗耶?虽然,所云形终不离影,阳终不背阴,是故,阴阳始虽相斗,终必不背不戾也。不背不戾,是阴阳已无斗矣。阴阳无斗,是则阴阳和合矣。阴阳和合为一,又为超凡入圣之域者,阴阳既超凡入圣,又无红尘之染。无红尘之染,一无幻境之作矣,此为阳阴斗之一大结也。是为序云。时同治三年岁次甲子孟夏月新镌。

说明:上序录自同治刊本《绣像阴阳斗法传》。此本内封上镌"同治五年新刻",下分三栏,由右向左分题"周公擅卜神通卦""绣像阴阳斗法传""桃花女破解压魂符"。首《阴阳斗序》,尾署"时同治三年岁次甲子孟夏月新镌"。下绣像四叶八幅。目录叶题"新镌绣像异说阴阳斗奇传目录",凡四卷十六回。正文第一叶卷端题"新镌阴阳斗异说传奇卷之一",半叶十行,行二十四字。

品花宝鉴

品花宝鉴题词

卧云轩老人

一字褒讥寓劝惩,贤愚从古不相能。情如骚雅文如史,怪底传抄纸价增。

骂尽人间谀谄辈,浑如禹鼎铸神奸。怪他一支空灵笔,又写妖魔又写仙。

闺阁风流迥出群,美人名士斗诗文。从前争说《红楼》艳,更比《红楼》艳十分。

《品花宝鉴》序

幻中了幻居士

余谓游戏笔墨之妙,必须绘形绘声。传真者,能绘形而不能绘声;传奇者,能绘声而不能绘形,每为憾焉。若夫形声兼绘者,余于诸才子书并《聊斋》《红楼梦》外,则首推石函氏之《品花宝鉴》矣。传闻石函氏本江南名宿,半生潦倒,一第蹉跎,足迹半天下。所历名山大川,聚为胸中丘壑,发为文章,故邪邪正正，悉能如见其人，真说部中之另具一格者。余从友人处多方借抄，其中错落，不一而足。正订未半，而借者踵至，虽欲卒读，几不可得。后闻外间已有刻传之举，又复各处探听，始知刻未数卷，主人他出，已将其板付之梓人。梓人知余处有抄本，是以商之于余，欲卒成之。即将所刻者呈余披阅，非特鲁鱼亥豕，且与前所借抄之本少有不同。今年春，愁病交集，恨无可遣，终日在药炉茗碗间消磨岁月，颇觉自苦，聊借此以遣病魔。再三校阅，删订画一，七越月而刻成。若非余旧有抄本，则此数卷之板，竟为爨下物矣。至于石函氏与余未经谋面，是书竟赖余以传，事有因缘，殆可深信。尝读韩文云："大凡物不得其平则鸣。"又云："择其善鸣者而假之鸣。"余但取其鸣之善，而欲使天下之人皆闻其鸣，借纸上之形声，供目前之啸傲。镜花水月，过眼皆空；海市蜃楼，到头是幻。又何论夫形为谁之形，声为谁之声？更何论夫绘形绘声者之为何如人耶？世多达者，当不河汉余言。是为序。幻中了幻居士。

品花宝鉴序

石函氏

余前客都中，馆于同里某比部宅，曾为《梅花梦》传奇一部，虽留意于词藻，而未谐于声律。故未尝以之示人。比部赏余文曲而能达，正而能雅，而又戏而善谑，遂嘱余："为说部，可以畅所欲言，随笔抒写，不愈于倚声按律之必落人窠臼乎？"时余好学古文、诗赋、歌行等类，而稗官一书，尝心厌薄之。

及秋试下第，境益穷，志益悲，块然魂磊于胸中而无以自消，日排遣于歌楼舞榭间，三月而忘倦，略识声容伎艺之妙，与夫性情之贞淫，语言之雅俗，情文之真伪。间与比部品题梨园，雌黄人物。比部曰："余嘱君之所为小说者，其命意即在乎此。何不即以此辈为之？如得成书，则道人所未道也。"余亦心好之，遂窃拟之，始得一卷，仅五千馀言。而比部以为可，并为之点窜斟酌。继复得二三卷。笔稍畅，两月间得卷十五。借阅者已接踵而至，缮本出不复返。哗然谓新书出矣。继以羁愁潦倒，思窒不通，遂置之不复作。

明年，有粤西太守聘余为书记，偕之粤。历游数郡间，山水奇绝，觉生平所习之学，皆稍进。亦尝游览青楼戏馆间，而殊方异俗，鲜称人意。一二同游者，亦木讷士，少宏通风雅。主人从政无暇，此书置之敝簏中八年之久，蟫蚀过半，余亦几忘之矣。及居停回都，又携余行，劝余再应京兆试。粤境皆山溪幽阻，水道如蛇盘蚓曲，风雪阻舟，迍邅沙石间，日行一二里、二三里不等。居停遂督余续此书甚急，几欲刻期而待。自粤兴安县境，至楚武昌府境，舟行凡七十日。白昼人声喧杂，不能构思；夜阑人静，秉烛疾书，共得十五卷。及入长江，风帆便利。过九江，抵金陵，乡心紫梦，不复能作矣。至都已七月中旬。检出时文试帖等，略一翻阅。试事毕，康了如故，年且四十馀矣。岂犹能如青青子衿，日事呫哔耶？固知科名之与我，风马牛也。贫乏不能自归，仍依居停而客焉。

有农部某君，十年前即见余始作之十五卷，今又见近续之十五卷，甚嗜之，以为功已得半，弃之可惜，嘱余成之，且日来哓哓，竟如师之督课。余喜且惮，于腊底拥炉挑灯，发愤自勉，五阅月而得三十卷，因以告竣。又阅前作之十五卷，前后舛错，复另易之，首尾共六十卷。皆海市蜃楼，羌无故实。所言之色，皆吾目中未见之色。所言之情，皆吾意中欲发之情。所写之声音笑貌，妍媸邪正，以至狭邪、淫荡、秽亵诸琐屑事，皆吾私揣世间所必有之事而笔之。所至如水之过峡，舟之下滩，骥之奔泉，听其所止而休焉，非好为刻薄语也。至于为公卿、为名士、为俊优、佳人、才婢、狂夫、俗子，则如干宝之《搜神》，任昉之《述异》，渺茫而已。噫！此书也，固知离经畔道，为著述家所鄙，然其中亦有可取，是在阅者矣。旷废十年，而功成半载，固知"精于勤而荒于嬉"，游戏且然，况正学乎？某比部启余于始，某太守勖余于中，某农部成余于终，此三君者，于此书实大有功焉。倘使三君子皆不好此书，则至今犹必天之无云，水之无波，树之无风，而纸之无字，亦安望有此洒洒洋洋、奇奇怪怪五十馀万言耶？脱稿后，为序其颠末如此。天上琼楼，泥犁地狱，随所位置矣。石函氏书。

说明：上题词及二序均录自道光己酉（二十九年）刊本《品花宝鉴》。此本首《品花宝鉴题词》，次二序，分署"幻中了幻居士""石函氏书"。正文半叶八行,行二十二字。原本藏河南大学图书馆、北京大学图书馆等。

石函氏,即陈森(约1795—约1849),字少逸,号采玉山人,又号石函氏,另有《梅花梦》传奇。

幻中了幻居士、卧云轩老人,无考。

云锺雁三闹太平庄全传

《云锺雁全传》序

珠湖渔隐

夫人生之初,浑然天理,无所谓善,又何有恶?至嗜欲深而情性渐乖,遂至始于家庭,终于邦国。古人著书以相戒劝,正言之而不能行者,则微言之;微言之而不能行者,则创为传奇小说以告戒于世。庸夫愚妇无不口谈心讲,以悦耳目。其苦心孤诣,更有功于警迷觉悟耳。今此书向有钞录旧本,江以南流播尚少。坊友属予阅定,惠付枣梨,庶几广为传观,且可见福善祸淫之理,尚扶翼于宇宙间也。予因述其缘起如此。道光二十九年夏四月,珠湖渔隐识于道南书屋。

说明:上序录自一笑轩藏板本《云锺雁全传》。此本内封三栏,分题"道光己酉年新镌""云锺雁全传""三闹太平庄 一笑轩藏版"。首《序》,尾署"道光二十九年夏四月,珠湖渔隐识于道南书屋"。目录叶题"云锺雁三闹太平庄全传",凡五十四回。

复次图像八叶,皆像赞各半叶。正文卷端题"云钟雁三闹太平庄全传",半叶八行,行十八字。版心单鱼尾上或镌"云中雁",或镌"云锺雁",下镌回次、叶次。

珠湖渔隐,真实身份、生平事迹待考。

《大明奇侠传》叙

张佩芝

长夏江村,杜门谢客。却暑者,芒鞋葵扇;消渴者,沉李浮瓜。俄而江陵渔隐过访,款洽之下,袖出《大明奇侠传》一书,云为重付剞劂,索序于余。展而读之,乃所载者,皆明季事。凡忠义者,令人志壮;智勇者,足使才奇;骨鲠者,百折不回;奸佞者,洵堪发指。至于才子具豪侠之情,佳人解乔装之慧,所谓忠孝节义、智勇豪杰,无一不奇,无一不妙。而此书久已脍炙人口,兹经名手绘图,宿儒详校,乃稗官野史中第一快心醒目之奇编也。是为序。光绪岁次甲午,茗溪醉月问花客张佩芝志。

说明:上序录自清光绪乙未(二十一年)上海书局石印本《大明奇侠传》,凡十四卷五十四回,共六册。首《叙》，尾署"光绪岁次甲午（二十年），茗溪醉月问花客张佩芝志"。原本藏天津图书馆。

茗溪醉月问花客张佩芝，待考。

北魏奇史闺孝烈传

《闺孝烈传》序

槑道人

昔阮太冲愤兵骄将懦,作《女云台》二卷,杂取古妇人女子举兵杀贼事,多至数十百人。以予所闻,女将最著莫过北魏之木兰,代父戍边十二年,人不知其女也。因写图系诗以寄慨焉。近见坊友藏德堂新刊《闺孝烈传》,盖取古《木兰辞》敷衍成编,俾读者忠孝之心油然兴起,于世道岂云小补?乃以拙作图咏付弁简端,而识其缘起如是。时在道光庚戌夏六月,浯岛铁盦槑道人书于鹭江寄舫。

说明:上序录自藏德堂本《闺孝烈传》,此本原藏天津图书馆。内封三栏,由右向左,分题"道光庚戌年""闺孝烈传""藏德堂镌"。首《序》,尾署"时在道光庚戌夏六月,浯岛铁盦槑道人书于鹭江寄舫",有"啸云诗画""将种书呆"阴文钤各一方。次"新刊北魏奇史闺烈传目录",凡十一卷四十六回。复次,图像六叶,十二幅。正文第一叶卷端题"新刊北魏奇史闺孝烈传卷之一　闽川张绍贤尔修著"。半叶十行，行二十字。版心单鱼尾上镌"闺孝烈传"，下镌卷次、叶次。

　　浯岛铁盦籴道人，真实身份、生平事迹待考。

　　张绍贤，字尔修，福建人，馀待考。

儿女英雄传

《儿女英雄传》序

马从善

《儿女英雄传》一书,文铁仙先生康所作也。先生为故大学士勒文襄公保次孙,以赀为理藩院郎中,出为郡守,荐擢观察,丁忧旋里。特起为驻藏大臣,以疾不果行,遂卒于家。先生少席家世馀荫,门第之盛,无有伦比。晚年诸子不肖,家道中落,先时遗物,斥卖略尽。先生块处一室,笔墨之外无长物,故著此书以自遣。其书虽托于稗官家言,而国家典故,先世旧闻,往往而在。且先生一身亲历乎盛衰升降之际,故于世运之变迁,人情之反覆,三致意焉。先生殆悔其已往之过,而抒其未遂之志欤?余馆于先生家最久。宦游南北,遂不相闻。昨来都门,知先生已归道山。访其故宅,久已易主,生平所著,无从收拾,仅于友人处得此一编,亟付剞劂,以存先生著作。嗟乎!富贵不可长保,如先生者,可谓贵显;而乃垂白之年,重遭穷饿。读是书者,其亦当有所感也！书故五十三回，回为一卷，蠹蚀之馀，仅有四十卷可读；其馀十三卷，残缺零落，不能缀缉，且笔墨拿陋，疑为夫已氏所续，故竟从刊削。书中所指，皆有其人，余知之，而不欲明言之。悉先生家世者，自为寻绎可耳。时光绪戊寅阳月，古辽阒圃马从善偶述。

（儿女英雄传）弁言

东海吾了翁

是书，吾得之春明市上，其卷端颜曰《正法眼藏五十三参》。初以为释家言，而不谓稗史也。展而读之，见为燕北闲人撰，为新安毕公同参，为我斋观鉴序，均不知为何许人。其事则日下旧闻，其文则忽谐忽庄，若明若昧，莫得而究其意旨。一笑投之庋阁间，亦同近出诸说部例视之矣。久之，虑遂果蟫腹，检出偶一翻阅，乃觉稍稍可解。又研读数四，更于没字处求之，始知其所以忽谐忽庄，若明若昧者，言非无所为而发也。噫，伤已！惜原稿半残阙失次，爰不辞固陋，为之点金以铁，补缀成书。釐为五十三卷，仍作者"五十三参"本旨，易其名曰《儿女英雄传评话》,且弁数言于卷首云。时乾隆甲寅暮春望前三日,东海吾了翁识。

儿女英雄传评话
(初名正法眼藏五十三参)
原载序文

观鉴我斋

上古结绳而治,后世圣人易之以书契。书契之兴,经尚矣。作经非圣人初意也,皆有所为而作,不得已于言也。故《易》之作为阐天心之微也,《书》之作为观天道之变也,《诗》之作为通人心之和也,《礼》之作为大人道之防也,《春秋》之作为合天心人事,以诛心维道,使天下后世之乱臣贼子惧,上绍历圣作经之心,下开百世作史之例者也。嗣是经变为史,龙门子长、司马温公、晦翁诸人皆因之。此外,代有作者,顾已得失参半。时至五代,世无达人,正史而外稗史出焉。

稗史亦史也,其有所为而作与不得已于言也,何独不然?然世之稗史充栋折轴,惬心贵当者盖寡。自王新城喜读说部,其书始寖寖盛,而求其旨少远、词近微、文可观、事足鉴者，亦不过世行之《西游记》《水浒传》《金瓶梅》《红楼梦》数种。盖《西游记》为自治之书，邱真人见元门之不竞，借释教以警元门，意在使之明心性、全躯命，本诚正以立言也。《水浒传》《金瓶梅》《红楼梦》同为治人之书。一则施耐庵见元臣之失臣道，予盗贼以愧朝臣，意在教忠，本平治以立言也。一则王凤州痛亲之死冤且惨，义图复仇雪耻，又不得手仇人而刃之，不获已，影射仇家名姓，设为秽言，投厥所好，更鸩其篇页，思有以中伤之，其苦心苦于卧薪吞炭，是则意在教孝，本修身以立言也。一则曹雪芹见簪缨巨族、乔木世臣之不知修德载福，承恩衍庆，托假言以谈真事，意在教之以礼与义，本齐家以立言也。是皆所谓有所为而作与不得已于言者也。闲尝窃计之：顾安得有人焉，于诚正、修齐、平治而外，补出格致一书，令我先睹为快哉。继复熟思之：数书者，虽立旨在诚正、修齐、平治，实托词于怪力乱神。《西游记》，其神也怪也；《水浒传》，其力也；《金瓶梅》，其乱也；《红楼梦》其显托言情，隐欲弥盖其怪力乱神者也。格局备矣，然则更何从着笔，别于诚正、修齐、平治而外,补一格致之书哉?用是曾曾在抱者久之。

吾有友一人焉,无他嗜好,但好读说部,所见且甚夥。吾一日以前说质之,吾友曰:"有是哉,《大学·格致》一章而今亡矣,诚未易言。然即怪力乱神反而正之,不有所谓曰常与德与治与人者,不又一格局乎?近有燕北闲人所撰《正法眼藏五十三参》一书,厥旨颇不谬,是特惜语近齐东之野,还以质之吾子,子其云何?"吾受而读之。其书以天道为纲,以人道为纪,以性情为意旨,以儿女英雄为文章。其言天道也,不作元谈;其言人道也,不离庸行;其写英雄也,务摹英雄本色;其写儿女也,不及儿女之私。本性为情,援情入性。有时诙词谐趣,无非借褒弹为鉴影而指点迷津;有时名理清言,何异寓唱叹于铎声而商量正学。是殆亦有所为而作与不得已于言者也。吾不图吾无意中果得于诚正、修齐、平治而外快睹此格致一书也。吾友以为妄,曰:"子真有嗜痂癖者矣。试即以子之言证之。《西游记》诚为自治之书,不与馀三书等。馀三书者,《水浒传》以横逆而终于草菅;《金瓶梅》以斫丧而终于溃败;《红楼梦》以恣纵而终于困穷。是皆托微词伸庄论,假风月寓雷霆,其有裨世道人心,良非鲜浅。以视是书之游谈掉弄,距足与之上下床哉?且人不幸而无学铸经,无福修史,退而从事于稗史,亦云陋矣,更假名壶芦提禅语,以文其陋,予以为每况愈下,但供喷饭也,何格致之足云?"吾正告之曰:"君言左矣,是殆不然。夫《大学》之所谓格致者,非仅萍实商羊之谓,谓致吾之知即物而穷其理也。人为万物之灵,穷理必从人始。彼《水浒》诸书,以皮里阳秋为旨趣,其说理也隐而微。是书以眼前粟布为文章,其说理也显而现。修道之谓教,与其隐教以不善降殃为背面敷粉,曷若显教以作善降祥为当头喝棒乎?且如《西游记》《水浒传》《金瓶梅》,亦幸遇悟一子、圣叹、竹坡诸人读而批之,中人以下乃获领解耳。《红楼梦》至今不得其人一批,世遂多信为谈情,乃致误人不少。何况怪力乱神圣人不语,忠孝节义万古同归。以是为游谈,游谈何害?且如太史公,良史也,不讳挥金杀人;孟子,亚圣也,其罕譬焉,引人入胜者,立言尤多诙诡。何有于燕北闲人而顾斤斤厚彼薄此哉!"吾友闻之,始鞭然而笑,愀然以思,默然不语。

嗟乎!近俳近优,都堪惹厌;谈空谈色,半是宣淫。醒世者恒堕狐禅,说理者辄归腐障。自非苦口,可能唤醒痴人?不有婆心,何以维持名教?至借笔墨而代哭,志亦堪悲;果通呼吸于太空,天应欲泣。君真健者,尚一声长啸,谱成几叠清商;仆本恨人,早三叹废书,洒落满襟热泪。爰伸纸削牍而为之序焉。雍正阏逢摄提格上巳后十日,观鉴我斋甫拜手谨序。

说明:上序、弁言,均录自光绪四年聚珍堂本《儿女英雄传》。此本内封前半叶三栏,由右向左,分题"雁北闲人原本　吾了翁重订""儿女英雄传""京都隆福寺路南　聚珍堂书坊发兑"(下有"聚珍堂摆印"阴文钤);后半叶题"光绪四年岁次戊寅孟秋校字"。首《序》,尾署"时光绪戊寅(四年)阳月,古辽阳圉马从善偶述"。次《弁言》,尾署"时乾隆甲寅年暮春望前三日,东海吾了翁识",再次《儿女英雄传评话(初名正法眼藏五十三参)原载序文》,尾署"雍正阏逢摄提格(十二年)上巳后十日,观鉴我斋甫拜手谨序"。目录叶题"儿女英雄传评话目录",除"缘起"外凡四十回。正文第一叶卷端题"儿女英雄评话缘起首回"。半叶十行,行二十二字。版心单鱼尾上镌"儿女英雄传",下镌回次、叶次、"聚珍堂"。书中叙及《品花宝鉴》中徐度香、袁宝珠,故此书之出,当在《品花宝鉴》印行之后。书为文康所作。文康生活的时代,主要亦在道光前后。"雍正""乾隆"序所署时间当系假托。

文康,姓费莫氏,字铁仙,一字悔庵,号燕北闲人。满族镶红旗人,大学士勒保的孙子。

马从善,自号古辽阆圃,文康家门客,馀未详。

东海吾了翁,无考。

烈女惊魂传

《烈女惊魂传》叙

小楼氏

在昔盛时，国家闲暇，令民间日进奇异之事，以娱耳目，而小说由是盛行。沿至今日，名目繁多，汗牛充栋，阅者有目不暇给之势焉。仆束发受书，迄今已阅卅载，性耽小说繁言，坊间有一善本，必百计购取。酒后茶馀，藉此消遣。然皆饰异炫奇，以炫人耳目者居多，而欲实事求是，已忧忧乎其难之。是书为朱秀霞烈女而作，颜之曰《惊魂传》。书成，嘱序于余，援笔记之。光绪三十年三月，小楼氏书并撰。

说明：上序录自海左书局石印本《绘图巧冤家》，原本藏芜湖图书馆。此本内封正面三栏，中题"绘图巧冤家"，背面题"光绪丙午季秋海左书局石印"。首《叙》，尾署"光绪三十年三月小楼氏书并撰"。目录叶题"绣像烈女惊魂传"。书凡二十九回。有图十幅。正文卷端题"绣像烈女惊魂传"，半叶十五行,行三十六字。另有光绪辛丑上海江南书局石印本,有江南李节斋序,藏浙江省图书馆。

小楼氏,真实身份、生平事迹待考。

施公案后传

（施公案后传序）

夫《施公案》一书，久已海内风行，南北书肆，各有翻刻。仅以江都令始，以仓场终。其叙事简略，用笔草率，大有疏漏。而施公之德政伟绩，又未能罄其什一。兼之书中语言，本系北音，辗转翻刻，殊多亥豕鱼鲁之误。本局将前部重复校补刊刻，与《后案》合成全璧。凡名传、方略、实录，无不采取。盖施公之忠君报国，天霸等之义侠从公，描写殆尽，至于赈饥山左，总漕淮南，并随处除莠安良，平反冤狱诸实迹，均由天霸等处相辅而成。夫天霸，一绿林杰寇耳，弃逆从顺，卒至身膺殊典，褒封公爵，至今姓氏昭著，犹在人口。虽施公之德政化人，亦一改过迁善之获报也。前后采辑凡千馀编，析成百回，悉心校雠重刊，以公同好。虽属稗官野史之文，而实迹实事，直可补正史之一助耳。光绪二十九年蕤宾月，上海广益书局谨识。

新刊绣像全图施公案后传序

文光主人

《施公案》一书，海内各书肆旧有。前刻始于江都县令，终于仓场总督。其于施公生平之实事，未能罄其所长。且叙事简略，用笔草率，节目多有疏忽，字句多有舛错，并未校对补刊，此何故也？皆欲速之弊也。本铺有意将前部再为加工，校补刊刻，与《后施公案》合为一书，一并广传于世，奈为时力，所刻未能遂愿。但即前部仓场上任，法师求雨，踵而叙之。凡名臣传、方略、实录，概（无）不采取，惨淡经营，费尽心血，历三年之久，始成此书。施公之忠正，天霸等之侠义，描写殆尽。至若施公奉旨山东放粮，后升总漕淮关上，到处除暴安良，多赖天霸诸人之羽翼，相辅而成。天霸一寇盗出身，后竟以公爵褒封，至今姓名昭昭，犹在人口耳间焉，岂非为善获报之一验耶？采辑成帙，七千馀篇，共计十六套，未能一时刻成，兹先出四套，以公世之同好者。然虽系小说，必非淫词艳曲可比，亦为正史之小补云。是为序。时光绪十九年癸巳小阳月，文光主人识。

说明：上二序，均录自上海广益书局石印本《施公案》。这是一个含《施公案》《施公案后传》《三续》《四续》《五续》《六续》《七续》《八续》《九续》《全续》十种的本子。此本"前传"内封前半叶题"绘图施公案前传"，后半叶为序。以下分别是"绘图施公案前传目录"，凡八卷九十八回。有绣像四叶。正文第一叶卷端题"绘图施公案前卷卷一"，故事前有一类乎生平简介的短文云："圣朝康熙年间，风调雨顺，国泰民安。扬州府江都县施名仕伦，御赐讳不全。为人清正，五行甚陋。系镶黄旗汉军籍贯。东四旗在东城，西四旗在西城。乃为八旗。鼓楼就是界限。即住鼓楼东罗锅巷内。他父世袭镇海侯爵位。"以下为《后传》，内封前半叶版式与"前传"同，后半叶首《新刊绣像全图施公案后传序》，序后紧接正文。其他各续内封前半叶版式也与前传同，后半叶是正文，无序。正文版式也与前传同。

又有光绪甲午（二十年）孟春珍艺书局校印本《清烈传》（即《后施公案》，也称《续施公案》），卷首有序，不署撰人年月。以及光绪二十年集谊会刊本等，所载序文与上录几同，略。

三公奇案

新编绘图三公奇案序

珊梅居士

近时新出绘图说部不下数十种,如《西游记》《封神》之诙奇怪异,《石头》《六才》之艳丽风流,其事未必尽真,其言未必皆雅。集中因有因果报应一二规戒语言,而阅者每未能领略,不以为释老之异教,即视为经生之常谈,于人心风俗,又何益欤?海上鸣松居士新辑《三公奇案》一书出示索序。翻阅一过,盖以宋龙图包公、国朝施不全、蓝鹿洲二先生生平所断奇冤重案,逐事绘图,合三公为一册,其中如包之鲠直刚毅,施之行权应变,蓝之精敏胆识,虽三公遭际事业不同,而其折狱之神,爱民之切,前后若合一辙,读之令人起敬起爱,增长识见不少。幸毋作寻常说部,徒供消长昼、遣睡魔而已也。光绪十有七年岁次辛卯双星渡河之夕,赤城珊梅居士书于申浦。

说明:上序录自上海正谊书局本《绘图三公奇

案》。原本藏苏州市图书馆。此本内封正面三栏,分题"光绪辛卯秋月""绘图三公奇案""赤城珊梅居士署"。背面题"上海正谊书局仿古聚珍版印"。首序,次"绘图三公奇案目录"(为龙图公案之目录,凡十卷),有绣像。正文第一叶卷端题"绘图三公奇案卷之一",半叶十五行,行三十四字。版心单鱼尾上镌"绘图三公奇案",下镌"卷一""包公""一"。此书"包公""施公"篇为通俗小说,"蓝公"篇为文言小说。

八续施公案

《八续施公案》叙

文宜书局主人

自古功施社稷,德被生民,百世而下,妇孺犹称道之者,非大有为之人,何能不朽哉。如施公之为国为民,黄天霸辈之忠义勋烈,久已脍炙人口。乃其生平事迹,书不胜书,虽有前数集据实拂尘,仍不能毕罄其事。兹再以关王庙一事,就其原委,曲曲编出。非施公无以烛其奸,非黄天霸辈无以除其害,相辅而行,夫然后大名千古矣。或者曰:施公放于琅琊,计破齐星楼,诛戮大恶,厥功尤伟,子何不为之传出?余则应之曰:此事之终也,请俟异日,当为传出,以成全璧也可。时在光绪辛丑六月,上海文宜书局主人书。

说明:上序录自文宜书局本《绣像八续施公案清烈传》。此本封面题"绣像八续施公案清烈传",内封前半叶题"绣像八续施公案清烈传 光绪辛丑七月既望甬上月湖渔隐署首",后半叶题"光绪辛丑七月文宜书局石印"。首《叙》,尾署"时在光绪辛丑(二十七年)六月,上海文宜书局主人书"。次有图像八幅。原本藏北京师范大学图书馆。

十续施公案

《十续施公案》序

文宜书局主人

《施公案》中之有齐星楼,是书中之最大奇案也,《九续》中虽略略点出,但不知若何破法,使阅者终觉一个闷葫芦殊难打破。兹复揭而出之,若施公、若黄天霸辈,庶几全功告成,流传后世。全部《前施公案》至《十续》而已结局矣。至于后起者,如贺人杰等人亦复成大功、立大业,又是一番作为,所谓小英雄传,则请于《后施公案》中历历叙之,使阅者知其方治相豕,箕裘克绍云尔。时在光绪壬寅秋九月,上海文宜书局主人书。

说明:上序录自文宜书局本《绣像全续施公案清烈传》。此本内封正面题"绣像全续施公案清烈传",背面题"光绪壬寅仲秋文宜书局石印"。首《序》,尾署"时在光绪壬寅(二十八年)秋九月,上海文宜书局主人书"。次"施公案序目录",复次绣像四幅。原本藏北京师范大学图书馆。

明月台

明月台序

翁桂

"沧海桑田尚变迁,人生能有几多年?世间好事忠和孝,臣报君恩子奉亲。"四句提纲,言其世道无常,沧海桑田尚易变迁,岂况人生在世,无有百年之乐!但行好事,莫问前程,为臣尽忠,为子尽孝,愿留芳名,莫存骂世。若论为官作宰者,宋朝有个奸臣秦桧,风波奸险,忠良被害,徽、钦蒙尘于他域,国家颠危于旦夕,今看岳武穆墓前之榜样,孰不知忠奸之区别哉!此亦脍炙人口,人所共知,岂非留芳千古、遗丑万年者乎?

若论人之立身,无论士农工商,以孝为本。然孝亦无穷,以舜帝之孝,感格天心,所以舜之为舜也,孝名万古,人莫所及,而今惟以顺而则为孝也。窃谓天地生人,劳而不劳,父母生子,不劳而劳,安能推及胎养之劳苦,抚育之辛勤哉?继而疾病痘疹恐其不寿,延师课读恐其不精,风寒恐其不暖,饮食恐其不饱，诸如此类。父母爱子之心，无所不至。及其长也，子反呼喝其亲，诋触其亲，以亲爱为寻常，视亲慈为应得。呜呼！乌鸦反哺，羊羔跪乳，物类尚具良能，木本水源，人生反昧至性？当知爱我如掌上之珠，惜我如身边之玉，十月怀胎，三年乳哺，恩莫大焉。其间另有贫家衣食不相继者，或少母苦节扶孤，老父积劳训子，情景酸楚，尤为刻骨。而人子全无体贴，使亲嗟贫叹老，满目凄凉。皆为养儿待老，积谷防饥，只道暮年有望，谁知子绝天伦。伤心痛目，血泪交流。甚之更有一种无妄之流，养其身，不能养其心，杀其身，不能变其心，翅羽全翎，远走高飞，逃亡在外，到处安身，若无父母，石孔生来，诚谓养虎伤身，恩将仇报。此等之流，无父无君，无法无天，更为化外，异乎禽兽之不如也。甚至骨肉之间，而子有悖逆之言，恩已断，义已绝，而犹冀其一悟，望其一改，不忍遽斥其非，显暴其恶，俟其回心转意，饮水思源，以待将来。岂期竟有弃父之子也。天下有不容弃父之子，而容有弃子之父。而今天地翻常，世道不同，非但无弃子之父，而竟有弃父之子。然理之所无而事之所有者，不可言而道也。天地之间,岂所容哉?毕竟忠者死忠,孝者未尝不死孝。可以死而死,则死为孝;不可死而死,则死为非孝。故孝子爱其身于亲存之日,恐亲之生无以养也,有不登高、不履险、不临深、不远游之戒;爱其身于亲亡之后,恐亲之死无以葬也。是以忠者不待命,孝者不待嘱。而不忠不孝者,虽以生君之命,生父之嘱,亦复何益哉?世有孙子森森而亲不免于饥寒者,以兄弟共养一父母,犹或兄诿其弟,弟诿其兄,而区区一个儿,能为两口之所依倚,则子平日之孝于其亲者可知也。如其不然,亲之于子,今日依之倚之而不应,明日依之倚之而又不应,于是伤心绝望,誓于此生不复以子为依倚。父不得已而仍但依倚其母,母不得已而仍但依倚其父,如是而有儿与无儿何以异?儿之在家又何以异乎?甚者,亲不依倚其子者烦其子,子反以依倚其亲者累其亲。然则有儿反不如无儿之乐,儿在家反不如不在家之省父母之忧,而欲父母之恩之岂可得与?伤心哉!

但凡人之大困大苦,气愤不平,郁结不舒者,或一诗一歌、一吟一咏,借端发泄,以消胸中魂磊,以畅其志者乎，是以左丘明失目而著书，司马迁腐刑而作史，屈平之《离骚》，庄周之荒唐，皆由此而设也。余本布衣寒士，草野村夫，安知翰墨中之滋味耶？安敢与前贤先哲为匹哉！不无胡诌乱道，嚼饭喷蛆，闲暇无事，乱说因果，移花接木，指鹿为马，借形描影，将无作有，庸言俚鄙，不知云何，若东施之效颦，用狗尾而续貂，敢为世人嗤笑云尔。时在咸丰六年初伏日，洞庭东山烟水散人凝香翁桂著于萧县草野书轩之南窗下。

明月台自序

烟水散人

《明月台》者何谓也？世间每有《清风亭》之传事，聊就今人演陈迹，未知真乎假乎？既有《清风亭》，岂无《明月台》？则祸因恶积，福缘善庆，一善一恶，立见分明。不知是耶非耶？是以谓之《明月台》也。何为而作者？无非从忠孝节义、悲欢离合之中，生出渺茫变幻、虚诞无稽一段因由，借端藉事，惩劝醒世之谓也。作书者谁耶？乃烟水散人自谓之也。

明月台题词

张仁絜等

秋风渐厉,旧雨不来,偶见案头有《明月台》说部,率题绝句四首奉赠:

石破天惊事亦奇,五云楼阁认迷离。生花妙笔餐苍舌,太息江南老画师。

不须伯道叹凄凉,儿女缠绵梦一场。踏破尘团还自慰,白头鸿案也相庄。

慢挥老泪话樽前,炼石谁能补恨天?正是落花好时节,渡江愁煞李龟年。

高悬明镜不须磨,风雨弥漫可奈何!君试问心还问世,报恩人少受恩多。

古徐痴生张仁絜题。

习习金风,快挹西山之爽;瀼瀼玉露,共采东篱之花。适性陶情,无过于此。余独坐空斋,无旧雨谈心,少良朋共话,与二三童蒙为伴,正抑郁无聊之时也。忽有烟水散人,送《明月台》一部。挑灯披读,拥被遐思。其移花接木,呕出心肝;借影描形,吐成珠玉。以悲欢离合之情,写忠孝节义之事。声

声有泪,字字是血。知良工之苦心,深且长矣。为题五古一章、七绝四首。俚言芜词,以俟高明斧政:

展读记瑯環,心目为迥迥。豹自管中窥,真趣有谁领? 风起水生波,云开月弄影。虽非司马文,哀怨与《骚》等。世有执迷人,庶其知所惩?

一重儿女一重魔,莫为无儿唤奈何。参透牙签十二卷,化生蝙蝠世间多。

恩荣底事到甘家? 孝子由来锦上花。《明月台》边频惆怅,暗挥老泪绪《琵琶》。

离合悲欢事更奇,知君几度费裁思。江淹去后谁操管? 又见生花笔一枝。

打破藩笼眼界宽,敢将幽恨写新编。而今天外昂头去,烟水苍茫乐自然。

古萧锄月陈浚源拜题。

余家居无事,抑郁谁语? 怅学问之疏浅,已属暮年;念朋友之往来,谁是知己? 虽云近市得求,而究不慕荣利,所谓门如市而心如水者,是耶非耶? 数年来,遭逢坎坷,心烦意乱,久已束书不观矣。乃于闲居闷闷之时,忽得《明月台》新书一卷。初阅之,意亦平平耳。及反复寻绎,觉事关名教,真言近而指远;语多惩劝,更义正而词严。抚此篇章,忠孝节义之儒应为之神怖;按其本末,顽夫愚妇之类亦莫不寒胆。谓此书能振当时之聋聩也可,谓此书堪作后世之针砭也可。愚欣赏流连,不忍释手,捧读之馀,心想往者久之。敢竭鄙诚,恭呈俚句,惟望博雅君子匡予之失,并谅予之陋且疏也,则幸甚。

化化生生事亦奇,乾坤奥妙有谁知?倘能不负高堂意,免得人间又咏诗。

伤心养育已多年,辜负深恩命不延。自有苍天昭警戒,何须妙笔著新编?

知恩未有忘恩多,自古英雄唤奈何。静对遗编堪遣性,一回惆怅一回歌。

感慨悲歌自有因,雄文雅句日光新。只缘空费恩勤意,惹得英雄扼腕频。

知君腹内恨茫茫,倚马才高意味长。留得佳章常在眼,清风明月有馀光。

　　　　　　　　萧邑郑辅亭题。

秋风萧瑟,夜月苍凉,予羁旅洞庭,寂寥客舍,适烟水散人出所著《明月台》一编见示。披读数过，欣赏良深。盖其借景生情，不外乎忠孝节义；句斟字酌，有益于名教纲常者也。拟弁数言，聊存卷末。无如笔墨久疏，却见鸿词而莫赠，亦复珠玑满列，愿附骥尾兮有情。爰草俚语四章，以博雅人一笑云尔：

清风明月太苍凉，甘苦知君已备尝。慷慨悲歌深寓意，挽回世道植纲常。

阅历深时论报施，两间变幻本如斯。子能尽孝方为子，说破迷途警顽痴。

离合悲欢总不平，还将理数细论评。从今识得个中味，烟水东山乐此生。

遍地烽烟作远游，晨昏已缺夏经秋。开篇忆到门闾望，却愧深贻父母忧。（予以遭乱，经商数百里外，亦不孝也，观此书为之怃然。）

南沙李德耀也莲甫未定草。

从古民生重五常，如何骨肉反参商。想因枭獍非人类，自取天诛早灭亡。

扶持世教植纲常，好把名言子细详。警觉愚迷真不少,休疑小说尽荒唐。

古润砚农氏题辞。

我读《明月台》,因知作者意。句句药石言,莫视为游戏。忠孝世间宝,节义家门瑞。只望麟凤来,那知鸥枭至。负恩兼负德,无仁又无义。恶贯既满盈,能不遭天弃?贤哉武安人,哀矣裴老四。当此唤奈何,空洒伤心泪。一管生花笔,写出惩劝事。

善恶无端结下胎,清风明月费疑猜。亭前不认慈亲至,台下徒思孝子来。世事颠连空有恨,家门衰败惹飞灾。悲欢离合情难已,谱就新编十二回。

偶然主人题词。

其一

从来孝子与臣忠,扶植纲常万古同。今日谱成新乐府,何须更唱旧《清风》?

其二

凤立丹山众鸟从,麟游玉洞兽潜踪。谁知蝙蝠多奸险,不隶禽宗与兽宗。

其三

全凭利口弄油腔,那是心降与气降?幸得觉开迷性洞,化生池内水淙淙。

其四

愤气归来到武彝,魂消魄散化生池。谁知一自归顽石,更比前番痴又痴。

其五

石化生人世所稀,无根山下亦何依?自从崔氏携归后,遂遣裴家有是非。

其六

莫道闺中相法疏,安人冰鉴有谁知?一言已把终身定,何必重摹水镜书。(如)

其七

风雨名儿事近诬,崔君枉自勤劬(上句夺一字)。若非产败人亡日,那肯灰心有别图。(费)

其八

幸有裴郎夫与妻,四旬犹未见孩提。而今即把螟蛉继,好向他方择地栖。

其九

崔君运蹇与时乖,甘氏生儿品最佳。万卷书名真不愧,他年联步上金阶。

其十

白虎当头事可哀,偏教风雨渡湖来。崔君只解将儿寄,竟与裴家种祸胎。

十一

梦境迷离幻亦真,居然月下见仙人。宝钗一股还相赠,记取他年遇水神。

十二

蓦然寇盗起纷纷,笔阵焉能扫众军?幸得家奴甘效死,仓皇避去远妖氛。

十三

何处仙人送返魂,穷途指引到灵源。宝钗更然犀妙(上句夺一字),一路光明入玉门。(比)

十四

龙门耸峙玉楼寒,曲径长廊百宝阑。贵客欣逢开盛晏,集英殿上聚千官。

十五

珊瑚玉树色斑斓,璀璨如游宝藏山。天赐良缘从此定,一钗换得两双环。

十六

白虎村居拟散仙,偏逢白虎到门前。痴心尚望能承祧,一颗明珠掌上悬。

十七

义鸟不遇遇鸱枭,顽性生成惯作妖。顽石更成顽铁样,空教二老叹无聊。

十八

狐朋狗党类投胶,日日嬉游载酒肴。颜面身家全不顾,金钱多少一时抛。

十九

日向秦楼走数遭,倾囊相赠逞英豪。高堂纵有言规诫,转使汹汹虎怒号。

二十

索债盈门唤奈何,犹虞平地起风波。不如暂遣他方去,免得朝朝费谴诃。

二十一

谁知逆种是冤家,心毒真同蝎与蛇。窃取金珠随手散,依然宿柳更眠花。

二十二

客邸难容返故乡,性情从此更乖张。金珠又向江西掷,羞对甘家百善郎。

二十三

割股疗亲出至诚,甘家有子著贤声。如何丧尽天良者,欲把高堂一命倾。

二十四

善恶分明莫遁形,泉边石吸若雷霆。堪怜世上

无情子，负尽亲恩唤不醒。（霆）

二十五

亲慈子孝递相承，喜见佳名蕊榜登。更鲜百花龙女珮，螽斯从此庆绳绳。

二十六

旧谱新翻迥不侔，纲常从此著千秋。说来远胜生公法，岂止能教石点头。

二十七

非禽非兽本人心，那有人生可丧心。不料非禽非兽者，不如禽兽有人心。

二十八

手把新编仔细参，淋漓墨沈满云蓝。名言多少须频记，好与人间作指南。

二十九

淡而有味水中盐，笔挟风霜字字严。如把一编藏邺架，插书好用白牙签。

三十

一生恨事一心缄，幻出奇文启圣凡。试向人间歌此调，应教司马湿青衫。

《明月台》者，烟水散人作也。散人身遭异类，抑郁无聊，走笔成此，所以寓惩劝，唤愚迷，而扶植纲常于不坠也，岂徒泄己愤已哉！岁戊午，邮寄一编，翻阅之下，觉其笔花璀璨，舌底澜翻，较诸《清风亭》有过之无不及也。因就其意而衍之，得俚句二十五章，益以题词五首，凑成七绝三十韵，聊以应命，非敢以诗名也。识者鉴诸。古徐守拙子韩超群拜题。

《明月台》者，烟水散人惩劝之词也。散人籍本洞庭，寄迹萧国。在中年，偶伤夫抑郁；泊晚岁，深有感于报施，因作传奇十二回，命之曰《明月台》。索题。余披读全部，无非借悲欢离合之情，写孝子忠臣之事。虽皆空中楼阁，实有补于世教纲常，慎勿以游戏视之。勉赠五章，非敢言诗，聊以应命云尔。

万古皆当作是观，无非离合与悲欢。凭将绝妙生花笔，莫作寻常稗史看。

浊酒三杯醉里讴，就中几个解风流？阳春唱到淋漓处，我亦伤心暗点头。

休嗟此老尚沉沦，满壁牙签未是贫。更有传奇书数卷,三生石上说缘因。

伯道无儿可奈何?螟蛉不少负恩多。半生卵翼相怜甚,何故翻操同室戈?

非爱优俳用意深,挥毫写我不平心。凄凉贺老琵琶在,拨向天涯觅赏音。

龙城雅县朱文典拜题

《明月台》者,烟水散人之寓言也。集中有崔某者,途拾弃儿归,即人亡家破。又有裴姓者,收作螟蛉,继而惹祸招灾。然终归于无何有之乡,同声浩叹。窃思崔处士能御风姨,护桃、李、梅、榴于此日;裴行俭能别士类,判王、杨、卢、骆于他年,固知崔之慈心,裴之卓识,有自来矣。独怪于收养弃儿一事,茫无知觉,岂物欲有以蔽之耶?抑释氏所谓前生宿冤耶?令人莫测。因亦仿寓言,编成七律二章,非敢以诗鸣也,聊志颠末云耳。

正气全凭孝与忠,扶持名教古今同。避兵伯道甘无子,及户田文恐碍翁。能护群芳怀处士,善分词客忆裴公。不堪风雨归来日,积谷防饥总是空。

半生辛苦为谁忙,养虎还遗后日殃。明月丽天空皎洁,清风掠地旧行藏。好将孝弟扶纲纪,漫把恩仇细较量。从此悬崖终撒手,孤云野鹤任徜徉。

七十二峰散人拜题。

世之传奇者将无作有,指鹿为马,皆空中之楼阁也。《明月台》说部,乃烟水散人亲身阅历,实情实事,有伏有应,可泣可歌。其间点缀处,敷衍处,亦书中之必不可少者。至离合悲欢之情,写忠孝节义之旨,可以抒一己之牢骚,更可启他人之愚昧,其有裨于世道人心者,岂浅鲜哉!为题五古一则,七律一首,七绝五章,未敢言诗,聊为抛砖之意云尔。

五古

挑灯玩新编,新编韫深意。忠孝系纲常,慎勿视儿戏。裴氏子早亡,甘家子早贵。始知祸福缘,总随善恶至。禽兽尚报恩,人而可无义?上天本无私,有取亦有弃。莫谓人不知,杨公曾凛四。雏去冷空巢,伤心空滴泪。生花笔一枝,吐出胸中气。

七律

石产婴儿蚌吐珍,将疑将信总由人。移花接木真如假,借影描形假似真。恶念才萌天地怒,善行欲举鬼神亲。茫茫大海岂无岸,何不回头早问津?

七绝

威凤祥麟性本慈,漫将此事叹支离。知君握管疾书候,老泪灯前几度垂。

曾闻儿女是冤家,天网恢恢更不差。试看传中风雨子,到头柱自很如蛇(很字若易毒字,与蛇字方切合)。

高吟低酌志嚣嚣,已把身名世外逃。负得螟蛉成底事,笑他蜾蠃不辞劳。

不羡汾阳子满堂,还嗤伯道意凄凉。老夫嚼遍酸咸味,分与同心仔细尝。

目昏齿动鬓霜侵,撇却闲愁惜寸阴。一任豺狼当道吼,相逢佯问不关心。

隐园陈亮拜题。

快读新声十二回,一腔悲愤使人哀。世间多少伤心事,都被先生写出来。

大孝从来可格天,甘郎割股最堪怜。羡他已中皇家选,又与神仙结善缘。

报主捐躯义若何,宋明慷慨世无多。而今都是忘恩辈,父母如仇休论他。

玉洞丹山两不群,托身顽石是前因。崔家荡产裴家继,害煞无儿两善人。

不受螟蛉已数番,谁知难断孽根源。任君避客三千里,仍把顽儿送到门。

不嫁狂夫嫁史郎,横遭强暴事堪伤。幸逢仁主开罗网,侥幸人间纺绩娘。

裴老辛酸甘老甘,崔翁苦楚更难堪。悲欢离合情多少,把酒临风不忍谭。

古萧更生道人拜题。

离合悲欢漫相疑,茫茫千古尽如斯。清风亭上情堪叹,明月台边事更奇。沧海桑田曾我历,纲常名教赖君持。胸中无限伤心处,全付生花笔一枝。

安愚道人题词。

新编字字费琢磨,雅擅风骚感慨多。妙笔挥来分屈艳,诗人自古遇蹉跎。

白头膝下少晨昏,只为承恩却负恩。堂上不闻班彩戏,聊书悲愤一消魂。

明月台前写暗愁,谠言直似赋登楼。龙城纸价从今贵,多少才人纪胜游。

离合悲欢甚不均,堪嗟裴老太酸辛。伤心一部《红楼梦》,都与顽石写化身。

古萧餐霞郑锡龄俚词。

春日迢迢,夜月昭昭,兀坐荒斋,抑郁无聊,闲游里巷,兴味萧条,适至村塾,忽见案头有《明月台》说部,乃烟水散人所作。展阅之下,抚今叹古,表忠孝节义,凭空幻撰;演离合悲欢,攸关风化,大振于世教纲常者也。由此观之,宁不令人须眉倒竖,勃然变色,犹胜于《拍案惊奇》者乎。妄题五言一则,泄我不平,非诗非词,聊存卷末,不知云何,维高明者鉴之。

旧传《清风亭》,今编《明月台》。逆子绝天伦,佳儿金榜登。福乃孝之基,祸因恶积生。化生是异类,顽石怎点头?谬言多巧辩,万恶罪滔天。昧心附石产,顽石即前因。人身如狗彘,狼心似黑炭。崔吉携归后,安人知不祥。从此家门败,两儿相继亡。伯道甘无子,裴家惹衬灾。养儿须待老,积谷莫防饥。远遣他方去，秦楼楚馆居。金珠财宝地，风花雪月天。父母言规诫，反然虎豹嚎。挥金如粪土，买嘱诬窝家。丧尽天良者，欲将老命倾。不堪风雨妒，明月照沟渠。辛苦为谁忙，忘恩遭天网。空负恩勤意，全抛养育心。甘氏知三变，裴公梦一场。自嗟还自慰，可叹更可悲。悲愤胸中结，托言笔下生。写出无情种，千载恨难终。寄语螟蛉者，当效乌鸦哺。赏音逢逸士，知己遇诗人。卷上玑珠满，书中翰墨香。白雪阳春曲，清风明月歌。冰轮常皎洁，明镜不蒙尘。雪尽胸中垢，倾消万斛愁。

　　齐东野人祁文娱笔戏题。

　　说明：上二序及题词均录自天津图书馆藏本《明月台》。此本内封三栏，由右向左，分题"咸丰六年六月""明月台""烟水散人著"。首《明月台序》，尾署"时在咸丰六年初伏日，洞庭东山烟水散人凝香翁桂著于萧县草野书轩之南窗下"，有"凝香"阴文、"信芳"阳文钤各一方。次《明月台自序》，不题撰人，两序均系作者自拟。正文半叶十二行，行二十三至二十五字不等。

翁桂,字凝香,号烟水散人,江苏苏州洞庭东山人,流寓萧县。馀待考。

其馀题词作者等,均待考。

快心录

快心录自序

山石老人

余自幼累观闲词野史颇多,无非是佳人才子,捻造成一篇离合悲欢,虽词句精巧,终无趣味。今亲自著村言编成数页小说,莫嫌俚句不工,却有多半实事,故随意录出,留待小窗闲坐,灯畔雨馀,聊破一时之寂闷耳。山石老人自序。

快心录序

小苍山房

此书仿《红楼梦》之作也。虽文才不广,字句无多,然前后串连,语言接续,即此小小一部野史,其中一样翻翻复复,善恶分明,无般不备。作情字,则作完儿女之心;述繁华,却写尽贵家之像。及家庭琐碎,闺阁闲情,毫无一丝漏洞微疵。表明节义之人,避却邪淫之语,大可怡心悦目也。小苍山房阅过闲评。

说明：上序出清抄本《快心录》，有山石老人自序、山仓山房评、题词，书仿《红楼梦》，作于同治间。转录自丁锡根《中国历代小说序跋集》。

山石老人、小苍山房，真实身份、生平事迹待考。

红楼梦影

红楼梦影序

西湖散人

大凡稗官野史，所记新闻而作，是以先取新奇可喜之事，立为主脑。次乃融情入理，以联脉络，提一发则五官四肢俱动，因其情理足信，始能传世。《红楼梦》一书，本名《石头记》，所记绛珠仙草受神瑛侍者灌溉之恩，修成女身，立愿托生人世，以泪偿之。此极奇幻之事，而至理深情，独有千古。作者不惜镂肝刻肾，读者得以娱目赏心，几至家弦户诵，雅俗共赏，咸知绛珠有偿泪之愿，无终身之约，泪尽归仙，再难留恋人间；神瑛无木石之缘，有金石之订，理当涉世，以了应为之事。此《红楼梦》始终之大旨也。海内读此书者，因绛珠负绝世才貌，抱恨夭亡，起而接续前编，各抒己见，为绛珠吐生前之夙怨，翻薄命之旧案，将红尘之富贵，加碧落之仙姝，死者令其复生，清者扬之使浊，纵然极力铺张，益觉拟不于论。此无他故，与前书本意相悖耳。

今者云槎外史以新编《红楼梦影》若干回见示，披读之下，不禁叹绝。前书一言一动，何殊万壑千峰，令人应接不暇。此则虚描实写，傍见侧出，回顾前踪，一丝不漏。至于诸人口吻神情，揣摩酷肖，即荣府由否渐亨，一秉循环之理，接续前书，毫无痕迹，真制七襄手也。且善善恶恶，教忠作孝，不失诗人温柔敦厚本旨，洵有味乎言之。余闻昔有画工，约画东西殿壁，一人不知天神眉宇，别具神采，非侍从所及。画毕睹之，愧悔无地。此编之出，傥令海内曾续《红楼梦》者见之，有不愧悔如画工者乎？信夫前梦后影，并传不朽。是为序。咸丰十一年岁在辛酉七月之望，西湖散人撰。

说明：上序录自聚珍堂书坊发兑本《红楼梦影》。此本内封三栏，由右向左，分题"云槎外史新编""红楼梦影""光绪丁丑校印　京都隆福寺路南聚珍堂书坊发兑"。首《红楼梦影序》，尾署"咸丰十一年岁在辛酉七月之望，西湖散人撰"。次"红楼梦影目录"，凡二十四回。正文第一叶卷端题"红楼梦影"，署"西湖散人撰"，上"咸丰十一年岁在辛酉七月之望西湖散人撰"序则为其自叙。然顾太清

《天游阁集》卷七有《哭湘佩三妹》诗二首,其一曰:"红楼幻境原无据,偶耳拈毫续几回。长序一编承过誉,花笺频寄索书来。"其自注云:"余偶续《红楼梦》数回,名曰《红楼梦影》,湘佩为之序,不待脱稿即索看。常责余性懒,戏谓曰:'姊年过七十,如不速成此书,恐不能成其功矣。'"则云槎外史乃顾太清。此书之作者应系顾太清,而非西湖散人湘佩无疑。西湖散人只是序作者。半叶十行,行二十二字。版心单鱼尾上镌"红楼梦影",下镌回次、叶次、"聚珍堂"。原本藏北京大学图书馆、复旦大学图书馆等。

云槎外史,即顾太清(1799—1876),名春,字子春,一字梅仙,道号太清,晚年又号云槎外史。原姓西林觉罗氏,满洲镶蓝旗人。清代著名女词人。有《天游阁集》《东海渔歌》等。

西湖散人,即钱塘(今杭州)人沈善宝(1808—1862),字湘佩,号西湖散人。有《鸿雪楼诗选》《鸿雪楼词》及《名媛诗话》传世。

瓦岗寨演义

瓦岗寨演义序

梁朗川

尝观英雄之出处也，亦何尝定哉？时而用也，则致君泽民，开疆辟土，而为毕世之奇功；时而不用，则老死林泉，孤穷皓首，同乎流俗，似此良可悲也。纵或得见用于一时，而身死之后，其名遂没，亦无益于事，故曰：青史才几行名姓，北邙已无限荒丘矣，岂不伤哉！然而瓦岗之英雄则异于是矣。想其当隋之乱世也，则反山东，占金堤，取瓦岗，有似遗臭之万年者。后至于二秦之治，世举而用之，则身披坚甲，手执锐兵，以靖一十八路反国之魔王，而扫六十四处之烟障，此又英雄之最快人者，在予亦窃喜其行事也。但此书前已有作矣，予故择其最热闹者而详言之，为一小补云。是为序。咸丰十年岁次庚申孟夏吉旦，揽溪梁朗川书。

说明：上序录自咸丰十一年富经堂本《绣像瓦岗寨演义传》。此本内封上镌"咸丰十一年新镌"，下分三栏,由右向左,分题"程咬金打劫王纲结义""绣像瓦岗寨演义传　省城学院前富经堂藏板""英雄反山东茂功定计"。首《瓦岗寨演义序》,尾署"咸丰十年岁次庚申孟夏吉旦,揽溪梁朗川书"。有图像七叶,十四幅。目录叶题"新刻瓦岗寨演义传目录",署"省城富经堂藏板",凡五卷二十回。正文第一叶卷端题"新刻瓦岗寨演义全传之一",署"省城富经堂藏板"。半叶十一行,行二十三字。版心单鱼尾上镌"瓦岗寨传",下镌卷次、叶次。另有同治甲戌年会元楼本,内封上镌"同治甲戌年新刻",下分三栏,由右向左分题"秦叔宝烧批结义""绣像大唐瓦岗演义全传　福禄大街会元楼板""程咬金大反山东"。首序,内容文字与上所录序几同,惟尾署"同治十三年新刻,揽溪梁朗川书"。目录叶在绣像前。绣像亦七叶十四幅,行款与上本亦同。

揽溪梁朗川,生平事迹待考。

雅观楼

（雅观楼题词）

竹西逸史

芜辞琐事不堪听,都是消亡必有情。闲借兔园为说法,报施意理却分明。挑尽残灯写俗词,境非亲睹不能知。诸君展卷从头阅,愿得前车共鉴之。

竹西逸史题于五架三间新学堂。

说明：上题词录自道光元年维扬同文堂刊本《雅观楼全传》。此本首有题词,尾署"竹西逸史题于五架三间新学堂"。次"雅观楼全传目录",凡四卷十六回。正文卷端题"雅观楼全传""檀园主人编",半叶八行,行十七字。书藏芜湖图书馆。阿英《小说二谈》称："此书系纪实,予曾于蔡愚道人《寄蜗残赘》卷五'扬州雅观楼事'条中,得知其本事。"则《雅观楼》一书似应著于《寄蜗残赘》之先。《寄蜗残赘》自序中有"庚申遇变"这样的话,此庚申当为咸丰十年。则此书当成于咸丰十年之后。

檀园主人、竹西逸史，据序，知为同一人，其真实身份、生平事迹待考。

群英杰

群英杰后宋奇书叙

瀛园旧主

《群英杰》一书,作者不知为何许人。因见其名目新奇,藏诸书笥。甲午岁,偶窥全豹,方知命意措词,迥非寻常小说可比。他书均以佳人才子,月下花前,离合悲欢,千篇一辙。是书独能一扫尘言,别开生面。其间如申侯奸险,有女能贤;文俊英明,书童狡诈。于人情不测之中,隐寓恶恶劝惩之意。又如一甲三元,一虚两实,当朝辨白,何快如之。最奇者,范公遇救,穆帅擒僧,怪怪奇奇,尤非意料所及。以是书偌大排场,当必有数十本之多;而此独缩为四本,可见用意深而措词简。一切淫词秽语,概置不用,其用意已胜他书一着。但是书多系坊本,字迹模糊,词多鲁豕,甚为悼惜。今特倩善书者从新抄过,雠校无讹,付诸石印。既不负作者一片苦心,又可于酒后茶馀之际,佐诸君解闷消愁之观也。因为是叙。光绪甲午孟夏上浣,瀛园旧主书于沪江之春晖草堂。

说明：上序出光绪乙未(二十一年)上海书局石印本《群英杰后宋奇书》。书凡四册。原本藏天津图书馆。首叙，尾署"光绪甲午(二十年)孟夏上浣，瀛园旧主书于沪江之春晖草堂"。另有天宝楼本，首附《笑林广记》掀髯叟序文，此不赘录。

瀛园旧主，真实身份、生平事迹待考。

忠烈全传

绣像忠烈传(序)

戏笔主人

文字无关风教者,虽炳耀艺林,脍炙人口,皆为苟作,立说之要道也。凡传志之文,或艰涉猎,及动于齿颊,托于言谈,反令目者闷之。若古来忠臣孝子贤奸在目,则作者足资劝惩矣。小说原多,每限于句繁语赘,节目混牵。若《三国》,语句深挚质朴,无有伦比。至《西游》《金瓶梅》专工虚妄,且妖艳靡曼之语,聒人耳目。在贤者知探其用意用笔;不肖者只看其妖仙冶荡,是醒世之书反为酣嬉之具矣。然亦何尝无惩创之篇章,但霾没泥涂中者,安能一一在耳目间?故知之者鲜。不遇觐光,莫传姓氏,今见六十首,淋漓透达,报应分明,意则草蛇灰线,文则中矩中规,语则白日青天,声则晨钟莫鼓。吾不知出于仙佛之炎炎皇皇耶,出于儿女子之凄凄楚楚耶,抑出于觐光之谆谆借存提命耶?问之觐光,不知也,曰:吾只知甫搦管时,若有所凭,不可遏者,奔注笔端,乃一决而成焉。吾固不知孰为仙佛,孰为儿女,而遂成《忠烈传》之六十首也。余曰:此有系风教之书,即当缮写,公诸同事。但未审观者暨谈说者为何如矣。正德元年,戏笔主人题。

说明:上序录自一坊刊本《绣像忠烈全传》,无刻书年代及堂号,原本藏南京图书馆。此本内封不分栏,双行题"绣像忠烈""全传"。首序,但无"序"字,仅题"绣像忠烈传"五字,尾署"正德元年,戏笔主人题"。次图像十叶,皆像赞各半叶。次"绣像忠烈全传目录",凡六十回。正文第一叶卷端题"绣像忠烈全传",不署撰人,据序,知作者名觐光。半叶九行,行二十字。版心单鱼尾上镌"忠烈全传",下镌卷次、叶次。

此小说实本自清蒋士铨传奇《空谷香》,传奇系蒋据其友顾孝威(即顾锡畅,字瓒园)与其妾姚氏事敷演并加增饰。上录序亦改编自"辛卯二月(1771)燕台张三礼椿山氏"为《空谷香》所作之序。小说中尚留有不少戏曲中人物自报家门和人物对白的痕迹。(参见徐文凯《有韵说部无声戏:清代戏曲小说相互改编研究》第三章第三节之"《空谷香》与

《忠烈全传》",中国传媒大学出版社2010年版。)

觐光,生平事迹待考。

锋剑春秋

锋剑春秋序

四和氏

《春秋》一书,原以纪历代帝王之兴衰也。今以锋剑名之,又以纪战争并吞之强弱也。其中赖有英雄豪杰之士,尤赖有得天时地利人和之先,所以有猛将如云,谋臣如雨,更有幻者演神通、斗法宝,指不胜屈。原原本本,都皆气运生成;有有无无,尽在笔机流动。传中开载,亦尽非凭空谎谬、耸人耳目见闻。借列国王、将相、术士开疆辟土,战阵斗争,水火变幻,神鬼驰驱,演出一篇奇异,脍炙人口。迩来人心不古,每以邪说幻术为新奇,恃强凌弱为平淡。残篇断简,不外忠臣孝子,各尽臣道,各尽子职之两途,即以发明《春秋》之大义也,好古者广博览,开茅塞,亦未尝无小补云。虽然,尽信书则不如无书,其是之谓乎?同治四年春月,四和氏识。

说明:上序录自丹桂堂板本《绣像锋剑春秋传》。此本内封三栏,由右向左,分题"同治甲子年孟秋新镌""绣像锋剑春秋传　丹桂堂板""内附孙膑大破诸仙阵"。首《锋剑春秋序》，尾署"同治四年春月，四和氏识"，有"澹如"阳文篆字印。次"锋剑春秋目录"，凡六十回，复次绣像十六叶，皆像赞各半叶。正文第一叶卷端题"锋剑春秋"，半叶十二行，行二十四字，版心单鱼尾上镌"锋剑春秋"，下依次镌卷次、回次、叶次。

今所能见到的此书之版本甚夥，但以丹桂堂本为最早，其次是四和堂本，光绪间的本子有题《后列国志》《万仙斗法兴秦传》《万仙斗法后列国志》《后东周锋剑春秋》等，序也有署"留香氏"的，但序文内容文字大体相同。同治甲子为同治三年，而序作于四年，或板片刻好后方才作序。

锋剑春秋序

黄淦

五经中，惟《春秋》当以理兼势论。前此为西周，后此为战国。自平王东迁以来，列侯创霸，功罪参半，不得谓霸者有罪无功。设当时无霸，春秋早变为战国矣。此天下大势也。至诸侯国各有盛衰，大夫家不无强弱,而其间忽盛忽衰,忽强忽弱,又不可以一例论,皆势为之也。《春秋》自左氏、公、穀作传后,先儒各种疏说,累千万卷。予幼读《左绣》,见其编首摘冯天闲先生《左贯》数条,辄喜择录。因又采胡传、周氏《左国辑要注》、陈氏《春秋读》各数十条。庚子岁,予馆关东皋太翁家,见《国朝汇纂》及马氏《绎史》、姜氏《读左补义》诸书,广为搜集。近又于前贤论说春秋经义,择其精凿者,手录增订,汇成此编以付梓。若夫《左传类对赋》等书,辞虽工丽,与《春秋》经旨奚涉?且无裨于制义,概置弗取焉。时嘉庆九年孟夏望日,武林黄淦纬文氏自序。

说明:上序录自光绪二年刊本《锋剑春秋传》。细详此序内容,与《锋剑春秋》内容无涉。此序实系黄淦《春秋精义序》。

黄淦,字纬文,武林人,著有《周易精义》。

宋太祖三下南唐

(宋太祖三下南唐)序

宋太祖当五季扰攘,首佐周世宗,南征北伐。及世宗中道而崩,孤立幼儿,将不抚,至有立点检为天子议论,兵变于陈桥,黄袍加身,位登九五,亦天命所归也。不然,日下复有一日,黑光相荡,天象原有异征。稽之天时则是,人事则非。当此主幼时艰之日,众将士中孰不欲国有长君?无如周世宗崩日,只有此孤幼儿耳。当宋太祖为众所推,亦尝却众请,而以周公佐相成王为心。但此非其时然。周公为成王季父,又当国家平宁之日;宋太祖虽与世宗同事于初,然不过以异姓手足君臣,实有比不得周公之于成王也。故宋之有天下,所取之顺逆不及于汉高,与唐太宗相俦匹耳。何也?唐于隋末而得天下,惟当初唐高祖曾事隋炀帝,而炀帝又为化及所弑,唐太宗虽诛化及与炀帝复仇,后不免取天下于隋幼主,同是与宋皆有君臣之嫌,故唐宋二君之逊于汉高也以此。虽然,五季之世,干戈不已,四方糜烂其民,各镇据疆守土,焉得其人一而统之。原宋太祖一心戒杀,以体上天好生之德,又有合乎汉高者。汉高睹项羽残暴不仁,彼一入关,首与秦之父老约法,除秦苛政,正见体上天好生之君也。至宋太祖师下江南之日,嘱曹彬用命,则已戒之嗜杀。及城破之日,彬称病,诸将未明其心,以请病为问。彬言:行师之日,太祖命彬嗜杀之戒,故诸将入城不伤一人。是太祖体上天之心,彬又能体太祖之心,是君臣皆以嗜杀人为首务(戒),其兴宜矣。即如太祖正大位之日,首尊儒重士,大开文明之教,其为知致治之本,是政之当首务,亦不在汉高、太宗之下。至于身当戎马之地十八年,亦何异汉高亡秦灭项之勇敢,太宗靖隋割据,雄才开基之神武之君,又其俦匹哉。特此传之,以博一笑。为之序云云。

说明:上序录自紫贵堂本《绣像宋太祖三下南唐》,原本藏北京大学图书馆等。此本内封上镌"咸丰八年新镌",下分两栏,分题"内附布演五雷阵 好古主人撰""绣像宋太祖三下南唐 紫贵堂藏板"。首《序》,不题撰人。次"新镌绣像宋太祖三下南唐被困受(寿)州城目录",凡八卷五十三回。复次,图像十三叶,二十六幅,上赞下图。正文第一叶卷端题"新镌绣像赵太祖三下南唐被困寿州城第一卷",半叶十行,行二十字。版心由上而下分镌"三下南唐"、卷次、叶次。另有英文堂藏板本。此本内封上镌"同治十三年新镌",下分三栏,由右向左分题"内附布演五雷阵　好古主人撰""绣像宋太祖三下南唐""佛镇福禄大街英文堂藏板"。其余行款题署及序的内容,均与上述紫贵堂本同,连错误都一样,比如"被困寿州"之"寿",目录叶也作"受"。疑系同版或覆刻。

　　好古主人,真实身份、生平事迹待考。

花月痕

花月痕前序

眠鹤主人

夫天下之事，是与非二者而已；天下之势，离与合二者而已。其事而是焉者，委曲以求其是可也；其势而合焉者，辗转以求其合可也。若夫事介在是非之间，势介在离合之际，孰有如韩、杜、韦、刘之四人者乎！何言之？当时之荷生，故俨然诸侯之上客也，参机密而握权要，气象胸次，涵盖一切，以为古有梁夫人，庶几或一遇之，则似乎其是也；然谓荷生当此有为之世，遇知己之人，不思攀龙附凤以成功名，而徒低首下心恋恋若此，则似乎其非也。痴珠亦然。观其著述等身，名场坎坷，而文采风流，倾倒一时，意亦谓天下必有朝云、桃叶其人者，李香、方芷乌得以微贱而少之，则似乎其是也；然谓痴珠际此时事艰虞，不自慎重，而亦低首下心恋恋若此，则似乎其非也。若夫韩、杜之合，韦、刘之离，则又事之晓然共见者也。寝假化痴珠为荷生，而有经略之赠金,中朝之保荐,气势赫奕,则秋痕未尝不可合;寖假化荷生为痴珠,而无柳巷之金屋,雁门关之驰骋,则采秋未尝不可离。是故为采秋、秋痕易,而为荷生、痴珠难。作者有见及此,于是放大光明,普照世界,而后提如椽之笔一一而写之。其合也,则诚浃洽无间也;其离也,则诚万万乎其不得已也。夫固谓天下古今之大,必有如韩、杜之合者而现韩、杜身而为说法也;天下古今之大,又必有如韦、刘之离者而现韦、刘身而为说法也。他日者,春镜楼空,秋心院古。蒹葭碧水,难招石上精魂;杨柳青山,徒想画中眉妩。抑或钟情寄恨,略同此日之遭逢;定知白骨黄尘,更动后人之凭吊。是是非非,离离合合,言之者无罪,闻之者足戒已。时咸丰戊午暮春之望,眠鹤主人序。

(花月痕)后序

眠鹤道人

嗟乎,《花月痕》胡为而命名也?作者曰:余固为痕而言之也,非为花月而言之也。夫春发其华,秋结其实,非花也乎?三五而盈,三五而缺,非月也乎？大千世界，人人得而见之、得而言之者也，余何必写之也？至若是花非花，是月非月，色香俱足，光艳照人者，则是余意中之花月也。然而，谓之花月可也，谓之痕不可也。即或谓如花照镜，镜空花失；如月映水，水动月散。是亦痕之说也，其说尚浅也。夫所谓痕者，花有之，花不得而有之；月有之，月不得而有之者也。何谓不得而有之也？开而必落者，花之质固然也。自人有不欲落之之心，而花之痕遂长在矣。圆而必缺者，月之体亦固然也。自人有不欲缺之之心，而月之痕遂长在矣。故无情者，虽花妍月满，不殊寂寞之场；有情者，即月缺花残，仍是团圆之界，此就理而言之也。若就是书之事而言，则韩、杜何必非离，而其痕则固俨然合也；韦、刘何必非合，而其痕则固俨然离也。虽然，人海之因缘未了，浮生之踪迹无凭，异日者，剑合延津，珠还合浦。返魂香爇，重泉有再见之期；却老丹成，天末回长征之驾。同营金屋，何必在香海之洋；再启琼筵，何必演梦中之剧。泪之痕耶？血之痕耶？酒之痕耶？花月之痕耶？余方将尽付之太空，而愿与此意中之花月相终古也。时咸丰戊午重九前一日，眠鹤道人撰。

《花月痕》题词

栖霞居士

文字不从高处着想,出笔辄陋;文字不从空处落墨,到眼皆俗。此书写韦、刘、韩、杜四人,浅者读之,不过是怜才慕色文字。夫文字而仅止于怜才慕色,则世间所谓汗牛充栋者正复不少,作者亦何暇写之乎!然则奈何?曰:是必归其说于本。何谓本?君之仁也,臣之忠也,父子之慈与孝也,兄弟之友也,夫妇之和与顺也,朋友之信也。故生人之美德曰礼,曰让,曰廉,曰节。得其一者皆可以不朽。然而此又无庸作者言之也;圣经贤传,炳若日星,嘉行懿言,垂诸史册,凡拥皋比为人师者,皆能言之也。于是作者冥思于落想之前,举一韦痴珠,于臣不得尽其忠,于子父不得尽其孝与慈,于兄弟夫妇朋友,举不得尽其友若和若信,踽踽中年,苍茫歧路,几于天地之大,无所容身,山川之深,无所逃罪。独其平居深念,性情之激发一往而深;触景流连,歌哭之怀思百端交集。于臣不得尽其忠,而必欲尽其忠;于子父不得尽其孝与慈,而必欲尽其孝与慈;于兄弟夫妇朋友莫不皆然。勤勤恳恳,至殁身而尚留其意以遗后人。呜呼,是可感也!彼刘梧仙者,固所谓志趣与境遇有难言者也。以袅袅婷婷之妙伎,而有难言之志趣,难言之境遇,其与痴珠,犹收香之倒挂,并命之频伽矣。至于事以互勘而愈明,人以并观而益审,则有韩、杜步步为二人之反对,如容光之日月,无影不随;如近水之楼台,有形皆幻。作者遂以妙笔善墨写之,而又令其先带后映,旁见侧出,若在有意无意之间。说部虽小道,而必有关风化,辅翼世教,可以惩恶劝善焉,可以激浊扬清焉。若仅仅惜此羽毛,哀其窈窕,不亦可已也夫!时咸丰戊午重阳日,贵筑栖霞居士读毕谨题。

《花月痕》题词

弱水渔郎

岁聿云暮,寒风满园,扇雪而飞,若翩若翻,黑云四垂,杳冥昼昏,举烛不辉,爇火不温,彷徨徘徊,欲酒无樽。则有西蜀公子,东吴王孙,含清饮和,抱珣握璠,一袯手拎,率然而叩吾门,受而读之,曰《花月痕》。其书也,或抑或扬,且吐且吞。作者闽邦,事则并垣。以有为为,以无言言。月旦持其评,花界幻其论。擢情以芽,敛情而根。假彼孟施,抒我奭髡。泠于瑟笙,袭于苴荪。语绮虽凰,声哀则猿。凄入肝脾,令人烦冤。感慨欷歔,伊谁之援!于是座有拘拘然者闻而笑曰:"蒙叟厄寓,复矣莫可翻也;灵均章歌,幽矣莫可喧也。今若人街议而巷谈,何饮水之忘源也。且北里之志,不入于篱藩;青楼之歌,不闻于邱樊,恶其志淫而意荡。何不涤滥而削繁?"主人乃肃尔而立,辍其方飧,瞠乎若思,不觉饭之已喷,顾谓:"吾子何望天而戴盆,第相与消其支,而未相与探厥元;无惑乎欲其令人敬,而鄙其不当使人销魂。不知夫花之有痕亭亭焉,其犹阆与昆也;月之有痕皦皦焉,其犹羲与轩也。古之人别有怀抱,爰奥厥旨于溟鲲;今之人别有感伤,爰晦厥意于绣鸳。邈千古而同符,类蠋忿而树萱。子休矣!曾斯义之弗知,而又何足以挹谢而推袁?"久之,客退于盈尺之砌,归于三家之村。蒙蒙然犹未视之狗兮,测太微而隔九阊。子不读五车之书兮,孰能进而与子辨众说之清浑。俄而,非烟下驻,异香上屯。

徐而察之，花之痕耶？月之痕耶？皆恍惚而靡所见兮，而但见夫笔光墨气，如锦如绣，与花月以长存。同治五年三月二十三日，弱水渔郎题词，时假馆于古夔道之昭武馆。

《花月痕》题词

谢枚如等

二十年来想见之，每闻沦落感须眉。佣书屡短才人气，稗史空传幼妇词。天下伤心能几辈，此生噩梦已如斯。闲阶积叶虫声急，昂首秋风独立时。　谢枚如（章铤）。

识字原为忧患媒，况将兰茝伍蒿莱。可怜一束金银管，写尽并门风雨哀。

牙旗大纛照神州，青史勋名李郭俦。谁识弄花愁月地，有人猿臂不封侯。

百岁流光石火间，菀枯苦乐镇相关。输他散发黄牛背，笑看浮云日往还。

酒筹歌板少年场，回首前尘剧渺茫。触我伤心无限泪，黄花帘幕又重阳。　　梁礼堂（鸣谦）。

倚栏同看白芙蕖,想煞风流放诞初。一点犀心翻误汝,三更蝶梦转愁予。徒劳越客丝丝网,易感萧娘幅幅书。秦树嵩云空夕照,索居谁问病相如。

红板桥南白板门,沉沉风雨几黄昏。直从隔世疑情事,安得长河注泪痕。满地落花来少女,极天芳草阻王孙。当时枉费明珠赠,惆怅他生更莫论。符雪樵(兆纶)。

(花月痕)评语

符雪樵(兆纶)

词赋名家,却非说部当行。其淋漓尽致处,亦是从词赋中发泄出来,哀感顽艳。然而具此仙笔,足证情禅。拟诸登徒好色,没交涉也。

栖梧花史小传

定香主人

栖梧姓刘氏,名栩凤,年十九,豫之滑县人。八岁而孤,家赤贫,母改适,以贱直鬻人为婢,寻为匪人所掠,流转太原为歌妓,非所愿也。性和婉,善解人意。每酒酣烛灺时,虽歌声绕梁,而哀怨之诚动于颜色。旋倾心于逋客，欲委身焉，以故多忤俗客，弗能得假父欢，益虐遇之。逋客坐是爱怜特甚，而以索价奢，事中止。姬亦遂抑郁憔悴，以病自废。其家复间阻之，禁弗相见。逋客为图其像，闻姬病日沈笃，恐终不起云。

赞曰：栩凤以荏弱之质，转徙于饥寒中，宜乎其病也。今日者，御绮罗，餍肥甘，旁观方艳羡之，胡为愁而病，病而甚耶？吁！亦可以知其心矣。独怜逋客者，以相爱故，至受诐谤遭挫辱而不悔。世有因果，乌知不以此一念之痴，结未了缘哉！戊午暮春望前一日，定香主人撰。

说明：上序及题词等，均录自清光绪十四年福州吴玉田刊本《花月痕》。此本首作者《前序》《后序》，分署"时咸丰戊午（八年）暮春之望，眠鹤主人序""时咸丰戊午（八年）重九前一日，眠鹤道人序"。次有"时咸丰戊午重阳日，贵筑栖霞居士"、"同治五年三月二十三日，弱水渔郎"及不署年月的"谢枚如""梁礼堂""符雪樵"的题词，又有署"戊午暮春望前一日，定香主人撰"的《栖梧花史小传》。再次为"花月痕全书目录"，署"眠鹤主人编次　栖霞居士评阅"。凡五十二回。正文第一叶卷端题"花月痕全书卷之一",半叶九行,行二十一字。版心单鱼尾上镌"花月痕全书",下镌卷次、叶次。

眠鹤主人,即魏秀仁(1818—1873),字子安,又字子敦,号咄咄道人、不悔馀年。侯官(今福建福州市)人。尝主讲于渭南象峰、成都芙蓉、福建南平诸书院。又尝馆于太原知府保龄家。著述除此书外,尚有《陔南山馆诗集》等三十馀种,皆未刊行。

栖霞居士、弱水渔郎等,真实身份、生平事迹待考。

绣云阁

绣云阁序

拂尘子

吾见世之亦慕神仙而欲学神仙之为人者，往往为外道所惑，非避兄离母，独处深山，而人伦之道不讲；即钩深索隐，视为奇货，而正大之路不由。无怪乎邪教诬民、结党害世者层见于历郡（朝）矣。岂知修仙之道，在乎先尽五伦。五伦克尽，圣贤可期，何啻仙术。然无以讲明切究，人多入迷途而不知。予也不揣固陋，编辑《绣云阁》一书。提纲挈领，不外敦伦；炼气归神，端由诚意。其中虽有山精木怪散溢于字里行间，一则以见正心修身之诚，人不如物；一则以见澡身浴德之候，心杂如麻，所以古人炼道，辄以清心寡欲为入门第一要诀。吾愿有志于斯者，须认清题目，切不可为邪教所误焉。且是书既为学道者指其端委，故又以孝弟忠信，为士农工商辈事事条分。不知天上神仙，谁缺孝弟忠信？尘世人类，孰尽孝弟忠信？是书不辞琐屑，逐一分明，谓为学道而误入旁支者大声疾呼焉。亦谓为人类而迷于酒色财气者大声疾呼焉,亦无不可。世之得阅此书者,不以予之小技为不齿,而共谅予黜邪崇正之苦衷也,则幸甚。咸丰三年九月十八日,拂尘子自记于莲香别墅。

重刊绣云阁序

虚明子

尝观列朝传书多矣,或描写才子佳人,则尽态极妍。岂知闺阁之形容太露,是启人以淫盗之媒。间有抛去才子佳人而写丈夫气概,又以武勇是尚,结拜为党,导人以大逆之路,甚而描写款式,与夫艳曲淫词,则助人以奢侈(侈)之风、败常之事,均不得为传书之善者也。若《绣云阁》一书,其始则以人伦大道开其端,而金丹大道继之,且于大道中,又为野方外术辨其真伪,俾天下后世有志斯道者得所趋向,不致误入旁迕,结成党羽,创逆天家,洵可为我圣朝黜异端以崇正学之一助。外此而世情所有一一描出,无不法戒昭然,虽谈论多山水精怪,要皆从人心之不正事生,非好言柔怪离奇以炫人心目也。

愿世之阅者,不徒以文笔曲折见长,亦不徒以词章富润为美,须玩其纲领所在,旨趣所在,知非寻常小说可比,而有裨于世道人心也,则幸甚。但是书稀少,知板之不存久矣,兹特重付梨枣,梓行于世,故序之。八十岁贡虚明子记。

说明:上序均录自同治八年富顺县重刊本《绣云仙阁》,此本内封三栏,由右向左,分题"同治八年清和月重刊""绣云仙阁""板存富顺县下南邓井关关外龙泉井侧雷姓宅下"。首《绣云阁序》,尾署"咸丰三年九月十八日,拂尘子自记于莲香别墅",审其语意语气,殆为作者自叙。次,《重刊绣云阁序》,尾署"八十岁贡虚明子记"。复次"绣云阁目录",凡一百四十三回。又谓有同治八年初刊本,全书总目五十九回,正文五十八回,藏四川省图书馆、吴晓铃处。未见。复有一刊本,原本藏复旦大学图书馆,未见内封。所载序言文字同上。正文八卷,分标乾、坎、艮、震、巽、离、坤、兑。正文第一叶卷端题"绣云阁乾册""正庸魏文中编辑""时斋汤承冀、一枝李桂芳、荣斋吴光耀参阅""及门诸子司证"。半叶十行,行二十五字。版心单鱼尾上镌"绣云阁

"，下镌卷次、叶次。

拂尘子，似即魏文中，正庸殆其字。馀待考。

虚明子，真实身份、生平事迹待考。

俗话倾谈

《俗话倾谈》自序

邵彬儒

语云：知多世事胸襟阔，识透人情眼界宽。"知""识"两字，由于自己之想象而明，亦由闻人之谈论而得也。尝见街头巷尾，月下灯前，闲坐成群，未尝无语，但所论多无紧要之事，未足以有补身心。或有谈及因果报应，则有听有不听焉，且有抽身而去者矣。非言语不通，实事情未得趣也。唯讲得有趣，方能入人耳，动人心，而留人馀步矣。善打鼓者，多打鼓边；善讲古者，须谈别致。讲得深奥，妇孺难知，惟以俗情俗语之说通之，而人皆易晓矣，且津津有味矣。诵读之暇，采古事数则，有时说起，听者忘疲。因付之梓人，以备世之好言趣致者。

说明：上序录自五经楼藏板本《俗话倾谈》。此本内封上镌"同治九年秋镌"，下分三栏，右栏题"博陵纪棠先生辑选"，中题"俗话倾谈"，左题"粤东省城十七甫五经楼藏板"，首"俗话倾谈目录"，分上下两卷，共十一则故事。次《自序》。又《二集》内封二栏，右栏题"同治九年春镌　三集嗣出"，左栏题"俗话倾谈　二集　羊城十七甫五经楼藏板"，次"俗话倾谈二集目录"分上下两卷，凡七则故事。半叶九行，行二十字。版心单鱼尾上镌"俗话倾谈"，下镌卷次、叶次。三集未见。原本藏北京图书馆，上海古籍出版社据以影印。

另有华玉堂藏板本，内封三栏，右题"邱琼山闹学论文"，中题"俗话倾谈"，左题"省城学院前华玉堂藏板"，首《自序》，文字与五经楼本同。次"俗话倾谈目录"，分四卷，一二卷两则，三四卷八则，亦凡十一则。正文第一叶卷端题"俗话倾谈卷之一　博陵纪棠氏评辑"，有行间批。二集内封版式与五经堂本同、目录叶亦与五经堂本全同。又有光绪廿九癸卯年文裕堂公司承印本。《自序》文字与上所录同，惟尾署"岭南布衣纪棠邵彬儒书于觉世社"。此二种原本藏英国博物院。

博陵纪棠氏，即邵彬儒，字纪棠，号荫南居士，广东四会县荔枝园人，以说书为生，著有《俗话倾谈》与文言小说《谏果回甘》《吉祥花》《活世生机》等。

后唐奇书莲子瓶演义传

后唐奇书莲子瓶序

好善恶恶,人之常情。善者好善,固必然矣;恶者恶恶,其情似类相反。惟天性之良,初时人皆有之,第染习所污,有以蔽之耳。观《莲子瓶》一书,善者善,恶者恶。善者固艰处于前途,恶者又得志于即目。然善者昌大于后,天有以裨之;恶者祸殃于后,亦天有惩之。是故祸福无门,为人自召,善恶之报,如影随形,天道报复,原无不爽也。一善字,为人一生之大节,一生福基所系者,故圣言:禹闻善言则拜,大舜善与人同,孟子道性善。观此一善字,岂不为人至重至要哉?即味一善字,即不敢为恶矣。吾人何不乐于善而行?是乎?非乎?待有志者拟之。有以为序云云。

说明:上序录自同治元年富经堂本《绣像后唐奇书莲子瓶传》,原本藏日本东京大学东洋文化研究所双红堂文库。此本内封上镌"同治元年新镌",

下分三栏，由右向左，分题"广东张九龄访察""绣像后唐奇书莲子瓶传　省城学院前富经堂藏板"。首无名氏序。次"新刻绣像后唐奇书莲子瓶演义传目录"，署"富经堂藏板"。凡四卷二十三回。有图五叶，上赞下像。正文第一叶卷端题"新刻绣像后唐奇书莲子瓶演义传卷之一　富经堂藏板"，半叶十二行，行二十四字。版心鱼尾上镌"后唐奇书"，下镌卷次、叶次。另有瀛海轩本，与此本几同，序之文字与富经堂本几同，不赘录。

梦红楼梦

三妙传序

逢万代难逢的奇缘而未曾贻误,处三春绝妙的时光而不曾虚度,这才是美人真正的欢欣。亦如杏蕾初绽,桃花飞扬,不曾枉待那美好时光者能有几何?营营众生,却只因为那矫揉造作和所谓持重慎微,在美好时光中辜负了爱慕者的心愿,然后嫁给一个讨人厌的恶丈夫,任凭他随心所欲享乐,美人却惟有在纱衾中含恨饮泣,所思所愿无所达知。她那无瑕丽质,竟致为猪狗享有。惟此卷中所记,却幸运十倍:玉蕊未陷泥淖,晶花摇曳春风,真正遇到了知己者。此书题为《三妙传》。所谓"三妙传"者,乃三位奇美者的传记也。故尔,先译事因。看官且勿慢怠鄙薄,本是与人人切身有关之事也。

说明:上序出自一蒙文残钞本《梦红楼梦》。转录自金枫出版有限公司1998年9月版"世界性文学名著大系·蒙文卷"。此书不署撰人,传为尹湛纳希十八岁时所作。封面除蒙文书名,还有汉文"红楼梦二则"字样,内页又有说明:"乃将梦红楼中,为蒙古红楼未曾翻译的数回缀合如下。"(详参此书陈庆浩《〈梦红楼梦〉出版前言》)。

一层楼

一层楼序

奇渥温氏景山

盖因桃杏园畔，芙蓉都境，焚心香一案，三千色世，缈如幻海，竟生无限春梦，于是玉楼一层如蜃气而作焉。天下颖俊冀会之于昭昭也，绝代佳人无奈幽恨默吞矣。

夫欲者生于心，奈命者定于天何？因发情思之重，一至续书旧梦矣。曩曹雪芹著《红楼梦》一书，予观其中，悲欢离合，缘结三生，论神明诲醒冥顽之道，嬉笑怒骂，表身百千，说菩提摩诃救世之法，新奇翻波，无穷缠绵合盘托出矣。故予敛彼等之芳魂，述吾心之蒙念；绘散花于短章，不设一丝绮语。濡墨挥毫，万言不可尽也。风姨勿嫉，名花定由天生；月老何狠，悲运洵如是耶？仰面问天天不语，代断肠之人诉肺腑；补天之说自古有，望有志贤士弥鄙陋。灵根未断，前生曾耕才田；慧月常元，再新越世玉楼。人间男女，莫劳聪慧之天甥；意外章句，须顺气数之大势。笔拙源乎才穷,人巧岂能夺天工?然青尚出于蓝色,冰冷弗胜水寒乎?

呜呼噫嘻!更攀楼上楼之一层楼,怎脱梦中梦之一场梦?为唤醒深春之红颜,发苍林黄鹂之啼声。惟不向非知音鼓琴,何不对知心人吹笛?故为叙事之原由于卷首,蒙译凌河地方奇渥温氏景山先生作于兹。

说明:上序录自2010年内蒙古人民出版社印行本《一层楼》。

作者为尹湛纳希(1837—1892),是我国蒙古族文学史上具有代表性的小说家和诗人,出生在卓索图盟土默特右旗(今辽宁省北票市下府乡)封建贵族家庭。著有《一层楼》《泣红亭》《梦红楼梦》等。

玄空经

（玄空经序）

海曲居士

上二个月在乡下的一个亲串家里,偶然在一部残缺不全的《钦定十三经注疏》里,出乎意料之外,翻出一本蛀虫蠹鱼吃剩下来的《玄空经》。于是翻尸盗骨,费了一个深黄昏,从头至尾,细细检阅一过,委实是不可思议,妙不可酱酒精,不禁时时一个人嘻嘻哈哈,笑得前仰后合。呜呼！比小时候在爷脚块子里看别人家鹞子断线,其快乐宁止什百倍耶！

过了一夜,马上赶回老家,像献宝一般,给我的弟弟和几个朋友们看；岂知乎他们看着了个头,个个打巴掌也勿肯放,皆大欢喜,同声赞叹,和南顶礼曰：善哉！善哉！是《玄空经》,是无上奇妙经,是无等等经,能除一切苦,真实不虚！

噫！余以为岂真玄空经哉,不玄空也！才子说玄空,即非玄空,是名玄空。善男子,善女人,三千大千世界,一切有情无量无边众生,本净明妙心,于此经中受持读诵,应如是知,如是见,如是信解,皆足以发阿耨多罗三藐三菩提心。

郭友松虽涅槃了,倘以是因缘,得以永生乎?新纪元二十年八月,海曲居士偶写于未济庐。

(玄空经)题记

海筹

阿兄白蕉,呆头呆脑,转弯抹角,从破书堆里垦出一部《玄空经》来,给我看了,交关开胃,天天多吃三碗饭。

从前有个诗人白乐天,据说他的诗老太婆都能读懂得。我本疑心那老太婆不是一位普通的老太婆,倘若勿是谢家小姐,定是郑家丫头之类。但这部《玄空经》,却真是乡下小弟弟也会听得懂的。

几年来鼎鼎大名,风行一时的吴稚晖老头子的老师《何典》,鬼话连篇,果然好笑非凡,但这一部——也许我们家乡话多的缘故——我觉得更加有趣,真要后来居上。吴老丈见了,也许再要从从师吧。

可惜这本东西,不被刘博士到手,否则读者一定会更多几个鬼脸看看。

海筹题记。

《玄空经》自序

吴中介士

余玄空人也,飘来飘去,几老江湖。年纪一把,头发白层层,三百六十行,行行勿就。然有二三知己,偶然相遇于竹篱笆下,野车棚头,便捱脚臭讲张,以为我倒交关老发松,有些道理。诚然!我讲张做劲时,听我说经者,大家津津有味,几几乎忘几(记)透气焉!

嗟乎,坐冷板灯冬烘先生,板板六十四,掩了其耳朵吃海蜇□□□□□□□□□□□□□□□□□□□□□□□□□□□看见□□□□□□□□□□□□□□□□□蟹也□□□□□□□虽□□□□□□□□□□□□□□□□□□□□蚌壳切菜□□□□□□□□□□□□□□□□□□□□□□□□□□□□□□□□□□□□□小脚□□□□□□□□□□□□□□□□

□□□□光绪甲申年小春月新剃头日,吴中介士自序于风凉堂。

说明:上序、题词,均录自少年书局铅排印本《玄空经》,原本藏苏州市图书馆。此本首海曲居士《序》,次海筹《题记》,复次郭友松《自序》、郭友松传记(略)。

郭友松(1820—1887),或作友嵩,名福衡,以字行。松江府娄县人。所著,此之外,尚存《了然吟草》。

海曲居士,真实身份、生平事迹待考。

金台全传

（绘图金台全传）序

王树棠

夫闲书一道，虽为悦目娱情之物，然有等词意宏深，论忠道义，亦足以感发人之善心。若乃鄙俚淫词，幽期密约，闺娃稚子阅之，必致效尤，无怪乎牧令之焚禁也。今《金台传》一集，在金台，不过一捕役耳，精于拳艺，孝义为怀，游遍江河，结交豪杰。虽初时误听妖言，几至助纣为虐，迨遇仙指示，即能猛醒回头，为国家扫灭妖邪，做一番惊人事业。即素为大盗之张奇、郑千，亦被他化莠为良，全忠全孝。是书通篇到底，并无一语述及淫邪，置之案头翻阅，不无稍补。爰志数语以备。时光绪丁丑年季冬望日，兰陵树棠谨识。

（绘图金台全传序）

瘦秋山人

盖闲书杂说，固各有议论宏深、言辞雕凿者，以悦人耳目而已。惟《金台》一传,忠孝信义,足为人世之榜图,且无邪僻淫词,毫不侵犯,即闺阃中亦可作淑性陶情之快睹也。惜乎原本敷成唱句,未免拘牵逗凑,抑且近坊镌刻,讹错不乏,令阅者每致倦眼懒怀。余兹精细校正,更作说本,付诸石印,极为爽目醒心,别生意趣,亲炙焉则得之矣。故有是艺之续序云。时光绪乙未年孟春月中浣,瘦秋山人撰并书。

说明:上两序录自上海中西书局石印本《绘图金台全传》。此本内封前半叶三栏,分题"北宋原本""绘图金台全传""平阳全集";后半叶镌"光绪乙未年春上海中西书局石印"。首《序》,尾署"时光绪丁丑年(三年)季冬望日,兰陵树棠谨识",次序,尾署"时光绪乙未年(二十一年)孟春月中浣,瘦秋山人撰并书"。复次"绣像金台全传卷次目录",凡十二卷六十回。有图像十六叶。正文第一叶卷端题"绣像金台全传卷一",半叶十六行,行三十二字。版心由上而下分镌"绣像金台全传"、卷次、叶次。这小说系由弹词《新刻雅调唱(本)平阳传金台全传》改编而成,书中留有许多说唱的痕迹,弹词前有光绪丁丑(三年)兰陵树棠序,内容文字与上所录序同。

兰陵树棠,即王树棠,另著有《痴人梦》等。

瘦秋山人,当即此小说的改编者,其真实身份、生平事迹待考。

铁冠图

忠烈奇书序

汉之高祖,明之太祖,皆以布衣而得承天运。在七国之馀,纷争五百秋,岁无宁日。汉高承秦苛,改六国之后,项氏出,而合立楚义帝。项羽强横而弑其君。汉高入关,与父老约法,议除秦敝政。后与项羽纷争,不五载而灭之垓下。是藉文武智略,以混归一统,以不嗜杀人而得之。项羽不强乎?惟强暴而败,是可鉴也。即明太祖亦以淮右布衣而兴,慨然有安天下之志,救拯生民之心,倡大义入濠,一时豪杰云集,定都于金陵,命将出师,一举而平西汉,再战而灭东吴,三驾而克元都,不数载遂成帝业。的是王者之师,所至者皆以民为重,故以得之易且享国久,是恩泽洽于民深也。岂若此闯、献二贼,为盗之初,即以劫掠。初劫边民,后残暴蹂州踹府,杀无遗类。剖腹剜心,挖目刖足,割耳切鼻,堆薪以焚尸,剖人腹以暖马足,钓人耳以马饮血。

攻城五六日不下，城陷之日，必尽屠戮。城将陷，以兵围外濠，缒城者杀之，故一城之陷，残杀过多，岂体上苍好生之德者？是闯与献终于贼焉。至于承天门是人，御座是升，亦云得矣，何至升座辄得目眩头晕，铸承昌钱不成，铸洪基钱又不成者，何哉？盖失其民者失天下，得其民斯得天下，故为渊驱鱼者獭，为丛驱雀者鹯，为汤武驱民者桀纣。圣贤之训，千古不易之则。故秦楚为汉高祖之獭鹯，汉吴又为明太祖之獭鹯。然则今之闯、献，又为大清圣主之獭鹯，癸乎是以为之序云。

  说明：上序录自光绪四年宏文堂本《绣像铁冠图忠烈全传》。此本内封上镌"光绪四年新镌"，下右镌"内附李闯攻打岱州"，中间双行镌"绣像铁冠图忠烈全传"，左偏下镌"宏文堂藏板"。首《忠烈奇书序》，不署撰人。次"铁冠图全传目录"，署"松排山人编　龙岩子较阅"，凡五十回。有图十二叶，皆像赞各半叶。正文不署撰人，半叶十行，行二十二字。原本藏南京图书馆。按上序与《末明忠烈奇传演传》一书之序几同。究竟谁抄自谁，尚未能明，故亦录以待考。

松排(或作"松滋")山人、龙岩子,真实身份、生平事迹待考。

绘芳录

《绘芳录》序

竹秋氏

余于童年,即爱观诸家说部。若《水浒传》《红楼梦》等书,偶一展阅,每不忍释。以是遭父师之责者不知凡几,终不能改。年十七,逢粤寇之乱,即废读就食四方,犹东涂西抹,好作小诗词勾人唱和。近岁贫居无聊,思欲作小说以自述生平抑郁之志,得八十回,颜曰《绘芳录》,越十稔而始成。其中实事实情,毫无假借,惟佐以词采,敷以闲文,庶可贯通一气,不致阅者之徒多滋蔓耳。时在光绪戊寅嘉平月中旬,始宁竹秋氏自志于邗上梅妍寓楼之南轩。

说明:上序录自上海申报馆仿聚珍版排印本《绘芳录》。首序,尾署"时在光绪戊寅(四年)嘉平月中旬,始宁竹秋氏自志于邗上梅妍寓楼之南轩"。次"绘芳录目录",署"西泠野樵著"。共八十回。

西泠野樵,即竹秋氏别号。浙江上虞(今浙江绍兴辖区)人。馀则待考。

二奇合传

删定二奇合传叙

芸香馆居士

二奇者,《拍案惊奇》《今古奇观》也,合而辑之,故曰二奇也。然二书本一书也。其始,即空观主人采唐代丛书及汉宋以来故事,衍成二百种,名以《拍案惊奇》;其后抱瓮老人删存仅四十种,始以《今古奇观》目之者也。主人为谁?老人又为谁?其姓名则皆不传也。夫以道备于五伦,庸德庸行,无奇者也。忠臣孝子、义夫节妇,率于性而励于行,历艰难辛苦而百折不回,不自以为奇也。奇之者,众人也。鬼神妙万物而为言,其有关于人心风俗者,或泄其奇以歆动鼓舞之,事奇而理不奇也。是书之所以奇者,谓于人伦日用间寓劝惩之义,或自阽危顿挫时彰灵异之迹,既可飞眉而舞色,亦足怵目而刿心,不奇而奇也,奇而不奇也,斯天下之至奇也。第是书既主醒世,而写生之笔有涉诲淫,则所宜摈者也;或委折以成其志,而先不免于失身者,皆可弗录也。世无不可为善之人。有读书而反败行者,匪惟不善读书,亦书有以误之也。吾党之赏奇贵奇而不失其正也。愚不敏,承先师之志者也。先师厘正是书而未果,愚特踵而成之者也。下士闻道大笑之,耸以稗官家言,而忠孝节义之心,不觉油然生。所谓不言道,而道在是也。书经再订,则旧题可不袭也;不袭而其所谓奇者,终不可易焉:故命曰《二奇合传》也。芸香馆居士题叙。

说明:上叙录自清光绪戊寅(四年)渝城二胜会刊本《二奇合传》。原本藏辽宁省图书馆、天津图书馆、天津师范大学图书馆等。此本内封三栏,右题"光绪戊寅年重镌",中题"二奇合传",左题"渝城二胜会藏板本"。首《删定二奇合传叙》,尾署"芸香馆居士题叙",目录叶题"删定二奇合传总目",凡十六卷四十回,单目,每一回目之下,尚有三字如"劝积德""戒狂生"之属,以明劝惩之义。正文卷端题"删定二奇合传卷一"。半叶十一行,行二十四字。版心鱼尾上镌"二奇合传",下镌卷次、叶次。另有上海古籍出版社影印本,原本藏华东师范大学图书馆。此本无内封,其馀行款与上所述同,应该是同一版本。

兰香馆居士,真实身份、生平事迹待考。

三侠五义

侠义传序

石玉昆

是书本名《龙图公案》,又曰《包公案》。说部中演了三十馀回,从此书内又续成六十多本,虽是传奇志异,难免怪力乱神。兹将此书翻旧出新,添长补短,删去邪说之事,改出正大之文,极赞忠烈之臣、侠义之士。且其烈妇、烈女、义仆、义鬈以及吏役、平民、僧侣人等,好侠尚义者不可攸(枚)举,故取传名曰"忠烈侠义"四字,集成一百二十回。虽系演义之词,理浅文粗,然叙事、叙人,皆能刻划尽致;接缝斗笋,亦俱巧妙无痕。能以日用寻常之言,发挥惊天动地之事。所有三侠五义、诸多豪杰之所行,诚是惊魂落魄。有人不敢为而为,人不能作而作,才称得起侠义二字。至于善恶邪正,各有分别。真是善名必获福报,恶人总有祸临;邪者定遭凶殃,正者终逢吉庇:昭彰不爽,报应分明。使读者有拍案称快之乐,无废书长叹之时。无论此事有无,但能情理兼尽,使人可以悦目赏心,便是绝妙好词。此书一部中,包公本是个纲领起首,应从包公说起,为何要先叙仁宗呢? 其中有个缘故。只因包公事繁,仁宗事简。开口若说包公降生,如何坎坷,怎么受害,将来仁宗的事补出来时,反觉赘笔。莫若先君后臣,将仁宋事叙明,然后再言包公降生,一气文字贯通,方不紊乱。就是后文草桥遇后时,也觉省笔,读者一目了然。惟是书篇页过多,钞录匪易,是以藉聚珍板而攒成之,以供同好。第句中有因操土音故书讹字,读者宜自明之,是为序。道光二十八年春三月,石玉昆序。

说明:上序录自一清抄本《忠烈侠义传》。原本藏吴晓铃先生处,上海古籍出版社据以影印。此本首《侠义传序》,尾署"道光二十八年春三月,石玉昆序"。次"侠义传目录",凡一百二十回,前四卷不仅分回而且分卷。

石玉昆,说书艺人。馀待考。

《忠烈侠义传》序

退思主人

原夫《龙图》一传旧有。新编貂续千言，新成其帙。补就天衣无缝，独具匠心；裁来云锦缺痕，别开生面。百二回之通络贯脉，三五人之义胆侠肠。信乎文正诸臣之忠也，金氏等辈之烈也，欧阳众士之侠也，玉堂多人之义也，命之以《忠烈侠义传》名，诚不诬矣。作者煞是费心，阅者能弗动目？虽非镕经铸史，且喜除旧翻新；勿论事之荒唐，最爱语无污秽。使读者能兴感发之善，不入温柔之乡。闲笔悦闲情，雨窗月夜之馀，较读才子佳人杂书，满纸脂香粉艳，差足胜耳。况余素性喜闻说鬼，雅爱搜神，每遇志异各卷，莫不快心而留览焉。戊寅冬，于友人入迷道人处得是书之写本，知为友人问竹主人互相参合删定，汇而成卷。携归卒读，爱不释手，缘商两友，就付聚珍板以供同好云尔。光绪己卯新秋，退思主人识。

《忠烈侠义传》序

入迷道人

余由弱冠弃儒而仕,公馀之暇,即性好披览群书。每闻有传奇志异之编,必博采而旁求之。卅年来,搜罗构觅,案满箧盈,亦鄙人之一癖耳。暇时惟把卷流连,无他好焉。辛未春,由友人问竹主人处得是书而卒读之,爱不释手。虽系演义无深文,喜其笔墨淋漓,叙事尚免冗泛,且无淫秽语言。至于报应昭彰,尤可感发善心,总为开卷有益之帙,是以草录一部而珍藏之。乙亥司榷淮安,公馀时从新校阅,另录成编,订为四函,年馀始获告成。去冬有世好友人退思主人者,亦癖于斯,因携去,久假不归,故以借书送迟嘲之。渠始嗫嚅言爱,竟已付刻于聚珍版矣。余亦笑其所好,尚有甚于我者也。爰成短序,以供同好一粲,奚疑。光绪己卯夏月,入迷道人识。

说明:上二序录自光绪五年刊本《忠烈侠义传》。此本内封正面镌"忠烈侠义传　石玉昆述",背面镌"光绪五年岁次己卯首夏校字"。首《忠烈侠义传序》,尾署"光绪己卯孟夏问竹主人识",序文字与上所录石玉昆序几同。次二《序》，分署"光绪己卯（五年）新秋，退思主人识""光绪己卯（五年）夏月，入迷道人识"。复次"忠烈侠义传目录"，凡一百二十回。正文第一叶卷端题"忠烈侠义传第一回"，半叶十行，行二十二字。版心单鱼尾上镌"忠烈侠义传"，下镌回次、叶次。

问竹主人大约是石玉昆原书的改编者，同一篇序，一署石玉昆，一署问竹主人，两者间的关系学界向有不同看法。

入迷道人，或谓即文琳。字贡三，汉军正黄旗人，光绪元年任淮安榷使，七年任江宁织造（《清实录·德宗》），十四年任苏州织造（《大清缙绅录》），并曾任北京总管内务府大臣（《清代内务府》），以刑部右侍郎卒。

退思主人，可能是此书的梓行者。

重编七侠五义传序

俞樾

往年潘正盦尚书奉讳家居，与余吴下寓庐相距甚近，时相过从。偶与言及今人学问远不如昔，无论所作诗文,即院本、传奇、平话小说,凡出于近时者,皆不如乾嘉以前所出者远甚。尚书云:有《三侠五义》一书,虽近时所出,而颇可观。余携归阅之,笑曰:此《龙图公案》耳,何足辱郑盦之一盼乎?及阅至终篇,见其事迹新奇,笔意酣恣,描写既细入毫芒,点染又曲中筋节,正如柳麻子说武松打店,初到店内无人,蓦地一吼,店中空缸空甓,皆瓮瓮有声,闲中着色,精神百倍。如此笔墨,方许作平话小说;如此平话小说,方算得天地间另是一种笔墨。乃叹郑盦尚书欣赏之不虚也。惟其第一回叙述狸猫换太子事殊涉不经,白家老妪之谈未足入黄车使者之录,余因为别撰第一回,援据史传,订正俗说,改头换面,耳目一新。又其书每回题《侠义传》卷几,而首叶大书"三侠五义"四字,遂共呼此书为《三侠五义》。余不知所谓"三侠"者何人,书中所载南侠、北侠、丁氏双侠、小侠艾虎,则已得五侠矣;而黑妖狐智化者,小侠之师也,小诸葛沈仲元者,第一百回中,盛称其从游戏中生出侠义来,然则此两人非侠而何?即将柳青、陆彬、鲁英等概置不数,而已得七侠矣,因改题《七侠五义》,以副其实。至颜查散为后半部书中之主,而以查散二字为名,殊不可解。此人在后半部竟是包孝肃替人,非如牛驴子、苦头儿、曲先生、米先生诸人,呼牛呼马,无关轻重也。余疑查散二字,乃夿敏之讹,夿为古文慎字,以夿敏为名,取慎言敏行之义。箫管中郎,衣冠优孟,本无依据,何惮更张?奋笔便改,不必如圣叹之改《水浒传》,处处托之古本也。惟其中方言俚字,连篇累牍,颇多疑误,无可考正,则姑听之,读者自能意会耳。光绪己丑七月既望,曲园居士俞樾书。

说明:上序录自光绪庚寅(十六年)仲夏广百宋斋校印本《七侠五义》。此本内封前半叶分题"旧题石玉昆述""七侠五义""曲园重定"。在"曲园重定"的下面,有"俞"圆形、"樾"方形钤各一方。后半叶镌"光绪庚寅仲夏广百宋斋校印"。首《重编七侠五义传序》,尾署"光绪己丑(十五年)七月既望,曲园居士俞樾书"。次"七侠五义传目录",凡二十四卷一百二十回。有图像十五叶。正文卷端题"七侠五义卷一 旧题石玉昆述 曲园居士重编",半叶十七行,行三十二字,版心单鱼尾上镌"七侠五义传"下镌卷次、回次、回目,末镌叶次。

曲园居士,即俞樾(1821—1907),字荫甫,自号曲园居士,浙江德清人。有《春在堂全书》等行世。

今古奇闻

《今古奇闻》序

王寅

稗史之行于天下者,不知几何矣。或作诙奇诡谲之词,或为艳丽淫邪之说,其事未必尽真,其言未必尽雅。方展卷时,非不惊魂眩魄,然人心入于正难,入于邪易,虽其中亦有一二规戒语言,正如长卿作赋,劝百而讽一,流所及,每使少年英俊之才,非慕其豪放,即迷于艳情,人心风俗之坏,未必不由于此,可胜叹哉!至若因果报应诸书,亦足以劝人行善,其如忠言逆耳,人所厌闻,不以为释、老之异教,即以为经生之常谈,读未数行,卷而弃之,又何益欤!

寅昔年藉书画糊口,浮海游日本国,搜罗古书中,偶得《今古奇闻新编》若干卷。暇日手披目览,觉其间可惊可愕,可敬可慕之事,千态万状,如蛟龙变化,不可测识,能使悲者痛哭流涕,喜者眉飞色舞,无一迂拘尘腐烂调,且处处引人入于忠孝节义之路，既可醒世警人，又可以惩恶劝善。嬉笑怒骂，皆属文章，而因果报应之理，亦隐于惊魂眩魄之中。俾阅者一新耳目，置诸案头为座右铭，于人心风俗两端，不无有补焉。故不惜所得笔资，急付梓人刻成刷印出书，以公同好。惟望诸君子曲谅婆心，勿以稗史小说而忽之也。光绪十三年岁次丁亥夏四月上浣，东璧山房主人王寅冶梅甫识于春申江上。

说明：上序录自上海东璧山房藏板本《新选今古奇闻》。原本藏南京图书馆等。此本内封正面由右向左，分题"上元王寅冶梅氏选""新选今古奇闻""上海东璧山房藏板"，背面镌"光绪十三年岁次丁亥孟夏开刻"。首《序》，尾署"光绪十三年岁次丁亥夏四月上浣，东璧山房主人王寅冶梅甫识于春申江上"，有"王寅"阴文、"冶梅""金陵王氏"阳文钤各一方。次"新选今古奇闻目录"，凡二十二卷。正文第一叶卷端题"新选今古奇闻卷一"，署"东璧山房主人编次　退思轩主人校订"。半叶九行，行二十字。版心单鱼尾下镌卷次、叶次。另有民国十六年夏上海大成书局印行本，首《原序》，末署"是为序。钧徒识。"文字小异，并不署年月。

东壁山房主人即王寅，字冶梅，南京人。流寓上海，为王静夫之弟，工画。尤以画梅闻。著有《梅谱》《梅石谱》《兰竹谱》等，存光绪八年刻本。

退思轩主人，真实身份、生平事迹待考。

古今奇闻序

醉犀生

今人见典谟训诰仁义道德之书，辄忽忽思睡；见传奇小说，则津津不忍释手。呜呼！世风日下，至于此极。然而稗官小说亦正有移风易俗之功，如《琵琶》《荆钗》二记，采入《续文献通考》经籍一门，以其言忠言孝、宜风宜雅，合于稗官劝善惩恶之义。今夏薄游海上，晤燕北耕馀主人，以重编《古今奇闻》一书出示，体仿《今古奇观》，无一与《今古奇观》重复，并请丹青家逐事拟像，绘为图说。其间懿行轶事悲欢离合，事皆确实，无荒唐乌有之词；语既畅明，无奥折拘牵之句。可以感发人心，挽回风俗，直与典谟训诰仁义道德之书异辙同途，岂得以驱遣睡魔作寻常说部目之哉！光绪辛卯（十七年）中秋，虎林醉犀生挥汗书于歇浦读画楼。

说明：上序出自光绪十七年铅印本《古今奇闻》。此本封面署"燕山耕馀主人校刊"，转录自丁锡根《中国历代小说序跋集》。

青楼梦

青楼梦序

金湖花隐

呜呼,世之遭时不偶者,可胜道哉?夫人生天地间,或负气节,或抱经济,或擅长学问文章,类宜显名当世,际会风云,顾乃考厥生平,则又穷年偃蹇,湮没以终,岂士伸于知己,而屈于不知己欤?抑何其不幸也!虽然,嫫母乘时,则嫱施晦迹,前人早言之矣。尝见夫伪才自饰者,往往膺高官、享重禄,亦岂不驰骋声海内,交重一时?纪载章章,更仆难数,固不得谓之异事也。语云:"千里马常有,而伯乐不常逢。"此抑塞磊落之奇士,所以悲歌慷慨而不能自已欤!吴门慕真山人心慨之,顷出其所撰《青楼梦》,来乞为序。其书张惶众美,尚有知音意,特为落魄才人反观对镜,而非徒矜言绮丽为也。噫嘻,美人沦落,名士飘零,振古如斯,同声一哭!览是书者,其以作感士不遇也可,倘谓为导人狭邪之书,则误矣。光绪四年戊寅古重阳日,金湖花隐倚装序于苏台行馆。

青楼梦叙

邹弢

结莺花之社,白傅情深;开歌舞之筵,散人录著。隄前插柳,贻六代之笙歌;泾里张帆,集三吴之粉黛。帘看杂燕,树遍栖莺。量风月以无边,采胭脂而皆是。画船载曲,荡三月之春波;翠馆藏娇,招五陵之芳草。固已脂林粉薮,窝是销金;钗颤鬟低,人皆如玉矣。则有吴歈媌婉,越女妖娆。秉绝代之姿,具倾城之质。谪来天上,曾吞九转灵丹;证到生前,定是三分明月。掩琵琶而雪涕,生不逢辰;题扇素而伤心,身偏失所。未证情天之果,竟沦孽海之波。拥鬟髻而恒啼,抽杯筯而自爱。红蕖出水,早被泥污;黄蘗生香,已知心苦。更有离魂倩女,慧业佳人,本咏絮之才,堕飘茵之劫。春风十里,帘前停鹦鹉之车;秋雨一灯,锦上识鸳鸯之字。门掩枇杷花下,女号相如;家藏杨柳阴中,人怜苏小。莲香未嫁,思解佩以谁投?桃叶能吟,每留花而不发。有才竟弃,薄命堪伤。生憎春草牵愁,空怨东风无赖。

倘非青眼，焉能传曲巷之情？不记红儿，未免减平康之色。

俞君吟香，青箱家学，黄散才华。人来消夏湾头，家住莫厘峰下。翠艳红香之癖，夙擅冬郎；落霞秋水之词，堪夸王勃。歌勾舞引，屡停阮籍之车；枕暖衾温，遍选司勋之梦。巫峰雨握，南浦云携。由来丰韵，差同傅粉之郎；若晋头衔，应授司香之尉。问王昌其，十五已知卫玠钟情；窥宋玉者，三年不似登徒好色。宛是来从玉府，还疑谪向罗天。思系金铃，护隔墙之红紫；愿施锦帐，藏落溷之芳菲。故其玉性温存，春心旖旎。但求一笑，何吝千金？相逢赠韩嫮之香，到处掷潘车之果。琴挑君瑞，半面能窥；曲顾周郎，双鬟齐拜。两行红粉，争吟居易之诗；一辈青娥，争识昌宗之面。洵少年之豪放，实名士之风流。然而欲海何涯，爱河易竭。驶流光其冉冉，随流水以滔滔。无何金粉销磨，老尽秋娘之鬓；玉容凋谢，迁来过客之踪。固知南雪北花，良辰无几；又见春鹍秋蟀，好景旋更。白水盟深，寒惊钗玦；西风质脆，裂到琉璃。伤飞絮之沾泥，复飘萍而迹汛。绿杨深处，惨啼归去之鸦；红药开时，忍斗将离之草？或则着卞京之衲,座倚空王;或则持红拂之梳,身归侠客。尤可痛者,妾是小青,郎逢咤利。抱邯郸之戚,偏辱才人;侪厮养之俦,见凌大妇。甚之烟消紫玉,声绝青琴。鸟号流离,憔悴襄王之梦;虫悲瑟缩,凄凉商妇之弦。此皆言之痛心,思之酸鼻者也。于是振纸排愁,拈毫构恨。举生平之所历,贡感慨之所深。发挥性情,吐茹风月。每值春窗雨霁,秋夕灯明,把酒问天,踞床对月,裁笺一幅,聚墨十围。蜡烛高烧,记美人之韵事;胭脂多买,描妃子之新妆。要知情浅情深,不外悲欢离合;莫顾梦长梦短,无分儿女英雄。而况槁木灰心,浮云作剧。追昔时之良觌,成此日之相思。枕破游仙,须补情天缺陷;珠怀记事,尚留色界姻缘。慨舞衫歌扇以全非,问断粉零脂其安在？此《青楼梦》之所由作也。

或谓香山忆妓,究属荒嬉;杜牧登楼,亦讥薄幸。兹乃鸳招野馆,学荡子之骄奢;马试章台,觅旁妻之窈窕。香迷蝶醉,蜜引蜂狂。妄思荳蔻以同心,竟赠芍兰而插鬓。此非惑清扬之婉,诲世邪风,开佻达之风,导人媱席乎？不知女闾本充选梦,才士不讳冶游。丝竹东山，曾说陶情于谢傅；娇娃南部，尚闻记盛于板桥。歌传玉茗而非诬，扇赠桃花而亦得。况乎钗飞钏舞，尽可销愁；雨魄云魂，原非着相。遇青裙而下拜，缠红锦以何嫌？或又谓诗刺贞淫，经传譬觉，小家之说，奚益虞箴？而乃量欢喜之丸，毫端轻薄；负聪明之概，笔底淫狂。虽欲窥著作之林，终无当风骚之旨。不知史氏非无别子，唐人亦有稗官。约指一双，竟上繁钦之集；存诗三百，不删郑国之风。盛世繁华，良时记载。但得指陈义理，悟入空空；何妨游戏文章，言之娓娓哉？是书标举华辞，阐扬盛俗，为渡迷之宝筏，实觉世之良箴。看之子多娇，几日昙花之影；叹人生行乐，一场春梦之婆。所当指彼岸以回头，点心灯而照眼。情禅参透，色相皆空；幻境归来，胸襟便朗。万难自已，休谈翠袖之情；无可如何，且演青楼之梦。光绪四年戊寅重九，梁溪钓徒潇湘馆侍者翰飞弟邹弢拜叙于吴门旅次。

说明：上序录自光绪戊子文魁堂本《青楼梦》。此本首《青楼梦序》，尾署"光绪四年戊寅古重阳日，金湖花隐倚装序于苏台行馆"，次《青楼梦叙》，尾署"光绪四年戊寅重九,梁溪钓徒潇湘馆侍者翰飞弟邹弢拜叙于吴门旅次"。再次"青楼梦目录",署"厘峰慕真山人著　梁溪潇湘馆侍者评"。

厘峰慕真山人,即俞达(? —1884),一名宗骏,字吟香,号慕真山人。金匮(今江苏无锡)人。有《醉红轩笔话》《吴门百艳图》《醉红轩诗稿》《吴中考古录》及《闲鸥集》等。

梁溪潇湘馆侍者,即邹弢(1850—1931),字翰飞,号酒丐、瘦鹤词人、潇湘馆侍者,亦称司香旧尉,江苏无锡人。曾任《苏报》主编,著有《海上尘天影》《三借庐丛稿》《三借庐笔谈》《浇愁集》等,并行于世。

金湖花隐,真实身份、生平事迹待考。

宋史奇书

《宋史奇书》序

漱兰居士

造物生人，亦不偶矣。假使大千世界，父无不慈，子无不孝，君无不明，臣无不忠，夫无不贞，妇无不烈，则亦何必于什伯庸众之中，而别之为慈，别之为孝，别之为明，别之为忠，别之为贞，别之为烈？惟为父者不尽慈，为子者不尽孝，为君者不尽明，为臣者不尽忠，为夫者不尽贞，为妇者不尽烈，乃弥觉此父慈、子孝、君明、臣忠、夫贞、妇烈为天壤间必不可少之人。呜呼！造物之生人，盖如此其难也。然天既以之数人者，为不可必得，而既已得之，则当曲体其情，顺从其志，爱惜其精神，快慰其际遇，庶足以见爱护之心。不知以晏安为爱，不若以忧患为爱；以雨露为爱，不若以冰霜为爱。将欲予之，必先靳之；将欲伸之，必先屈之；将欲荣之，必先辱之；将欲成之，必先败之。直待迟之又久，而始有吐气扬眉之一日。盖不如此，则无以全其慈，无以成其孝，无以彰其明,无以尽其忠,无以完其贞,无以见其烈也。呜呼!造物之爱人,盖又如此其挚也。一部十七史,头头是道,遇快意事,不知歌笑之何以忽生;遇不如意事,不知悲戚之何以忽作。然词旨奥衍,非缙绅先生不能道。《宋史奇书》一书,向无刊本,其立意不外劝惩,其遣词却极浅近,黄口小儿、绿窗静女阅之而解;蓬门老妪、草野蠢夫,阅之而亦解。昔东坡在黄州,喜听人说鬼;陶靖节隐居,好与田父语。意趣襟期各有所寄,若必以雅俗判工拙,岂是解人?光绪戊子仲秋,漱兰居士书。

《宋史奇书》序

宾红阁外史

阅之画史曰:画魑魅罔两易,画圣贤神佛难;画仙山异境(易),(画)层楼叠阁难。何则?有形者必求形似,无形者可以意为之也。宾红阁外史曰:是可悟著书之法。今夫谈神说鬼,吊诡矜奇,目极盘古以前,神游太虚之境,一画中之魑魅罔两、仙山异境也,故《聊斋志异》《夜谈随录》《萤窗异草》《阅微草堂》皆优为之。家人父子,日聚一堂,曲绘悲欢欣戚之情，细摹忠佞贞淫之事，一画中之圣贤神佛、层流叠阁也，故《红楼梦》以后，更无说部之佳者。《宋史奇书》一书，不详著书人姓氏，以其俪偶为标目，固章回之通例，中间杂以七言，有韵句，则其体又近于盲词，雅不足与于作者之林，而其可泣可歌，可惊可愕，可怨可叹，可恨可怜，忽为天女之散花，忽如壮士之舞剑，离奇夭矫，令人思议俱穷。而所叙者，又皆家常之事，不同牛鬼蛇神。谁谓小说中无善本欤？戊子（光绪十四年）七夕，将作白门之游，寄鸥室主人乞制弁言，为之倚装属稿。盖昔之因作画而悟著书者，又因论著书而悟作画矣！宾红阁外史。

说明：上二序均录自上海书局石印本《绘图第一奇女》，为未见著录之书。原本藏南京图书馆。此本内封正面题"绘图第一奇女"，背面题"光绪丙午（三十二年）上海书局石印"。首《序》，尾署"光绪戊子（十四年）仲秋，潄兰居士书"。次《序》，尾署"宾红阁外史"。复次"绘图宋史奇书目录"，凡十二卷六十六回。再次图像十二叶。正文第一叶卷端题"绣像宋史奇书卷一"。无题署。半叶十九行,行四十一字。这部小说大部分白话散文叙事,也有少量韵语叙述故事,但多为抒发感情,描摹情景的所在。与《狐狸缘》小说颇类。因归入章回小说,而不入弹词类。

漱兰居士、宾红阁外史,真实身份、生平事迹待考。

武则天四大奇案

《绘图武则天四大奇案》序

警世觉者

凡书之作,必当知其命意所在。知其命意所在,则何书不可读!所以作书者或借古人为式法,或举往事以劝惩。推原其故,悉本挽颓风,砭末俗。夫颓风之甚,莫甚于人心之不古。末俗之坏,莫坏于邪念之易生。今偶于案头,见《狄梁公四大奇案》一书,离奇光怪,可愕可惊。其中若陶干、马荣之徒,本绿林豪客,能使心悦诚服于指挥;若周氏、王氏之流,本红粉佳人,互见遗臭流芳于案牍;至若怀义、敖曹之辈,不足以挂人齿颊,而亦附以示贬。狄公真人杰也哉。世之览是编者,知不必悉依正史,而得史之意居多,读者其亦善体也夫。光绪二十八年岁次壬寅春三月,警世觉者序于沪上之滴翠轩。

说明:上序录自耕石书局石印本《绘图武则天四大奇案》。此本前半叶题"绘图武则天四大奇案",后半叶题"光绪壬寅年季春月上海耕石书局石印"。首《序》,尾署"光绪二十八年岁次壬寅春三月,警世觉者序于沪上之滴翠轩"。目录叶题"武则天四大奇案全传目录",凡六卷六十四回。有图像两叶。正文卷端题"武则天四大奇案卷之一",不题撰人,半叶十八行,行四十字。版心单鱼尾下镌回次。

警世觉者,真实身份、生平事迹待考。

忠烈小五义

小五义序

文光楼主人

《小五义》一书何为而刻也？只以采访《龙图阁公案》底稿，历数年之久，未曾到手。适有友人与石玉昆门徒素相往来，偶在铺中闲谈，言及此书，余即托之搜寻。友人去不多日，即将石先生原稿携来，共三百馀回，计七八十本，三千多篇，分上中下三部，总名《忠烈侠义传》，原无大小之说，因上部《三侠五义》为创始之人，故谓之"大五义"；中下二部"五义"，即其后人出世，故谓之"小五义"。余翻阅一遍，前后一气，脉络贯通，与坊刻前部略有异同。此书虽系小说，所言皆忠烈侠义之事，最易感发人之正气，非若淫词艳曲，有害纲常；志怪传奇，无关名教。自诩天生峻笔，才子文章，又何足多哉。余故不惜重赀，购求到手。本拟全刻，奈资财不足，一时难以并成，因有前刻《三侠五义》，不便再为重刊，兹特将中部急付之剞劂，以公世之同好云。光绪庚寅仲夏,文光楼主人谨识。

(小五义叙)

知非子

自来异书新出,大都不喜人翻刻,势所必至,比比皆然。惟我友文光楼主人新刊《小五义》则不然,书既成,即告余曰:此《小五义》一书,皆忠烈侠义之事,并附以节孝、戒淫、戒赌诸则,原为劝人,非专网利,现刷印五千馀部,难免字迹模糊,鲁鱼亥豕,校雠多疏,有乐意翻刻者,则幸甚,祈及早翻刻,庶广传一世,岂非一大快事哉。余喜其言之大公无私,善念无穷,爰书之简端,以志欣慕。时光绪庚寅仲夏,知非子书于都门文光楼。

(小五义序)

庆森

闻之:有志者,事竟成。观诸予友则益信。予友振之石君,为文光楼主,生平尚气节,重然诺,每见书中侠烈之人,必欣然向慕之。尝阅《忠烈侠义传》,知有《小五义》一书而未见诸世,由是随在物色，不知几经寒暑，今春竟于无意中得之，因不惜重赀，延请名手择录而剖劂之。稿中凡有忠义者存之，淫邪者汰之，间附己说，不尽原稿也。盖于醒心悦目之中，而寓劝人励俗之意，岂仅为利哉。梓成，而问序于予，予知予友之用心苦矣。然有志竟成，亦不负予友之苦心也。是为序。光绪十六年岁次庚寅中吕月，庆森宝书氏志于卧游轩。

小五义辨

风迷道人

或问于余曰：《小五义》一书，宜紧接君山续刻，君独于颜按院查办荆襄起首，何哉？余曰：似子之说，余讵不谓然。但前套《忠烈侠义传》与余所得石玉昆原稿，详略不同，人名稍异，知非出于一人之手，向使从前套收服锺雄后接续《小五义》，挨次刊刻，下文破铜网阵各处节目，必是突如其来，破铜网阵各色人才，亦是陡然而至，不但此套书矛盾自戕，并使下套牙关相错，文无线索，笔无埋伏，未免上下两截，前后不符。必须将八卦连环，原原本本，分晰明白，用作根基，使众人出载，条条段段，解说精详，以清来历，乃不至气脉隔膜，篇法断绝，言之者庶免无稽，读之者尚觉有味，以视蝮下添足，额上安头者不大相径庭乎？或闻言，诺诺而退。余即援笔书之，亦望识者之深谅尔。（再者提纲原来诗词数首，不暇纠正，姑仍其旧。）时维光绪十六年岁次庚寅，风迷道人又识。

说明：上序录自文光楼刻本《绣像忠烈小五义传》。此本内封题"光绪庚寅""绣像忠烈小五义传""二续嗣出""板存""琉璃厂东门路北文光楼书坊"。首《小五义序》，尾署"光绪庚寅（十六年）仲夏，文光楼主人谨识"，次叙，尾署"时光绪庚寅（十六年）仲夏，知非子书于都门文光楼"。又次序，尾署"光绪十六年岁次庚寅中吕月，庆森宝书氏志于卧游轩"，再次《小五义辨》，尾署"时维光绪十六年岁次庚寅，风迷道人又识"。目录叶题"小五义目录"，凡一百二十四回。有图像。书藏北京师范大学图书馆，为黎锦熙先生旧藏。

另有上海广百宋斋本。此本内封前半叶题"小五义"，后半叶题"丙申孟冬上海广百宋斋缠斠大字本"。首序题为"增像小五义序"，其馀文字皆与上本同。有图像五叶。正文卷端题"增像小五义传卷一",不题撰人,半叶十七行,行三十二字。铅印。版心单鱼尾上题"增像小五义传",下为卷次、回目、叶次。

据庆森序,书为文光楼主人所编。而文光楼主人则托言书得自石玉昆门徒,系石玉昆原本,不过假托而已。文光楼主人姓石名铎,字振之,良乡人,系一书坊主(见孙殿起的《贩书传薪记》)。馀待考。

知非子,真实身份待考,有小说《冤狱缘》八回,存光绪乙酉修竹社刊印本,藏东北师范大学图书馆。书之开篇有"知非子,恨人也。少遭闵凶,长而多故,其忾忾不得志,情状有非《烟水愁城录》所可尽记者。爰于是寓居沪江之滨,小斋一椽"云云。

风迷道人、庆森宝书氏,待考。

续小五义

总序

广百宋斋主人

天地浩然之气,养其大者则为圣贤,为大忠大孝,次亦不失为义士,为任侠者流。方今时局,犹病大瘅,正气日沮,而衰气、戾气、懦气杂乘其间,不有以鼓励之,病非徒瘅也,势将痈溃。《七侠五义》一书,虽属稗野,而浩然正气,充塞行间。合之《小五义》《续小五义》,均足使顽廉懦立。爰亟重加厘订,蔚为大观,庶几镫唇酒尾,使天地正气,心目常悬,或亦起衰救病之一方欤?丙申秋九月,广百宋斋主人识。

增像三续忠烈侠义传序

郑鹤龄

天地间惟忠烈侠义最足以感动人心。学士大夫博览诸史,见古人尽一忠烈,则尊之敬之;见古人行一侠义,则羡之慕之。读正史者概如是,读小说者何独不然？今岁秋间，友人石振之刻有《续忠烈侠义传》，即世所称之《小五义》也。传中所载，人尽忠烈侠义之人，事尽忠烈侠义之事，非若他书之风花雪月，仅足供人消遣者。嗣复欲刊刻三续，商之于余。余曰：善。凡简编所存，无论正史小说，其无关于世道人心者，皆当付之一炬；其有关于世道人心者，则多多益善。使忠烈侠义之书一续出，人必争先快睹。多见一忠烈侠义之书，即多生一忠烈侠义之心，虽曰小说，于正史不无小补，因劝之亟为刊刻，以公诸世云。光绪十六年岁次庚寅嘉平七日，燕南郑鹤龄松巢氏撰。

　　说明：上二序录自上海广百宋斋本《续小五义》。此本内封题"丙申孟冬上海广百宋斋缜斠大字本"。首《总序》，尾署"丙申（光绪二十二年）秋九月，广百宋斋主人识"，又《增像三续忠烈侠义传序》，尾署"光绪十六年岁次庚寅嘉平七日，燕南郑鹤龄松巢氏撰"，有图像六叶。目录叶题"增像续小五义目录"，凡六卷一百二十四回。正文卷端题"增像续小五义传卷一"，不题撰人，半叶十八行，行三十二字。铅印。版心单鱼尾上题"增像续小五义"，下为卷次、回目、叶次。

广百宋斋主人、燕南郑鹤龄松巢氏,待考。

(续小五义)叙

伯寅氏

史无论正与稗,皆所以作鉴于来兹。坊友文光楼主人,购有《小五义》野史,欲刻无资。予阅其底稿,忠烈侠义之气充溢行间,最足感动人心,人果借此为鉴,则内善之心随地皆是,因分俸馀卅金,属其急付剞劂,书既成,故乐为之叙。时光绪庚寅孟冬,伯寅氏志。

说明:上序录自光绪间排印本《续小五义》。原本藏南京图书馆。此本未见内封,首《叙》,尾署"时光绪庚寅(十六年)孟冬,伯寅氏志"。次《三续忠烈侠义传序》,尾署"光绪十六年岁次庚寅嘉平七日,燕南郑鹤龄松巢氏撰",文字与上所录《增像三续忠烈侠义传序》全同。复次"续小五义目录",凡一百二十四回。正文无题署。半叶十五行,行二十七字。版心单鱼尾上题"续小五义",下署回次、叶次。

伯寅氏，孙楷第先生疑其为潘祖荫。潘祖荫（1830—1890），字在钟，小字凤笙，号伯寅，亦号少棠、郑盫。吴县（今属江苏）人，大学士潘世恩之孙，内阁侍读潘曾绶之子。咸丰二年一甲三名进士，授编修，数掌文衡殿试，在南书房近四十年，光绪间官至工部尚书。著有《攀古楼彝器图释》，辑有《滂喜斋丛书》《功顺堂丛书》等。

续侠义传

侠义传评赞

颜眘敏是三侠五义领袖,看似一无所能,但观其初遇白玉堂于风尘仓卒之中,独具只眼,索盛馔则慨然应之,赠重金则泰然受之,如此气概不凡,已具宰相之器。玉堂在侠义中最为兀傲不群,乃于杯酒立谈之间,使生龙活虎自然就我钤束,即此便是驾驭英雄手段。徒以羞涩空囊,当筵豪举,谓颜、白缔交因此,则视玉堂太卑,视眘敏太浅,所见更出雨墨下矣。余故于上上人物中,不得不为颜眘敏首屈一指也。

展昭自是上上人物。写得如此精细老成,居然儒将,且有德器。

北侠亦是出色写来,但狮子搏象搏兔,处处都用全力,究是狮子笨处。且其平昔交游,至契莫如沙龙,至亲莫如艾虎,烘托殊不高妙,即主峰亦为之减色。止可定为上中人物。

丁兆兰、丁兆蕙以"双侠"齐名，自是难兄难弟矣。但二官人便觉妙手灵心，神光四射，大官人却乏精采。丁兆蕙自是上上人物，兆兰便是上中人物。

卢方并无正传，但写得忠厚到十二分，义气到十二分，不独四义甘心作弟，即三侠在坐亦不得不以老大哥推之，安得非上上人物？

韩彰写得稳，徐庆似逊之，然天真烂漫处亦不可及，均是上中人物。

蒋平水中功夫几成绝技，写得精神百倍，绝后空前矣。而心地过于曲折，言语过于尖酸，少一种光明磊落之概，竟是中中人物。

三侠以展昭为主，五义以白玉堂为主。观二人一见仁宗，均立授四品护卫，际遇视诸人独优。固已立竿见影，不待同拜殿帅，始为特达之知也。书中于展、白二人，处处用两峰对峙法。苗家集双龙抱柱，其点睛处也。有白玉堂结交颜眘敏，则先以展昭救援包公引之；有白玉堂娶元翠绡，则先以展昭娶丁月华引之；有白玉堂困地牢，则先以展昭困水寨引之；甚至玉堂夫妇有干、莫两剑，亦先以展之巨阙、丁之湛卢引之。而展昭之屈于玉堂,与玉堂之屈于欧阳春,皆以双侠为解围归宿之地,尤其穿插无痕者矣。就前半而论,则展以德胜,白以才胜,似乎展优于白。及地牢出险之后,玉堂如良骥追风,一日千里。结处展出白隐,则仙凡顿别,玉堂其犹龙乎？细玩全书脉络,又明明以玉堂为主,而展昭亦主中之宾。其进德之猛,避世之超,识力迥出诸人之上,在上上人物中,是谓无上上品。

柳青自是中下人物,除却哭玉堂一副眼泪,别无可取。

沙龙身价何尝不重,但如画疥骆驼,终带三分蠢气。定为中下——还是从老员外体面上挣来。

艾虎即作馆僮,亦尚不及雨墨。栽赃证主,虽云弃暗投明,究非端人举动。以此得"小侠"之名,不亦怪哉！后半虽出力描写,总觉身分不高,所谓"婢学夫人,举止羞涩"也。匹以玉兰,尚觉相称。吾于凤仙,有"邯郸才人,嫁为厮养卒妇"之感,其品次当在中下、下下之间。

智化直是下下人物。观其举动,颇有暧昧不明之处,所谓穿窬之雄也。以世家子弟无故游马强之门,徘徊不去,其心叵测。收伏钟雄似乎善于补过,然导以正言,钟雄已能乐受,又何必行诡秘之计?且有同生同死之五义在前,而彼竟视结义如儿戏。一诚一伪,判若天渊。噫!狐本媚兽也,狐而黑,黑而妖,观其绰号,何止春秋一字之贬乎!

钟雄费却无数笔墨,而观其举动,不但不得为大将,亦并不得为盗魁。其轻信智化,震于唇吻之虚锋,委以腹心之重寄,以致顷刻之间命悬掌握,全家几致丧亡。其极豁达处,正其极颠顸处。既无治军之律,又无知人之明。此人即不收伏,亦与尤冲、杨烈等耳,并不能及吕武也,亦下下人物而已。

公孙策周旋包、颜之间,如药中甘草,处处用得着,却处处不担沉重。考其生平,无一件出色之事,置之中中已觉过量。

包公之有王、马、张、赵,颜巡按之有焦、孟、龙、姚;譬如庙中有一神,照例有四个皂隶;衙中有一官,照例有四个轿夫;戏场中有一个元帅,照例有四个摇旗呐喊兵丁,备数而已,不足置论。

全书中如倪继祖、金必正、汤梦兰、金辉、施俊,及破襄王时之总管、都监、防御、提辖,以及姜铠、史云、陆彬、鲁英等,均如棋中散子,无关全局之势。或写得好,或写得不好,乃风行水上,自然之文,不足计较也。

丁月华以双侠为兄,以展昭为夫,身分自然名贵。但一激即出,终欠大家风范。

凤仙、秋葵、玉兰都是野花点缀春色,不足助名闺瓶供,其身分直与飞奴等耳。

柳金蝉便超出牡丹、绛贞之上,岂所谓"随夫贱、随夫贵"乎？诵义山"我亦举家清"之句,颜、柳可谓双清矣。

然皆未若元翠绡之超群绝伦也。未写翠绡,先写其仆婢。元全是书中奴仆第一,飞奴是书中婢媪第一。继而写其世系,元侍郎是书中戚畹第一。继而写其父母：元修撰是书中隐逸第一,裴夫人是书中礼法第一。继而写其姑母,元妃是书中后妃第一。烘云托月,已将翠绡置之百尺楼上。谓之才女,才女不足尽之；谓之贤女,贤女不足尽之；谓之孝女,孝女不足尽之；谓之侠女,侠女亦不足以尽之。读其传,不独隐娘一传有青蓝冰水之别,即一切《烈女传》《侠女传》都为之减色。不图于小说中得未曾有,即择书中侠义第一之白玉堂以为之配,亦如隐娘之适磨镜少年,铢两未能悉称耳。

元全、雨墨,均是奴仆中上上。两人作翁婿,亦可云冰清玉润矣。有元全则展忠、颜忠、裴福皆常奴耳;有雨墨,则锦笺直顽童耳。即奴仆一门,写得错错落落,亦"自群山万壑,都赴荆门"。

襄王直是杀才,作者其有感于烛影摇红之狱乎?罪襄王所以罪太宗也。

魏明公写得狡猾可爱,巡按处竟无一谋士足以当之。若无荆门一走,竟不得谓草泽无人。

写吕武竟是《水浒传》豹子头林冲。抬高吕武,正是深恶钟雄也。

沈仲元生平,孝肃之断简而严,明公之骂详而快,智化之义,独拳拳于仲元,气味可知。

说明:上评赞录自人民文学出版社1988年点校本《续侠义传》。该书底本原为清刊本,赵景深收藏。

白牡丹全传

白牡丹小序

柱石氏

国之有史，以纪事也。古者左史记事，右史记言，故一代之君，必有一代之史，以垂后世，俾后世得以考其实录，昭其劝戒焉。下此，若稗官野乘微矣。至于小说家，不过取其遗事而敷衍之，绅绎之，非有褒贬是非之可寓，非有议论评断之足观，是微之又微矣，何足尚焉？然独不曰：史缺有间，乃时时见于他说，而小说抑何不足尚者？况乎其中具有忠孝廉节之可风，邪慝谗色之足戒，岂无有裨于世道人心乎？如有明正德君之于白牡丹一事，史无闻矣。史无闻，则何不可为之说？所异者，以民家两个女子而上入君王之梦寐，以堂皇一代天子而下等众庶之嬉游，卒至于同州劫驾，黄虎拘幽，使非有李梦雄、英国公、定国公之保驾，则正德之为正德，不知其何如也。岂不可奇？岂不可笑？岂不可戒？孔子曰：戒之在色。信然。余长夏无事，信笔挥成。

然言词舛谬，未免见笑于儒林，仍收而置诸箧。适坊友来游，言所谓《白牡丹》者，世人多有求售而不得者，既有此编，何不付梓，以公同好？余曰：不可。嗣因□请，爰书数语，以弁诸首云尔。光绪辛卯季冬之月下浣，柱石氏书于上洋博古之斋，武荣翁山柱石氏题。

说明：上序录自上洋博古斋存版本《图像白牡丹全传》。此本内封前半叶题"武荣翁山柱石氏琮编""图像白牡丹全传""上洋博古斋存版"，后半叶镌"光绪辛卯除月博古之斋主人监印"。首《白牡丹小序》，尾署"光绪辛卯（十七年）季冬之月下浣，柱石氏书于上洋博古之斋，武荣翁山柱石氏题"。有"武荣翁山"阴文、"柱石氏"阳文钤各一方。目录叶题"新编前明正德白牡丹传目录　武荣翁山洪柱石琮编次"。凡八卷四十六回。有图像十叶。正文卷端题"新编前明正德白牡丹传卷之一　武荣翁山柱石琮编"，半叶十一行，行二十三字。从序文和题署看，此书之作者为石琮。

石琮，武荣（今福建泉州）人，字柱石。馀则待考。

永庆升平全传

（永庆升平全传序）

洗心主人

原夫《永庆升平》一传旧有，新编貂续千言，新成其帙。补就天衣无缝，独具匠心；裁来云锦缺痕，别开生面。百八十馀回，虽系演义之词，理浅文粗，然叙事叙人，皆能刻画尽致；接缝斗榫，亦俱巧妙无痕。所有顾焕章、马成龙等诸多忠义之所行，诚是惊魂落魄。有人不敢为而为，人不能作而作，原不愧忠臣义士者也。至于善恶邪正，各有分别。真是善人必获福报，恶人总有祸临，邪者定遭凶殃，正者终逢吉庇。昭彰不爽，报应分明。使读者有拍案称快之乐，无废书长叹之时。虽非镕经铸史，尚喜翻旧出新，而且书中情理兼尽，使人可心悦目赏心，便是绝妙好辞，总为开卷有益之帙，是以刊刻成卷，以供同好云尔。光绪辛卯孟夏，洗心主人识。

〈永庆升平全传序〉

郭广瑞

余少游四海,在都尝听评词演《永庆升平》一书,乃我国大清褒忠贬佞,剿灭乱贼邪教之实事。内有忠义侠烈之人,慷慨豪杰之士,忠心护国,赤胆佑民。书礼直爽,实有古迹可凭,并非古词野史。国初以来,有此实事传留。咸丰年间,有姜振名先生,乃评谈今古之人,尝演说此书,未能有人刊刻传留于世。余长听哈辅源先生演说,熟记在心,闲暇之时,录成四卷,以为遣闷。兹余友宝文堂主人,见此书文理直爽,立志刊刻传世,非图渔利,实为同好之人遣闷,余亦乐从。虽增删补改,录实事百数回,使忠臣义士得以名垂千古,佞党奸贼报应循环可也矣。光绪辛卯杏月,燕南居士筱亭郭广瑞谨识。

〈永庆升平全传〉序

周泽民

余自稚年,性癖闲文。阅览残篇,奇书志记。无非才子佳人,姻缘乘舛;或者风花水月,鸳鸯颠倒矣。似依情字而作红楼之梦,然依才字而作镜花之缘。作书者搜索苦(枯)肠而抡才,编纂者结腋成裘以舒怨也。今叙《永庆升平》一书,是谓近朝盛世万代,功勋簪缨之臣,名标麟阁;英雄凛然之士,志录清史。岂伪虚说,缘曷借作,不似小说之流俗谚语,非如古词攒铁拈针耳。若观夫八卦教门,即今白莲邪术。此类是含沙射影,徒使妖术惑人,稔恶贯盈,终遭天谴。噫!大有警世化顽之风,斯是鼓励英贤之志,真是奇谈,休谓虚事。直言剖析,以为叙也。光绪壬辰年仲春日(一作光绪壬辰)仲春月燕都居士周泽民序)。潞河晓亭郭广瑞著、燕都居士周泽民序、淑阳宝文堂刘熙亭评、三耕书屋樊寿岩题。

(永庆升平全传序)

樊寿岩

余寄燕都,设帐有年。偶散步至宝文堂书肆,翻阅闲篇。见案头有抄录几页未竣之书,名曰《永庆升平》。聊然一目,则善恶攸分,淑慝殊途,与化行俗美,大有俾直(萧按:一作"裨益",是)。予曰:"似此奇谈,盍不刊刻成函?"肆主曰:"此系晓亭郭先生所著,自云鄙俚之言无文,恐吾辈莞耳矣。"予曰："非也,此书非涉猎无藉之谈,亦非伪忘(妄)虚诞之邪说,何以用文？曰文者是谓之文也,非文者不必有文。古云:不以文害辞,不以辞害志。无文者,看官聊然爽目而快,覆书而易记,用文何宜？撰修奇观,事著实迹,观其书非观其文,览其义而不览其才矣。何必咀英嚼华,唾玉吐金,掷地有声,鬼神褫魄,如此而方为才也？噫！书之奇也不在文,事之实也不专词。"于是主人曰："然,有是言也。"于是刊板成部,留传寰宇,谓看官驱睡魔,消夜永,则不有宜于世乎？潞河郭晓亭作,都门樊寿岩题。

说明:上三序录自宝文堂藏板本《绣像永庆升平全传》。此本内封前半叶双行题"打磨厂东口路南宝文堂藏板",后半叶双行镌"绣像永庆升平全传"。首序,尾署"光绪辛卯(十七年)孟夏,洗心主人识"。次序,尾署"光绪辛卯(十七年)杏月,燕南居士筱亭郭广瑞谨识"。又次《序》,尾署"光绪壬辰年(十八年)仲春日,潞河晓亭郭广瑞著、燕都居士周泽民序、淑阳宝文堂刘熙亭评、三耕书屋樊寿岩题"。复次,序,尾署"潞河郭晓亭作,都门樊寿岩题"。目录叶题"永庆升平目录",凡九十七回。有绣像二十四叶,皆像赞各半叶。正文第一叶卷端题"永庆升平卷一",半叶十行,行二十二字。版心单鱼尾上镌"永庆升平",下镌卷次、叶次及"宝文堂"字样。此书另有光绪十七年上海正谊书局石印本等。

洗心主人、郭广瑞、周泽民、刘熙亭、樊寿岩,均待考。又郭广瑞一署"燕南居士筱亭郭广瑞"、一署"潞河晓亭郭广瑞",未知是否一人。

永庆升平后传

续永庆升平叙

《永庆升平》一书,乃当年除邪教、平逆匪之实迹也,惜前卷无端而止,未令人得窥全豹,殊为憾事。若吴恩等,本不逞之徒耳,竟啸聚数十万众,诪张为幻,或为天地会,或为仁和教,其教不一,其酋亦不一,峨嵋、楚雄等处,蹂躏几不堪矣。以故群兴义愤,公灭妖魔。足智多谋之士,帷幄运筹;荷戈持戟之材,疆场驰骋。黔区小魔,不日即平。若叙之而不终其事,代远年湮,将丑妖之所以就歼,将士之所以用命,竟不可考矣,岂非一大缺陷乎?今本堂不惜重资,购觅载纪,采访遗史,倩人续演其书。词不尚乎古高,事惟取其征实,使阅者知义愤之不可犯,妖魔之不克终,其以此为救世之书可也;即此备牺轩之采,亦无不可也。是为序。

绣像绘图永庆升平后传序

龙友氏

凡书之作,必有始终,所以收缘结果也。况为劝善惩恶,正人心,变风俗,更有关于世道人心者乎?使半途而废,截然中止,不惟使读者怅全豹之未窥,且使闻风者无以惊心而知惧,诚一憾事也。如《永庆升平》一书,事非捏造,旧语流传,独惜其仅有百回,尚未结束,于后事未免略而不详。书中如侯化泰之二闹广庆园,竟无下落;妖人吴恩之叛乱,未正典刑。其中纪其啸聚之徒,数至万馀人,岂乌合之众甘心从逆耶?缘误听邪说,以致自外生成耳。当时忠臣义士,大展奇才,讨叛诛逆,削平祸乱,上报国家毛土之恩,下救苍生流离之苦,所谓永庆升平也。从来邪不胜正,乱必遭诛,由古及今,不爽毫发。兹续考旧闻,搜求古事,为续刻百回,纲举目张,源源本本,正大堂皇。此书一出,令阅者知王法之森严,小丑跳梁,必蹈大辟。人生洽平之世,各宜安分守己,无好勇而逞豪强,无喜新而信邪说。见善则迁,引恶为戒,是书虽居稗官小说之列,未始非垂戒之一助也。是为序。光绪十有九年岁次癸巳荷月,昆明龙友氏评。

(续永庆升平)序

贪梦道人

今《续永庆升平》一书,因前部判(刊)刻,续事未完,并非平空捏造。前部自侯化泰二闹广庆园,无端放下,不知后来如何结果。如妖人吴恩叛反国家,杀害生灵,屠毒百姓,上干天怒,下招人怨,兴立邪教,未能平灭,有始无终,使人读者不能畅怀。故今又接续刻全集实事百数回。各种目录,书中之大止,无非是惊愚劝善,感化人心,善恶分明,使忠臣义士,得留名于后世,邪教乱臣,尽遭报应循环,使读者有悦目赏心之欢,拍案惊奇之乐。如仁和教主白练祖等诸人,邪数(教)迷人,蛊惑人心,夺天地之造化,泄鬼神之机密,总是左道旁门之术,不能成其正果,都在劫数之内,损命亡身。此书并非演义荒堂(唐)之语词,乃正人心,化风俗。抄录全部,刊刻成书,使读者大快人心。是为序。时在光绪癸巳年冬月,都门贪梦道人。

说明:上三序录自上海书局石印本《绘图永庆

升平后传》。此本内封前半叶双行题"绘图永庆升平后传",后半叶方框内双行题"光绪甲午季夏上海书局石印",首《续永庆升平叙》,不题撰人。次《绣像绘图永庆升平后传序》,尾署"光绪十有九年岁次癸巳荷月,昆明龙友氏评"。复次《序》,尾署"时在光绪癸巳年(十九年)冬月,都门贪梦道人"。目录叶题"绣像绘图永庆升平后传目录",未分卷,凡一百回。目录后为绣像十六叶三十二幅。正文分六卷,第一叶卷端题"绣像永庆升平后传卷之一",不题撰人,但全书末则署"贪梦道人著"。半叶十六行,行三十六字。版心单鱼尾上镌"绣像永庆升平后传",下镌卷次、回次、叶次。内封明标石印,实际则是铅排印本。此书另有光绪二十年北京本立堂刊本,序仅两篇,分署"光绪十有九年岁次癸巳荷月,昆明龙友氏评""光绪癸巳年冬月,都门贪梦道人",序之内容文字与上所录二序几同。殆为此书之初刻本。

  此外尚有光绪二十年上海鸿文书局石印本、二十一年广益书局石印本、二十九年胜芳德林堂本、上海简青斋书局石印本等,未见,不知是否有序跋。

昆明龙友氏、都门贪梦道人,均待考。贪梦道人又有《彭公案》。或谓贪梦道人即杨挹殿,福建人,能诗。生卒年代、生平事迹失考不明。

彭公案

《彭公案》叙

张继起

余闻黄州说鬼,终流于虚;干宝搜神,尤恨其幻。求所谓实而不虚,真而不幻者,其惟我《彭公案》乎?彭公以房、杜之才,膺龚、黄之任,抚养黎元,剿除盗贼,皆足登上考焉。更兼竹马呈祥,蒲鞭不罚,即妇孺亦耳其名,俳优且演为剧,较之圣经贤传,尤易感格乎舆情。其部署之士,非惟须眉男子,尽皆赤胆忠心,行侠尚义;即巾帼妇人,亦罔不忠昭日月,气壮山河。彼风声远,讫能令人义侠之心勃然生,油然动也。然仅口碑流传,恐代远年湮,致有虽善无征之失,故本宅于公之善政,征诸文献,采以辎轩,编为二十四卷,不惟脍炙人口,尤能鼓舞人心。此书虽出野史,犹能挽世道,善风俗,岂得以荒唐目之?予生也晚,于公之政教仅得耳食,未获目睹,不过若掺勺饮江海之水,满腹而去,又乌知江海之深乎?斯为序。武遂述齐张继起评,光绪岁次壬辰桐月。

《彭公案》序

孙寿彭

《彭公案》一书，京都钞写殆遍，大街小巷佻为异谈，皆以以（为）脍炙人口。故会庙场中谈是书者不记其数，一时亲（观）者如堵，听者忘倦。予投暇亦少听几句，津津有味。然因功夫忙迫，故不知其本末。壬辰，馆于京师，友人刘君衡堂，持此编以示。展诵数回，悉其始终，乃知彭公是我朝显宦，实千古人才之杰出者也。其在任多有政声，不可枝（枚）举，而除慕（暴）安良，断一切奇闻奇事，犹如西山爽气，扑人眉宇。衡堂更把握不置，遂有付梓之议。汇辑成编，无不争先快睹，因不惜重资，付之剞劂，索序于予。予不获已，亦思此书一出，非特城乡街市乐于传诵，士农工商欣以听闻，实亦足以培植世道，感发人心，而为化民成俗之一助云尔。是为序。时光绪十八年岁次壬辰暮春，书于都门琉璃厂肆槐荫树斋，武强孙寿彭松坪氏订。

《彭公案》自序

贪梦道人

余著此《彭公案》一书,乃国朝之实事也,并非古词小说之流,无端平空捏出,并无可稽考。此书中如彭公、黄三太、李七侯诸人,忠臣义士也。彭公乃国朝名儒,忠正廉明,才识过人。初任县宰,入境私访,使匪恶棍徒闻名心惊,叫安善良民人人敬畏。看其断无头案,如驴夫殴伤人命,夜内移换尸身,日验双尸,黄狗告状等案,真千古佳谈。虽包龙图复生,不能办其情敝。今竟著实事百馀回,所论者,忠臣义士得以流芳千古,乱臣贼子尽遭报应循环。使读者无废书长叹之说,有拍案称奇之妙。如欧阳德之为人,堪称侠义,非为贪图名利,所办之事,使读此书者有著目惊心之想,真别古绝今之人也。是为叙。时光绪十八年岁次壬辰桐月,都门贪梦道人著述。

彭公案续刊重序

心耕氏

余姊倩上官奇,邑中国学生也。少时寒微,居恒侠义。壮年居邻邑浒上，贸书为业。半生江湖，辄遇家乡客外，方便之举，即为解囊，或苏人之困，或全人之美，且博览群书，搜罗史事，书中若遇见有清廉正直如彭公，舍身置命如欧阳德，辅王如高勇海、张耀宗之尽心报效，击贼如徐广治、刘世昌之竭力攘除，他如义仆如进禄、烈女如法姑，忠孝双全如小四霸等，未有不掩卷而三叹也。如遇嫉贤如窦二墩、匪寇如花得雨、醉色如采花蜂、贪淫如九花娘，聚匪深林如周应龙、宋仕奎，党恶僻壤如吴太山、唐治古、杨治明，并吴铎、武锋、李吉、杜瑞、杜茂诸顽贼，未有不拍案而长吁者也。客岁赴京，此书尚未纂就。是岁又越津门，方板落行世。从头细阅，善恶分明，美刺则似诗，忠奸指画笔削则似史。其间隐寓君臣父子之大道，仁义礼智之行为，贞烈以训深闺之清洁，芟锄以警化外之人心。今日之是书，实有与余姊倩曩日觐书之素心相为感击者焉。虽其文语粗浅，而堂堂之鼓，正正之旗，大义揭于千古矣。非比《封神》之语涉荒唐，《西游》之专工香（杳）渺。即如《三国》事实情真，其间亦多创合；《西厢》描龙绣凤，内中徒侈风文。即《水浒》，即

《精忠》等传,间亦有去邪归正,改悉(恶)循良之士,然其人已遥,其事已隔,世远年湮之下,皆不若我熙朝顺康上代君明臣良之朝,辅上则不愧股肱,泽下则堪称父母,除暴锄匪,海宇清平之实为近则历历可指,亲则事事可法者也。是书甫出,京都盛行。余姊倩悯其购阅维艰,即行续刊,亲加品题,检阅校正,公诸天下,庶几有志之士,为之观感而从良,方不负作者之心,并不负余姊倩谨成其美之心焉耳。刊毕,命余续序。余不揣固陋,即为编订,是为序。光绪十九年岁在癸巳孟冬月续刊,东汝居士心耕氏敬撰。

说明:上序录自光绪二十年琉璃厂藏板本《新刊绘图大清全传》。此本内封前半叶题"新刊绘图大清全传",后半叶镌"光绪二十年琉璃厂藏板"。首《叙》,尾署"武遂述齐张继起评,光绪岁次壬辰(十八年)桐月"。次《序》,尾署"时光绪十八年岁次壬辰暮春,书于都门琉璃厂肆槐荫树斋,武强孙寿彭松坪氏订"。复次《自序》,尾署"时光绪十八年岁次壬辰桐月,都门贪梦道人著述"。又次《彭公案续刊重序》,尾署"光绪十九年岁在癸巳孟冬月续刊,东汝居士心耕氏敬撰"。目录叶题"新刊绣像大清传总目录",凡一百回。有图像二十四叶。正文卷端题"新刊绣像大清传卷之一",半叶十行,行二十二字。版心单鱼尾下镌卷次、回次、叶次。另该书尚有光绪十八年本立堂本,唯无《彭公案续刊重序》。

贪梦道人,见《续永庆升平》条。

武遂述齐张继起、槐荫树斋武强孙寿彭松坪氏、东汝居士心耕氏,均待考。

续彭公案

（续彭公案序）

采香居士

呜呼！谁谓野官稗史之无补风化也哉。古来忠臣孝子、奇侠烈士，其轶事不传，往往见于他说。故正史之与传奇，虽有雅俗之别，而其感人心以成风化则一也。以纪文达《阅微草堂》之作，王渔洋《池北偶谈》之撰，皆近平话小说，以其浅显清新，人所易晓，故不嫌稍涉于俚也。两公之维持风化意深哉！然皆零残碎简，非若《三国》《列国》诸演义及曲园主人删定《七侠五义》之作，合首尾始末为一篇也。此近日《绘图彭公案》一书，所以脍炙人口者，有由来矣。其所演说，不分孝子忠臣、奇侠烈士，其有补于风化者，良非浅鲜。读其书者，如行山阴道中，应接不暇，每有"好山行恐尽"之虑。读至终篇，辄掩卷太息曰："以此等才思，何不大倾筐箧，以尽宇宙之大观？"抱憾者久之。丙申夏，见友人案头有两巨册，取阅之，乃题曰《续彭公案》。略读一过，见其笔情酣恣，墨花飞舞，有过前书。遂拍案大叫曰："是真大快吾意矣！"而因叹孝子忠臣、奇侠烈士，其灵气精光，自不可泯灭也。遂援笔而乐为之叙。光绪丙申夏六月范百禄止诗传补注日，古越若耶溪采香居士识。

（续彭公案叙）

余暇最喜读小说闲评，喜新搜奇，遍书肆中买贵（"贵"或作"尽"），无新奇之书。丙申年（二十二年），见《续彭公案》一书，京都并无是书。书中之节目，都是忠孝节义，口化人心风俗。口无才无文，皆可正人，化恶为善，赞扬忠臣孝子、义夫节妇，报应逆子乱（萧按：此处或夺一"臣"字），纪实事二百馀回，接续刊刻成书。本坊非图渔利，所为同好之人得窥全豹。是为叙。

（续彭公案序）

《彭公案》一书，前卷未能全终，使读者衷心闷闷,不能畅怀。吾少游四海,喜读各种闲书。偶阅《彭公案》前部,未能全函。吾喜在茶坊酒肆之中,□评谈此书。吾津津有味,记诵即熟,故立意刊刻。此书得传,使同好者之人得观全终,故与本坊主人同力刊成。是为序。

说明:上数序均录自光绪二十二年上海书局石印本《新辑绘像续彭公案》。此本凡五册,内封正面题"新辑绘像续彭公案",反面题"光绪丙申桂秋上海书局石印"。首序,尾署"光绪丙申(二十二年)夏六月范百禄止诗传补注日,古越若耶溪采香居士识"。次又叙二,不题撰人。殆亦为作者自叙。

全续彭公案

《全续彭公案》序

朱蔚彤

《彭公案》一书,乃褒忠贬佞、劝善惩恶之词也,虽非史书纲鉴,亦非平空捏造,皆按旧事流传。余观之全部,前后笔法,有始有终,大有警世之风,诚可赞美。令阅者知王法之森严,凡忠臣义士,逢凶化吉,得留名于后世;乱臣贼寇,恶盈满贯,俱遭报应循环。人生治平之世,各宜安分守己,勿好勇而逞强,勿逆天而行事,改恶迁善,自保无虞。故事同今,此为救世之书,观善恶之收缘结果也。是为序。光绪丁酉杏月,都门叶子豪评,古吴莫厘朱蔚彤书。

说明:上序录自光绪二十五年上海书局石印本《全续彭公案》。所谓全续,实只至三续,即正集、续集、再续、三续,凡三百四十一回。

七续彭公案

〈绣像七续彭公案〉弁言

张逸

余与浊物居同里,幼同塾,长而友善,心意相符,气味相投,志趋意向,靡有不合,虽管鲍分金之谊,廉蔺刎颈之交,莫是过也。惟浊物则爱读稗官野史,手执一编,寝食俱废,竟如杜预之读《春秋》,阮籍之嗜曲蘖,若有癖焉;余则恶其旷时废工,足以妨正业而害身心,故尝规之曰:"小说者,无稽之言,齐东之语,猥琐谫陋,一无足取;虽有一二寓意高卓、措词雅驯如《西厢》《红楼》者,亦不过风流韵士,慧业文人,于闲暇无事之时,聊作消遣计耳,子何掷此可宝可贵之光阴,而作此有损无益之物也?况际此弱肉强食,优胜劣败,时事孔急之秋,正我辈闻鸡起舞,枕戈待旦,奋志求学,预具富国强兵、治世安民之略之时也,不此之图,而兢兢然手不释卷,咿唔终日,已非有尚武精神者所宜出,矧所读者又为小说乎?荒正务而弃天职,余深为子惜焉!"余言未终，浊物哑然笑，奋然兴，取一卷以示余。余受而读之，《彭公案》也。余愀然曰："子可谓愈趋愈下矣！《彭公案》一书毫无意义，所纪事实又属荒谬，如劫驾盗杯，则似乎作乱犯上；角艺竞技，则邻乎好勇斗狠；九花娘之无耻，剑锋山、连环寨之目无法纪，则又近乎诲淫、诲盗。诸如此类，言之难尽，其有害于世道人心，岂浅鲜哉？尤可哂者，近日坊间有所谓《续彭公案》者，笔墨之陋，意识之卑，更不堪矣！"浊物怫然不悦，曰："子之言真所谓一孔之儒，坐井而观天者也！彭公之爱国勤民，不惮劳瘁，读之足以劝忠；历载奇案，申冤理屈，读之足以增识；黄三太、马玉龙众英雄之任侠好义，读之足以使忠义之心油然而生；至于一往直前，毫无退怯，非所谓尚武精神耶？为乱必败，积德必兴，非所谓劝善而惩恶也？子何谓其有害于世道人心哉？吾因其有益于世，而坊间新出之续集足以累之也，故不惮焦心竭虑，另撰新编六集，已足其未尽之义焉。子如不以为然，请阅续集，必信余言矣。"因以所撰《续彭公案》授余。余闻其言，心有所触，急受之。返，挑灯展读。见其洋洋洒洒五十万言，诚小说中之巨制，希世之奇观，较之坊间所出续集，不特高出万倍，且擅有三妙焉。何谓三妙？作小说不难，难在长篇大段，贯穿一气。《续彭公案》不第前后呼应，上下联络，即与原本，亦若出一手，如无缝天衣，不露连缀痕迹，一妙也。续集与原本稍有背谬，便成画足，此则应有尽有，原本若有漏义，为之补足，且无重复艰窘诸病，二妙也。原本尚有迷信之处，装神作怪，不脱旧小说窠臼，此则绝无一语及乎鬼神，弃尽陈腐，独标新颖，三妙也。三妙之外，又有四绝：笔笔著实，语无泛设，是谓一绝；夹叙夹议，层出不穷，是谓二绝；描摹人情，淋漓尽致，是谓三绝；处处映带，字字有据，是谓四绝。既有三妙，更兼四绝，虽谓之突过原本可也。坊间新出之续集，安能望其项背乎？余读既竟，心为之折。翌日仍返之浊物，谓之曰："子所撰之续集，固美矣，而余又谓未尽善也。何也？彭公自成进士，宰三河，至平番破牧羊阵，进爵入阁，其年之老，不问可知矣。岂犹有此精神，为此非凡之事乎？"浊物大笑曰："子不闻乎？尚父八十佐文王，潞国晚年犹矍铄。非凡之人，其所禀于天，固独厚也，况彭公固非躬擐甲胄，亲临疆场者可比也。"余闻之，懔然悟，欣然悦。爰书此问答之语，以代叙言。宣统元年□月□日，同里闲濑江张逸轶凡氏谨识。

说明：上弁言录自宣统二年（1910）上海江左书林石印本《绣像七续彭公案》，原本藏徐州师范大学图书馆。此本封皮题"绣像七续彭公案"，首叶卷端题"七续彭公案　醒世道人题"，背面题"宣统元年上海江左书林石印"，正文第一叶卷端题"绣像七续彭公案全传""浊物撰""盲道人加评"，《弁言》紧接其后，尾署"宣统元年□月□日，同里闲濑江张逸轶凡氏谨识"。有图四幅。书凡四册四卷，卷六回，共二十四回，有夹批，回有总评。

浊物、盲道人，真实身份、生平事迹待考。

张逸，一名士煌，字逸君，号次野，亦号黄雪老人等。泰州人，书法家，生性疏放，不拘小节。著有《瓢斋诗钞》《霜鲍集》。

八续彭公案

(八续彭公案)出版说明

《彭公案》一书,初、二、三、四集久已风行于世,惜乎于彭公一生事迹,仅得十之二三,现特请小说大家,按其事实,编成五、六、七、八、九、十、十一、十二、十三、十四、十五、十六、十七、十八、十九、二十集,其中述其始于三河县令,终于兵部尚书,公车所至,除暴安良,歼巨寇,逞污吏,断疑狱,伸冤情,斑斑可考,条理分明,诚为说部中不可多得者。

说明:上说明录自江左书林石印本《绣像八续彭公案》,原本藏徐州师范学院图书馆。此本内封前半叶题"绣像八续彭公案",后半叶题"宣统二年上海江左书林石印。九续现已发印,即日出版,先此预白"。首"绣像八续彭公案目录",次图像四幅。半叶十九行,行四十字。首都图书馆亦藏有此本。

七真祖师列仙传

新刊七真因果传序

黄永亮

《七真》一书,旧时有之,惜其文不足以达其辞,趣不足以辅其理,使观者恐卧,而听者返走,终年置之案头,不获一览。人皆视为具文。余每欲振之,终不能就。昨岁自秦返蜀,落于丞相祠堂。默思熟想,穷究七真之事,幸得其精微,终日草稿,编辑成书,名曰《七真因果》。以通俗语言鼓吹前传,以人情世态接引愚顽,以罪福醒悟人心,以妙道开化后世,其于劝善惩过,不为无助。道会王公,见而悦之,嘱余真确其事。余揣王公之意,欲付梓人,刊刻藏板。余即汇成上下两卷。道会终日览之,手不释卷,常谓余曰:"此诚修道第一书也。"余答以:"修真之书甚多,奚取此为第一?"公曰:"修真之书虽多,其中妄诞不少。有借法力而卫道者,有托仙佛以作引诱者。遂使愚夫愚妇闻之,妄冀成仙成佛,不顾身家性命。本欲以名言觉世,而反将清淡误人。此等修真之书虽多,将安用哉?而取此书为第一者,盖此书无妄诞之言,不引诱人心,步步脚踏实地,句句言归正理。乃世上必有之事,非人间不经之文。取为修真第一书,不亦宜乎?余以为,天下妙理无穷,诸子百家皆为砭世金针,岂独此书为良?命名'因果',尽善也,尽美也。"嗟夫!公为千古知音:识此书于七真,即七真之知音;欲刊刻传于后世,亦可谓后世修真者之知音也。以公一人,而作前后知音,诚道器也,亦至人也。时光绪癸巳年菊月吉日,龙门后学黄永亮谨序。

重刻七真祖师列仙传序

濮炳熷　杨明法

昔汉武帝谓天下本无神仙,尽妖妄耳。不知堪舆之大,何所蔑有。麒麟于走兽,凤凰于飞鸟,犹能出于其类,况人秉天地精英之气,负山川灵秀之材,诚能清净寂灭,不难煮金炼石,即未腾云驾雾,亦可换骨脱胎。彼黄石之升云,赤松之随雨,虽属荒池,而《论语》之言窃比老彭者,不有明证欤?余游方外数十馀年,空受慈云法雨,身如蝇痴,非无诚意正心，性实鸠拙。火枣交梨，让十二碧城之客；绮葱赤薤，逊三千珠阙之人。加以烽烟遍乎三秦，疠气染于两教。萍踪靡定，絮语难宣。虽马蹄鹿苑之书无所不读，而于身心性命之源，终未有以采其旨趣。近来十方缘化，道履羊肠；七祖经睹，喜同雀跃。字挟风霜，非芸编瓠史之可比；声成金石，岂宋艳班香之能同？万缘俱净，八垢皆空。读百回之不厌兮，舌本生莲；览一字之莫减兮，头点顽石。于是廉泉让水之地，遍求善男；圣域贤关之旁，多延信女。窃幸瘦忧顿释，断简残篇之改观；燕贺告成，琳篆琅玕之并美。愿世人照兹奉行，不必嚼金玉之津液，不必服日月之精华。无劳尔形，无摇尔精。窈窈冥冥，安知不羽化登仙，同赴玉楼之宴也？是为序。时维光绪十九年岁次癸巳季秋上元吉日，龙门弟子濮炳燏、杨明法瑾识。

说明：上二序录自光绪三十二年广东文在兹善书坊刻版本《七真祖师列仙传》，首《新刊七真因果传序》，尾署"时光绪癸巳年（十九年）菊月吉日，龙门后学黄永亮"。次《重刻七真祖师列仙传序》，尾署"时维光绪十九年岁次癸巳季秋上元吉日，龙门弟子濮炳熷、杨明法谨识"。原本藏宁波图书馆。

黄永亮、濮炳熷、杨明法,待考。

重刻七真列仙传序

回道人

幻由人生,命乃自立。人有淫心,是生亵境。人有亵心,是生怖心。菩萨点化愚蒙,千幻并作,皆人心所自动。世人惜不能言下大悟,回心向道,其理虽微,其意最深。圣人不言者,因愚蒙訾议毁谤,故此不经。今人演剧《三戏白牡丹》一事,系《汉纪》散仙张洞宾,贫道岂如此,是非一入凡人口,万丈黄河洗不清。历朝仙佛,皆有考证实据,岂尽妖妄耳。那晓三教发流经书,欲教后人参悟。书中大道,本圣贤典集若揭,而人心蒙昧,视若废纸。儒书云:思而不学则殆,学而不思则罔。吾今剖明三教之理,引进入道之门。《中庸》云:天命之谓性,率性之谓道,修道之谓教。道也者,不可须臾离也。可离非道也。仰之弥高,钻之弥坚。后人能悟透此理,超出苦海,同享天福。此书虽然浅学,亦一片婆心,不可轻视。若得细解其义,恒心求之,绵绵不绝,固蒂深根,炼精出世,同登彼岸也。光绪二十九年清和月朔,回道人序于镇邑南屏新院。

七真祖师宝诰

周祖道

志心皈命礼。道先一炁,世显七真。悟五行不到之言,得九转还丹之诀。甘泉润物,变朽回春。金骨仙姿,得四言而契道;卫州变化,坐十载以成真。壁间墨迹以非凡,雪竹月松之姿异。三井有多生之记,一时著显化之功。磻溪六年,龙门七载。道功备而名闻时主,丹符锡而掌握神仙。石上谈玄,空中飞盖。元主屡宣而问道,甘霖刻日以济民。早穷易道之言,晚造神仙之诀,卦图斯演至道,大成清静散人,探玄得道,蓬莱仙路,亿劫独持,慈悲救苦,全真祖师。丹阳抱一无为普化马真君,长真凝神玄静蕴德谭真君,长生辅化宗玄明德刘真君,长春全德神化明应丘真君,玉阳体玄广慈普度王真君,太古广宁通玄妙极郝真君,清静渊真玄虚顺化孙元君,七真演化天尊。光绪二十九年清和月上浣,镇邑周祖道附录。

说明：上序及宝诰均出光绪二十九年序刊本《七真祖师列仙传》，此本首《重刻七真列仙传序》，尾署"时光绪十九年岁次癸巳季秋上元吉旦，龙门弟子濮炳熷、杨明法谨识"（前已录，不赘）、次《重刻七真列仙传序》，尾署"光绪二十九年清和月朔，回道人序于镇邑南屏新院"，再次《七真祖师宝诰》，署"光绪二十九年清和月上浣，镇邑周祖道附录"，此本有《说海珍本丛书》影印本行世。

海上花列传

（海上花列传识语）

花也怜侬

或谓六十四回，不结而结，甚善。顾既曰全书矣，而简端又无序，毋乃阙与？花也怜侬曰：是有说。昔冬心先生续集自序，多述其生平所遇前辈闻人品题赞美之语，仆将援斯例以为之，且推而广之，凡读吾书而有得于中者，必不能已于言。其言也，不徒品题赞美之语，爱我厚而教我多也。苟有以抉吾之疵，发吾之覆，振吾之聩，起吾之痼，虽至呵责唾骂，讪谤诙嘲，皆当录诸简端，以存吾书之真焉。敬告同人，毋闷金玉。光绪甲午孟春，云间花也怜侬识于九天珠玉之楼。

（海上花列传）跋

花也怜侬

客有造花也怜侬之室，而索六十四回以后之底稿者。花也怜侬笑指其腹曰：稿在是矣。客请言其梗概。花也怜侬惶然以惊曰:客岂有得于吾书耶,抑无得于吾书耶?吾书六十四回,赅矣尽矣,其又何言耶?今试与客游太行、王屋、天台、雁荡、昆仑、积石诸名山,其始也扪萝攀葛,匍匐徒行,初不知山为何状。渐觉泉声鸟语,云影天光,历历有异,则徜徉乐之矣。既而林回磴转,奇峰沓来:有立如鹄者,有卧如狮者,有相向如两人拱揖者,有亭亭如荷盖者,有突兀如锤、如笔、如浮屠者,有缥缈如飞者、走者、攫拿者,腾踔而颠者。夫乃叹大块之文章,真有匪夷所思者。然固未跻其巅也,于是足疲体惫,据石稍憩,默然念所游之境如是如是,而其所未游者,揣其蜿蜒起伏之势,审其凹凸向背之形,想象其委曲幽邃、回环往复之致,目未见而如有见焉,耳未闻而如有闻焉。固已一举三反,快然自足,歌之舞之,其乐靡极。噫!斯乐也,于游则得之,何独于吾书而失之?吾书至于六十四回,亦可以少憩矣。六十四回中如是如是,则以后某人如何结局,某事如何定案,某地如何收场,皆有一定不易之理存乎其间。客曷不掩卷抚几,以乐于游者乐吾书乎?客又举沈小红、黄翠凤两传为问。花也怜侬曰:王、沈、罗、黄，前已备详，后不复赘。若夫姚、马之始合终离，朱、林之始离终合，洪、周、马、卫之始终不离不合，以至吴雪香之招夫教子，蒋月琴之创业成家，诸金花之淫贱下流，文君玉之寒酸苦命，小赞、小青之挟赀远遁，潘三、匡二之衣锦荣归，黄金凤之孀居不若黄珠凤俨然命妇，周双玉之贵媵不若周双宝儿女成行，金巧珍背夫卷逃，而金爱珍则恋恋不去，陆秀宝夫死改嫁，而陆秀林则从一而终。屈指悉数，不胜其劳，请伺初续告成，发印呈教。目张纲举，灿若列眉，又焉用是哓哓者为哉？客乃怃然三肃而退。花也怜侬书。

说明：上识语、跋均录自光绪二十年石印本《海上花列传》。此本内封正面题"海上花列传"，背面为识语（已录如上）。次"海上花列传第一函目录"，署"云间花也怜侬著"，凡三十二回。第二函则题"海上花列传第二函目录"，署"云间花也怜侬著"，亦三十二回。正文第一叶卷端题"海上花列传第一回"，署"花也怜侬著"，半叶十二行，行二十九字，版心单鱼尾上题"海上花列传"，下署回次、叶次。每回前有图像一叶。书末有《跋》，尾署"花也怜侬书"。

花也怜侬,即韩邦庆(1856—1894),字子云,别署太仙、大一山人、花也怜侬、三庆。松江府(今属上海)人。光绪辛卯(十七年)赴京应试,不第而归,为《申报》撰稿,又自办《海上奇书》杂志。

海上花列传例言

此书为劝戒而作,其形容尽致处,如见其人,如闻其声。阅者深味其言,更返观风月场中,自当厌弃嫉恶之不暇矣。所载人名事实俱系凭空捏造,并无所指。如有强作解人,妄言某人隐某人,某事隐某事,此则不善读书,不足与谈者矣。

苏州土白,弹词中所载多系俗字,但通行已久,人所共知,故仍用之,盖演义小说不必沾沾于考据也。惟有有音而无字者,如说"勿要"二字,苏人每急呼之,并为一音,若仍作"勿要"二字,便不合当时神理,又无他字可以替代,故将"勿要"二字并写一格。阅者须知覅字本无此字,乃合二字作一音读也。他若"哩"音"眼","嗄"音"贾","耐"即"你",

"俚"即"伊"之类,阅者自能意会,兹不多赘。

　　全书笔法自谓《儒林外史》脱化出来,惟穿插、藏闪之法,则为从来说部所未有。一波未平,一波又起,或竟接连起十馀波,忽东忽西,忽南忽北,随手叙来,并无一事完,全部并无一丝挂漏,阅之,觉其背面无文字处尚有许多文字,虽未明明叙出,而可以意会得之,此穿插之法也。劈空而来,使阅者茫然不解其如何缘故,而其缘故仍未尽明,直至全体尽露,乃知前文所叙并无半个闲字,此藏闪之法也。

　　此书正面文章如是如是,尚有一半反面文章,藏在字句之间,令人意会,直须阅至数十回后方能明白。恐阅者急不及待,特先指出一二:如写王阿二时,处处有一张小村在内;写沈小红时,处处有一小柳儿在内;写黄翠凤时,处处有一钱子刚在内。此外每出一人,即核定其生平事实,句句照应,并无落空。阅者细会自知。

　　从来说部必有大段落,乃是正面文章精神团结之处,断不可含糊了事。此书虽用穿插、藏闪之法,而其中仍有段落可寻。如第九回,沈小红如此大闹，以后慢慢收拾，一丝不漏，又整齐，又暇豫，即一大段落也。然此大段落中间，仍参用穿插、藏闪之法，以合全书体例。

说部书，题是断语，书是叙事。往往有题目系说某事，而书中长篇累幅，竟不说起，一若与题目毫无关涉者，前人已有此例。今十三回陆秀宝开宝，十四回杨媛媛通媒，亦此例也。

此书俱系闲话，然若真是闲话，更复成何文字？阅者于闲话中间寻其线索，则得之矣。如周氏双珠、双宝、双玉及李漱芳、林素芬诸人终身结局，此两回中俱可想见。

第廿二回，如黄翠凤、张蕙贞、吴雪香诸人，皆是第二次描写，所载事实言语，自应前后关照。至于性情脾气，态度行为，有一丝不合之处否？阅者反覆查勘之，幸甚！

或谓书中专叙妓家，不及他事，未免令阅者生厌否？仆谓不然。小说作法与制艺同：连章题要包括，如《三国》演说汉、魏间事，兴亡掌故，了如指掌，而不嫌其简略；枯窘题要生发，如《水浒》之强盗，《儒林》之文士，《红楼》之闺娃，一意到底，颠倒敷陈，而不嫌其琐碎。彼有以忠孝、神仙、英雄、儿女、赃官、剧盗、恶鬼、妖狐，以至琴棋书画、医卜星相，萃于一书，自谓五花八门，贯通淹博，不知正见其才之窘耳。

　　合传之体有三难。一曰无雷同。一书百十人，其性情、言语、面目、行为，此与彼稍有相仿，即是雷同。一曰无矛盾。一人而前后数见，前与后稍有不符，即是矛盾。一曰无挂漏。写一人而无结局，挂漏也；叙一事而无收场，亦挂漏也。知是三者，而后可与言说部。

　　说明：上例言录自人民文学出版社整理本《海上花列传》。

龙凤配再生缘

(再生缘)序

《再生缘》一书,由来久矣。观其造词构句,叙事言情,半属七言之讽,虽笔花逞艳,文藻夸新,终归事冗言繁,难入时人之目。见客购置而归,观不数纸,而纷纷睡去。醒而告人曰:惜哉是书,未能删华就实,往往叙一事,言一情,而词华满纸,有令阅者一览而倦也。(上海沈鹤记书局本此处多"抱昼寤梦长矣"数字)予僻(癖)好斯书,追慕斯事,因旧本词繁,难公同好,适友人告予,某处有手抄善本,不惜跋涉,重资购回。而友人莫不争以(一)睹为快。因是书宗旨,专为皇甫少华及孟丽君两人而起,若不与于忠孝节义之名,政事材艺之品,不足以高其身价。至其流离颠沛,故(沈鹤记本作"权")改男装;富贵荣华,应修妇职。乃功既高于一品,位已驾乎百僚,金石盟心,松筠守节。荷九锡之恩宠,不改清操;任两姓之怀思,终持高(沈鹤记本作

"亮")节。机关既破,面目难逃。以始以终,成今生之美眷;可真可假,定百世之良缘。叙事言情,悉归礼法;陈词立意,非同邪淫。不特文人学士、市廛贾客俱堪寓目,即闺阁名媛,亦可怡情也。较诸稗史(沈鹤记本作"野史稗官"),不啻清浊之分,即《三国》(沈鹤记本多"《西游》"二字)《水浒》等书,亦可并立(沈鹤记本作"驾")矣。不揣固陋,付石印以(沈鹤记本作"付石以")公同好。是为之序。(沈鹤记本多"沧海主人书"数字)。

说明:上序录自上海中原书局本《绘图龙凤配再生缘》。此本内封三栏,分题"孟丽君轶事""绘图龙凤配再生缘""上海中原书局印行"。首《序》,不题撰人。次,"绘图龙凤配再生缘目录",凡七十四回。

另有沈鹤记书局本,此本内封两行,题"绣像绘图龙凤配再生缘",首序,尾署"沧海主人书"。又有上海鸿文书局石印本,有序,文字与上所录几同,惟末署"沧江主人"。原本藏东北师大图书馆。

续今古奇观

《续今古奇观》序

瀛园旧主

语有之:少所见,多所怪。今之人但知耳目之外,牛鬼蛇神之为奇,而不知耳目之内,日用起居其为诡谲幻怪、非可以常理测者固多也。昔华人至异域,异域咤以牛粪金,随诘华之异者,则曰:有虫蠕蠕,稍具运动,细缊为茧,即可以衣被天下。被舌桥而不信,乃华人未之或奇也。此所谓必向耳目之外索谲诡幻怪以为奇,赘矣。宋元时,有小说家一种,多采闾巷新事,为宫闱谈资,语多俚近,意存劝讽。近世承平日久,民佚志淫,一二轻薄,初学拈笔,便思诬蔑世界。得罪名教,莫此为甚!有识者,为世道忧,列诸厉禁,宜其然也。独龙子犹氏所辑《喻世》等书,颇存雅道,时著良规。复取古今来杂倅事可新听睹、佐诙谐者,演而畅之,得若干卷。凡耳目前之怪怪奇奇,无所不有。总以言之者无罪,闻之者足以为戒云尔。若谓者非合小史家所奇,则是舍吐丝蚕而问粪金牛，吾恶乎从罔象索。光绪丙申仲春月清明后三日，瀛园旧主撰并书。

说明：上序录自光绪间石印本《绘图拍案惊奇续今古奇观》。此本封面题"绘图拍案惊奇续今古奇观"，内封正面题"绘图拍案惊奇　光绪丙申瀛园旧主书"，背面题"光绪丙申（二十二年）"，方框内题"增图续今古奇观"。首《序》，尾署"光绪丙申（二十二年）仲春月清明后三日，瀛园旧主撰并书"，有"景云"篆体印一方。次"绘图拍案惊奇目录"，凡六卷三十回。复次图像十五叶，三十幅。正文第一叶卷端题"绘图拍案惊奇卷一"，半叶十七行，行三十八字。版心双鱼尾上镌"绘图拍案惊奇"，下镌卷次、回目、叶次。原本藏南京图书馆。

瀛园旧主，即施世守，字景云。此书之外，有《群英杰》《木兰奇女传》《唐注写信必读》《新增玫正字汇》等。馀待考。

昙花偶见传

（昙花偶见传序）

劳孝光

（上原缺）于谢贵、张昺、偾事之辈，亦莫不许以忠义，而唯于王益之三番画策，慷慨从戎，谢学海之独守德州，从容就义，乃竟遗脱不书，是岂有幸有不幸耶？其馀如汪月华之尽节、汪秋华之尽孝、黄德宏之尽义，皆足以炳耀一时，馨香万代，乃不特正史不书，即考之陕西省志，亦若无其人其事者，是又天地间一缺憾事也。余与诸君幸有夙缘，复得汪仙口授故籍，诸君扶鸾，草成《昙花偶见传》一部，此中所说，皆谢、黄诸人故事，大可以励风俗而正人心，俾墨士文人，花前月下，酒后茶馀，庶几又增一谈薮也。是为序。光绪二十年岁次甲午春三月，乩仙劳孝光自识。

昙花偶见记

栖霞山人

人生遭际靡定,或殉难捐躯,或坎坷毕世,以至红颜命薄,含垢忍尤,而始终不渝厥志者,殆繇慧质灵姿,其赋禀得乾之健、坤之贞乎。如明洪武间,黄姓、谢姓、汪姓之四人者,有足异焉。一为谢学海,一为黄德宏,其汪氏者,则两闺秀也。姊名月华,妹名秋华,为叔伯姊妹行。黄、谢为中表昆弟。黄父名孝直,赋性昏庸,乃姓谢名有朋之东床选也。谢学海者,有朋孙也。学海以进士作宰丹阳,值燕王棣乱殉难。德宏名场潦倒,遭家不造,后为学海移眷丹阳。途遇流寇,以至跋涉山川,逾越险阻,终不负所托。初,黄、谢少同笔砚。汪老以闺秀白桃花诗选婿,二人和韵,同中雀屏。月华归谢,秋华归黄。莫不以为二乔夫婿皆英俊也。岂知困厄迭遭,丧亡颠沛,天欲特设斯局以厄此志士名姝,以为不如是,不足以显其奇耶?抑具彼绝学绝色,为苍苍者所忌耶?夫物不得其平则鸣,如此忠孝节义之奇迹,而信史无传,是不平也。此所繇藉□马氏群季,高会名园,乩中倡和之馀,而为此《昙花偶见》也夫。

时光绪阏逢敦牂竹醉节,栖霞山人记于晤言室。

《昙花偶见传》说

扶风梦梦子

余生性颇迂,酷恶仙佛,座中谈及,虽不掩耳而走,必心焉非之。盖性不近则心不好也。去岁九月望后一日,诸昆弟在荔堤园小瀛洲偶为扶鸾之戏。余课事馀暇,无意偶及,在旁睨视,直斥其非。从弟朗轩乃起而言曰:"兄何所见之浅也。宇宙之大,民物之众,离离奇奇,何所不有?若必皆指为妄,则石言于晋,神降于莘,古人著书何不尽废?我辈读书人,固当黜异端以崇正学,而秋窗读罢,暇日吟馀,与其枯坐案头,咿唔呫哔,曷若作兹雅剧消遣闲情耶?"余哑然而笑曰:"吾弟自衷一是,强为说辞。试思唐玄好仙,淹留蜀地;梁武佞佛,困卧台城。是佛是仙,何裨心性?况复佛头舍利,壁上琵琶,纵有灵通,皆成伪托。若斯所为,以之蛊惑愚人则可,以之消遣闲情,则未也。"从侄翘南投乩而起曰:"叔以我辈为蛊惑愚人耶?所聚一家,何为蛊惑?至云伪托,则谓予不信,请尝试之,俾如豆双瞳广开眼界。"

余笑而颔之。初意以为，彼固姑妄言之，我亦姑妄试之也。不料乩甫着手，即电掣风驰书就"妾汪秋华至"五字。复连书七绝数章，缠绵哀怨，终风阴雨，不过如斯。余始而惊，继而疑，终而不得不信矣。二十夕，复请女仙咏《杨溪十景》。初篇甫就，乩忽大书"见奉急敕往玉蕊宫藏香阁撰文，不能久待"数语，即寂然不动。从此紫鸾杳信，青鸟潜踪。朱篆虽焚，莫税飞琼之驾；青烟乍爇，难停弄玉之车。翘首碧城，莫名怅触。孟冬朔夕，从弟翰坡自穗乡旋复，叙弟昆洁坛敦请，始得劳仙驭降，叠书汪氏仙踪。自冬徂春，四阅月而始成一帙。吁！是耶？非耶？抑抱才抑郁之游魂所托耶？是亦千古罕闻之事也。爰刊之以付诸存而不论之列也可。光绪甲午季春望日，岭南顺邑扶风梦梦子谨志。

《昙花偶见传》弁言

扶风孟子

小说家书者，汗牛充栋，然齐谐志怪，无非牛鬼蛇神，风月传奇，不外痴男怨女，求其能补史家之逸典，发潜德之幽光者，未有若劳仙乩传之《昙花偶见传》也。

去岁季秋既望,余与从兄治才、仲弟朗轩、从侄翘南,于荔堤园之小瀛洲,为扶鸾之戏。旃檀香爇,杨桃乩扶,庭降仙姝,才高彤管,平阳其郡,秋华其名。层云玉蕊之宫,职司检校;字写簪花之格,体妙方员。推敲而句效三唐,倡和而韵训数夕。缘悭笑我,云輂旋违;俗冗累人,穗城久绊。幸有解人阮、谢,时寄奚囊;相将素女珠玑,妙同柳絮。临风抒写,言婉而哀;浣露回环,情深如诉。每当卒读,不觉黯然。于是觅暇言,旋复由同人敦请,而汪停鹳驭,劳动鸾飞。予叩劳以汪氏仙踪,乩乃序其三生往事,且颜其篇曰《昙花偶见》。夕书一纸,襟怀与寒月俱凄;时历三冬,玉屑与霜花并坠。固已心神之皆醉,亟思颠末之再详矣。无如岁事多忙,春风忽至。计吏偕而北上,谬思金榜之题。孙山落而南归,复叙天伦之乐。治兄过访,消夏荷亭。询及是编,已经岁事。欣然受读,爰付剞劂。其中如谢学海之从戎,德州致命;王智仁之奉使,燕邸捐躯。黄氏两雏,贞存而义守;汪家二美,节烈而孝纯。类皆可泣可歌,足以挽颓风而维末俗,庶几三长硕士,旁参正史缺遗；四德贤媛，共法清操懿美。岂徒破舟车之岑寂，助花月之清谈已也。光绪二十季甲午岁皋月望后六日，扶风孟子书于山静似太古之垒。

《昙花偶见传》论

扶风仲氏

客有问于仆曰："彼《昙花偶见》者，胡为而名也？"仆不禁悄然而起，肃然对曰："我亦不知其所以然也。"嗟乎！人生若梦，为欢几何？富贵繁华，悉成泡影。彼黄、汪者，殆所谓梦幻泡影者乎？虽然，天其有意而生此黄、汪欤？抑无意而生此黄、汪欤？若谓天有意而生此黄、汪也，何其所作所为之事，轰轰烈烈，而一如水逝云驰，不使久留其身于宇内，又不独不使久留其身于宇内，并使其事不入辎轩之采，其名不登志乘之书，等诸愚妇愚夫，同斯湮没；若谓天无意而生此黄、汪也，何以既生黄、汪于前，复生我辈于后，事历数百年之久，地隔千里之遥，而乃于风清月朗，几净窗明，极尽经营，作诸郑重，幻付于劳仙之乩笔传之，则又若特为表其轰轰烈烈之事，使其长留痕迹于宇内，至于千秋万世后称道弗衰？是则谓天之有意而生黄、汪可也，谓天之无意而生黄、汪也亦无不可。故彼曰《昙花偶见》，我亦曰《昙花偶见》而已矣。我是以又偶见数言，待诸后之偶见者质之。时光绪二十有一年岁次乙未季春，扶风仲氏志于杨溪深处。

（昙花偶见）诗

扶风卓纫氏

今时才子昔佳人，隔世相逢气倍亲。特借扶鸾通万语，亦彰大节亦前因。

荔堤此日擅名园，似此杨溪又一村。底怪飞琼当夜半，为停仙驭说根苗。

漫将薄命悼非烟，如此风流更可怜。剩得昙花传艳迹，叫人徒唤奈何天。

红颜薄命果如斯，青草坟前独吊谁？翘首翠微宫阙远，翻书犹幸得酬庑。

光绪二十二年孟春，扶风卓纫氏漫题于课耕亭畔。

汪秋华女仙降坛自述

汪秋华

妾汪秋华，生不逢辰。双亲早背，终鲜兄弟。十六归黄，结缡三日，遽赋仳离。庶姑不仁，百般凌辱。夫婿又淹留异地，雁杳鱼沉。春雨秋风，不知枕衿中有几许泪痕矣。因此积思成恨，恨成痴。呜呼！已矣。返魂无术，谁来不死之丹？夫婿有知，莫觅长生之草。泉台饮恨噫有谁怜？今日偶尔闲游，适遇诸君作剧，未始不是一段香火因缘也。但愿诸君勿频频数请，致招厉魄可也。慎之慎之。

汪秋华女仙降坛诗

汪秋华

沉沉幽梦夜如年，说到风流死也先。妒煞窗西池畔鸟，双双同宿不成眠。

镇日翻书醒睡魔，十年春梦病愁过。阿娘不解侬心意，犹唤窗前绣碧荷。

怪侬底事太多情，只为多情误一生。药好也知难治病，弥留犹自唤卿卿。

侬是多愁多病身，少年孤苦背双亲。风流逆知招天妒,闭煞园林一树春。

家住西门杨柳西,茅檐环抱水一溪。重游故地沧桑变,寒食愁听杜宇啼。

莫将精卫笑痴呆,儿女深情理本该。懊侬最恨檐边雀,日报郎回郎不回。

闷拥重衾睡未安,报郎此日动征鞍。翻身急起迎门俟,一天明月印衣寒。

春雨如丝愁若织,春风晓起娇无力。春花烂漫闷春光,春到怀人增叹息。

叹惜春三料峭寒,病容憔悴怯衣单。侬百唤郎郎不应,愿侬生翼逐征鞍。

忆昔儿女踏青时,淡描眉黛斗腰肢。今恨禅情参未透,斜倚妆台偷泪垂。

日长无事翻经史,拌撇闲愁作诗侣。回文苏氏漫奴夸,血泪千行书一纸。

家家天上看双星,那信人间有小青。织女牵牛年一会,怪侬底事太伶仃。

凄风苦雨湿窗纱,愁听谯楼鼓五挝。秋若有情怜我独,莫教风雨病秋华。

寂寂幽窗听夜蛰,疏林遥逗五更钟。思牵红豆肠应断,貌比黄花带亦松。

菱镜久虚愁叠叠,锦书长搁恨重重。佳人薄命怜千古,今日谁知也到侬。

此身修炼几多年,始到蓬莱证上仙。幻影楼台开十二,前身世界堕三千。

丹成猴岭欣离壳,结伴洪厓笑拍肩。我到人间今两度,拈花谁与话千缘?

汪秋华女仙咏荔堤园十景并序

汪秋华

诸君子腹满文章,胸罗武库,材搜琼籍。诗成夺七子之胎,人羡玉堂;句就冠三唐之体,不待声催。铜钵定教,骨炼冰壶。妾春草情痴,秋花命薄。生花笔乏,面悔兰闺。咏絮才疏,心嗤茅径。但诸君既不生憎鄙陋,则妾安敢自诿愚蒙?爰赋十章,藉塞一责。敢谓英词垂露,凤擅骊探;不过叶语吟风,只形鸠拙云尔。

在水之湄轩

小小纱窗半面开,月光如水浸苍苔。棠梨花下通流水,风送荷香入座来。

荔枝矶

生来风味胜丁香,记否红尘一骑忙。夏暑满堤垂烂紫,分明绛帻美人妆。

小瀛洲石台

一水涟漪漾绿荷,采菱人唱藕丝歌。断桥芳草垂杨外,只欠渔家□晚蓑。

山静似太古之斋

树色苍茫雾气黏,遥遮云外一钩纤。半泓绿水微风漾,□(亞)字栏杆丁字帘。

芙蓉院(原注云:咸同间曾植芙蓉,今则改植梅花矣。)

梅自娟娟月自寒,一枝斜压玉阑干。茜纱窗下闲眠鹤,未向丹墀整羽翰。

锄经小榭

月移花影上窗纱,风送松声入座哗。午夜披书连万卷,分题诗句数檐牙。

静挹幽香之室

路半环湾抱一亭,窗东遥望水青青。梅花不待巡檐索,香到帘栊月到棂。

浣花池馆

浣花池馆碧窗西,花到多时路转迷。蛱蝶翩翩慵曝日,双双同睡压枝低。

笏山堂

堂前环抱水一湾,俯视鸳鸯浴戏闲。春日有情增艳丽,四围花事斗烂斑。

奎光阁

拾级登楼入望时,秋容增艳桂花枝。满园好景全收尽,放眼青山淡若眉。

汪秋华女仙咏杨溪十景序并诗一首

汪秋华

窃以杨教乡者,簪缨世胄,士尽通才,地号名区,人皆俊彦。玲珑秋月,睹文塔之参天;直上扶风,羡荷亭之消夏。骚人豁目,海澜天空;逸士停车,红棉绿野。或则青山隐隐,栉比鱼鳞;或则绿水淙淙,环湾雁齿。葡萄矶上,花开则烂漫争妍;荔子园中,果熟则斑斓争艳。祠名世美,石号憩休。妾学愧文姬,敢谓词源峡倒?才输郑婢,漫夸史册渊宏。聊塞责于十章,知难免乎一笑。

文塔秋月

塔影接云霄,钟声入梦遥。片帆来远浦,斜挂月痕娇。直上扶风道,不崎岖古孤亭(原注云:乩书至此,即疾书"见奉,急敕往玉蕊宫藏香阁撰文,不能久待"数语。)

(昙花偶见传)凡例

何有白屋樵豪

一、是书之传得于扶鸾之戏,本属虚渺,然考诸《明史》燕王事迹,凿凿可据,似非附会者所可同日而语也。

一、是书大旨,不外忠、孝、节、义四字,故读之者往往为之歌泣。一凡读是书者,勿以小说轻之,置诸座右,可补史乘之遗。

一、是书所用典故、地名、官制,均照乩书原本,其中有无错误,不敢妄加改削,俟诸考据家者证之。

一、黄德宏、汪秋华是书中之主,谢良臣、汪月华是书中之宾,黄慧娘与王益是宾中之宾,黄德宏又是主中之宾。

一、张氏是黄德宏、汪秋华的魔障。燕王棣是谢良臣的魔障。李锡珍是汪月华的魔障。李锡彭是黄慧娘的魔障。谢贵、张昺是王益的魔障。

一、是书以姚谷若看相起,以姚谷若看相终,中以袁珙作为枢纽。

一、燕王棣入南京并非此书本旨,不过为黄、谢诸人颠沛流离的线索,故于良臣未死,则不妨详叙;于良臣死后,事亦略之。

一、张氏之母倚着门儿一句,是为张氏一生定评。张小乙与黄必胜在酒楼上一个吃酒,一个吃肉,是为他二人称兄弟的定评。

一、首回姚谷若所说有才无福四字,是一部六十四回书之总纲。

一、是书有史迁笔法,语语典雅,尤笔笔遒劲。光绪二十有二年,何有白屋楸豪漫识。

说明:上序等均录自荔堤园本《昙花偶见》。原本藏华南师范大学图书馆。此本内封正面三栏,分镌"光绪廿三年季春刊""昙花偶见""顺邑杨溪荔堤园藏板"。内封背面框内两行并署:"粤东城外,德兴街云梯阁刊镌。"首序,尾署"光绪二十年岁次甲午春三月,乩仙劳孝光自识",序残。序后有

《记》《说》《弁言》《论》《诗》,分署"光绪阏逢敦牂竹醉节,栖霞山人记于晤言室""光绪甲午季春望日,岭南顺邑扶风梦梦子谨志""光绪二十年甲午岁皋月望后六日,扶风孟子书于山静似太古之垒""光绪二十有一年岁次乙未季春,扶风仲氏志于杨溪深处"等。又有《汪秋华女仙降坛自述》《汪秋华女仙降诗》《汪秋华女仙咏荔堤园十景并序》《汪秋华女仙咏杨溪十景序并诗一首》。所有汪秋华女仙所作之诗文,疑皆出作者之手。次有《凡例》,尾署"光绪廿二年孟春,何有白屋楸豪漫识"。再次为目录。凡六十四回,皆八言目。正文半叶八行,行二十字。

巧奇冤

巧奇冤叙

诵芬氏

《巧奇冤》者,近时名人新著者也。余阅之作而叹曰:"齐妇含冤,三年不雨;邹衍下狱,六月飞霜。中古以还,彼苍者天,犹往往故示机针,巧为开脱,便民之蚩蚩,不至永载覆盆。自桁杨不中,嘉肺无灵,天亦若数为梦,梦以颠倒错遷于其间,而下民之抱屈不伸者纷纷矣。作是书者,其有深思乎?"听月轩主人将版而行之,而属余之叙。余爱其情节离奇,文词浅显,足令阅者赏心悦目,得意忘言,试于酒后茶馀一为披览,可知余言之不谬已。光绪甲午(二十年)四月,诵芬氏并书。

说明:《巧奇冤》,又题《巧合奇冤》,十卷,有清光绪二十年珍艺书局本。有《巧奇冤》叙。转录自《中国历代小说序跋集》。

诵芬氏,真实身份、生平事迹待考。

蜃楼外史

蜃楼外史序

小万古楼寓公

尝读班书《艺文志》,至著录小说家言,喟然而叹曰:立言至稗官,下矣!且夥矣!《虞初》以来,付诸劫火;《西京》以降,遂为滥觞。流派所沿,上之殿阶之俳优,下之里巷之谣谚,变而益降,大雅所讥。然汉魏诸家,代称作者;唐人祖之,亦有可观。近世如施耐庵踔厉于有元,弇州曼衍于胜国,双流夹镜,并为大宗。国朝之书,汗牛充栋,成矩不越,意匠各殊。盖稗官虽小道,苟能传之后世,必有所以可传之故。汉珠洛佩,陈言也;牛鬼蛇神,遁词也。去斯二敝,庶几近之。

吾友霅溪八咏楼主,人倜傥多才,瑰奇自喜。著述之暇,涉笔成《蜃楼外史》一书。假前朝倭寇内犯事为端,援古证今,标新领异,令人阅之忘倦。夫《蜃中楼》列于十种,《蜃楼志》详于五羊,今此书出,可以上抗笠翁诸人,且使曩者纪载倭寇诸书,如

《绿野仙踪》《雪月梅》《十二蟾》《四香缘》等,皆可一扫而空,包诸所有。至其语意所注,在于惩前毖后,不同游骑无归。《诗》曰:殷鉴不远,在夏后之世。唐杜牧之《阿房宫赋》云:秦人不暇自哀而后人哀之,后人哀之而不鉴之,将使后人复哀后人。此固著书微意。表而出之,读者聆其弦外馀音,谓前代之信史也可,谓今时之谏草也亦无不可。稗官云乎哉!岁在昭阳作噩月在壮,小万古楼寓公序。

说明:上序录自字林沪报馆排印本《蜃楼外史》,首"蜃楼外史第一卷目录",凡十回。次《蜃楼外史序》,尾署"岁在昭阳作噩月在壮,小万古楼寓公序"。书共四卷,藏南京图书馆。另有光绪乙未(二十一年)上海文海书局石印本,称《芙蓉外史》,凡三十回,似据字林沪报本节录而成(参阿英《关于鸦片战争的文学》)。

霅溪八咏楼主、小万古楼寓公,真实身份、生平事迹待考。

台湾巾帼英雄传

(台湾巾帼英雄传)序

竹隐居士

台湾割与倭奴，普天共抱不平。幸有刘大将军及台地百姓，义愤同深，誓不背圣朝拊循之德，于是振臂一呼，闻者兴起。可谓忠诚贯日月，义忿振乾坤。似有神助，得以屡战屡胜，使危疆固若金汤，而不知其中尚有孙夫人、刘小姊者，或誓报夫仇，拔剑而起，或素承家训，荷戟以从。如此深明大义，可为巾帼增辉，闺帏生色。凡草野之愚夫愚妇，闻其风，慕其义，莫不敬之重之，称道勿衰。彼世之居高位，享厚禄者，第之养尊处优，营私肥己，椽任铬之要津，弃江山如敝屣，犹以为度量宽宏，功资变理，俨然是一人之下，万人之上，自命为大丈夫者也。孰不知其遗大投艰，畏滩苟且，周旋委屈，竟如妾妇顺从，又遑计千古遗羞、万人唾骂哉？鄙人愤懑难平，正欲倩管城子形诸歌以抒郁结牢骚之气，奈谫陋无文，一辞莫赘，适友人伴佳逸史，就台湾近事，撰成

《巾帼英雄》一书见示，一展诵而忠烈之气如现纸上。鄙人深为佩服，爰假数言，聊明鄙意云尔。大清光绪二十一年巧月，竹隐居士志于沪江客次。

〈台湾巾帼英雄传〉自序

伴佳逸史

余旧仆杨福，为明六之犹子。今明六由台中奉孙府人命，偕乳媪周张氏挈二公子趁轮到吴投亲托孤，代求抚育。怀忠仗义，不负主恩，随从照料，不离左右。为唤其侄杨福前往，详询家事。竹林相聚半月，爰深悉夫人才智之高、武艺之精、立志之坚，以及倾家赀以助饷，示大义而誓师，毕能败倭寇，刃倭酋，报夫仇而建殊功。夫人真丈夫哉！杨福备闻其语，旋沪告余。余为之肃然起敬，喟然而叹："是诚巾帼之英雄也。"不揣谫陋，即其事实，编列成帙，分为二十四回，先将十二回为初集，付诸石印，以副先睹为快之心。二集俟天气稍凉再编续印。兹当火伞高张，流金铄石，挥汗疾书，据事直叙，至于修饰润色之功，尚俟诸博雅之君子。古盐官伴佳逸史自序于沪北客次。

说明：上二序录自光绪二十一年上海书局石印小本《绣像台湾巾帼英雄传》，内封分题"光绪乙未夏□月""绣像台湾巾帼英雄传""崇川居士题"。首《序》，尾署"大清光绪二十一年巧月，竹隐居士志于沪江客次"。次《自序》，尾署"古盐官伴佳逸史自序于沪北客次"。原本藏浙江图书馆。复次"新编绣像台湾巾帼英雄全传目录"。

竹隐居士、古盐官伴佳逸史，真实身份、生平事迹待考。

熙朝快史

熙朝快史序

西泠散人

呜呼,小说岂易言者哉!其为文也俚,一话也必如其人初脱诸口,摹绘以得其神;其为事也琐,一境也必如吾身亲历其中,曲折以达其见。夫天下之人不同也,则天下之事不同也。以一人之笔写一人之事易,以一人之笔写众人之事难;以一人之笔写一人之事之不同者易,以一人之笔写众人之事之不同者难。况乎以事之不可同者而从同写之,以人之本可同者而不同写之,则是书之为难能而可贵也。试观是书所论时文三弊不可同也,自作者写之而不可同者竟同矣。所演之康、林二人本可同也,自作者写之而可同者竟不同矣。吾益知著书之难,非胸罗数百辈之人谱,身历数十年之世故,则嬉笑怒骂一事有一事之情形,贞淫正邪一人有一人之体段,安能荟萃于一人之书一人之笔而唯妙唯肖邪!且夫今之所谓小说者亦夥矣!非淫词艳说荡人心志,即剿袭雷同厌人听睹，欲求其自抒心裁，有关风化者，盖不数数觏矣。是书以时文三弊为经，以康、林二人为纬，初阅之若拟不于伦，而同所不同，不同其所同，读者考书始终自晓然。于言虽近而旨远，意虽奇而词正，主文而谲谏，盖亦窃附于言者无罪，闻者足戒之微意焉。然则小说岂易言者哉！或谓作者胸有不平之事而故为游戏之笔，自娱以娱人也。是犹未识作者之苦心也夫。时光绪乙未冬至后一日，西泠散人撰于卧羲堂。

说明：上序录自光绪二十一年香港起新山庄石印本《熙朝快史》，原本藏东北师范大学图书馆等。首序，尾署"时光绪乙未冬至后一日，西泠散人撰于卧羲堂"。正文卷端题"新辑熙朝快史"，署"饮霞居士编次、西泠散人校订"。半叶十一行，行二十五字。

饮霞居士、西泠散人，真实身份、生平事迹待考。

玉燕姻缘全传

玉燕姻缘传序

沪北俗子

尝观人之各有所好者,性之近也:或以吟咏夸于一时,或以著述传于天下;或寄情于楚馆秦楼,或啸傲于花天酒地;或以抱才不遇,困厄频年,以锦心绣口之才、定国安邦之志,无由发泄,借野史稗官以畅其志者有之。是以《镜花缘》者,旷其见闻之夥;《红楼梦》者,运其笔意之深。事虽不同,各逞其胸中抱负而有所发泄也。若以后园赠金,公子落难,印定阅者耳目,无所取也。

坊友某,携《玉燕金钗》秘本至。略一翻阅,似胜别本弹词。纵观至尾,觉文虽未能免俗,而意则迥不犹人。其写朋友之谊,直言规谏;义士扶危,一腔热血。均有直情至理寓乎其中,绝非任意架词。其写私情之永成好合,犹是人情恒事,尚非始乱之而终弃之也。阅者不必以此微辞而累之。至恶者难逃国法,善者咸沐皇恩,以见善恶报施,天道不爽，洵足以垂鉴戒。茶馀酒后，独对一编，亦足以消除俗虑。不意小说之中，亦有此可取之书焉。是为序如此。光绪二十年岁在甲午冬十二月，沪北俗子识于客膝居。鸳湖梅花居士呵冻于海上寄庐。

说明：上序录自清光绪二十一年上海书局石印本《玉燕姻缘全传》。首序，尾署"光绪二十年岁在甲午冬十二月，沪北俗子识于客膝居。鸳湖梅花居士呵冻于海上寄庐"。有绣像八幅。正文半叶十四行，行三十字。原本藏天津图书馆。

沪北俗子、鸳湖梅花居士，真实身份、生平事迹待考。

金钟传

三教序

忘俗老人

余性嗜山水，久不作风尘计，即有相与盘桓者，亦林泉中人。素所常经之处，则有山东济南府德州城西水官驿之伏魔宫。中有慧圆僧，其为人也，慷慨好义，举止率真，虽为世外人，常作救世想焉。一日者余过而访之。僧举是书以示余。问为何书，答以《金钟》。问其大意，答以醒世。余不禁慨然曰：此乃劝善之书乎？世上劝善诸书，不为不多矣，而乐观者为谁？僧曰：盍详察之？余唯唯。初阅之，则卑卑不堪。再阅之，则津津有味。三复翻阅，不觉拍案大呼曰：真大书也！真奇书也！前之所谓卑卑者，是诚蛙蠡之见，焉能测天海？后之所谓津津者，又为姜桂之性，难以辨深奥。即究之，惊其为大，讶其为奇。亦不足以概是书于无可概之中，而强求其概；亦不能于为大为奇之外，破天以称是书。观者之不见其大，不见其奇，正因是书之不大而大，不奇而奇。若卒无以见其大其奇,是为腐儒。以惊天动地之文章,岂尔之糟乱肚皮所能容者!忘俗老人序。

（金钟传）序

箪瓢主人

太上立德,其次立功,其次立言。则言似后于功,而功似后于德矣。不知非言无以成其功,非功无以成其德也。由是而观,德与功与言,非一而三,三而一者乎?总之,欲观德与功者,必以观言始。故察迩言者有大舜,拜善言者有大禹。迩言者,浅近之言耳。善言者,明良之言耳。非明良不足见迩言之可察,非浅近不足见善言之可拜。呜呼!自古至今,凡一切书史,及一切经传,合之小说、鼓词,何一而非迩言?何一而非善言乎?无奈读者、观者,或以咕哗而失先圣之意,或以热闹而负明士之心,将古人一片济世苦心,付于东流,亦良足慨焉。

今日者不知著于何人之一部奇书,曰《金钟传》。披阅之下,汗泪交滴,虽类稗词野史,实足以证一贯之旨,异日者广为流传,勿以其浅近而忽其明良也,幸甚!阅是书时,当生敬谨心,当生畏惧心,当生勇猛心,当生谦退心。有此四心,然后可以阅是书。若执一隅偏见,谬参大成,是诚名教中之罪人。既为名教中之罪人,又焉得不为世道中之贼子?贼子,即沦于世道者也。既沦于世道,即堕于恶途者也。以一人而堕于恶途,尚得谓之人哉?凡我同人,庶勿因观是书而堕于恶途,庶勿因观是书而不得为人。苟能详体大意,化己化人,岂非是书之功?岂非是书之德?是书之功与德,岂非皆是书之言乎?余也不揣,敢将俚言而为之序。箪瓢主人序。

《金钟传》序

自非道人

世人皆可劝,惟自高者不可劝;世人皆可化,惟自是者不可化;世人皆可训诲,惟贪痴无尽者不可训诲;世人皆可成就,惟狂妄无知者不可成就。此四等人,与之讲圣道,则必曰老生常谈;与之论佛法,则必曰空言无补;与之谈道教,则必曰妖词惑众。噫!何其迷昧至此哉?以一人而迷昧至此,亦世所罕觏者,何举目四观,普天下多是类也?既如此,又何必劝之、化之、训诲之、成就之乎?奈吾佛慈心,卒有莫能息者,故正一子、克明子于无可拯救中强拯救之,则著此正学以醒世,虽至迷至昧者,闻此亦当睡眼圆睁,黑心洗净,合掌称谢曰:此正一子、克明子何时之圣人也?而正一子、克明子又何用汝称谢哉?然正一子者,一其心也;克明子者,明其心也。其所以一之明之于心者,亦不过曰孝弟而已。即尧舜复生,如来再现,老子来世,亦无以加乎!此由是而观,其有功于儒,有功于道者,即有功于吾佛也。既有功于吾佛,吾安得不肃然起敬以赞曰:净土传灯,赖以不灭;列为八卷,何异贝叶。不起敬心,庶勿披阅。千古正言,无过于这。自非道人序。

(金钟传题词)

苦竹老人　克明子

一部《金钟》万古传,全凭俚语劝人间。其中无限苦心血,朵朵红云捧上天。苦竹老人题。

凭将文字作仙槎,舌本澜翻笔灿花。莫道支离非圣谛,稗官原不入儒家。千流万派自纷纭,大意何人与细论。省识庐山真面目,源头滴滴漱昆仑。钟声渺渺未全消,入耳应须破寂寥。领取个中弦外味,杜鹃声苦雨潇潇。经营惨淡意何如?点画从教辨鲁鱼。多少深心言不尽,世人漫道是奇书。克明子自题。

《金钟传》跋

正一子

尝谓儒者言礼义,佛氏言因果,二者若判焉而不相入。然时至今日,人心锢蔽已极。语以理则不喻,语以情则不达,语以刑罚、政教,则脱略焉而不能遍及,由是因果之说起矣。盖人之为恶,罔有悛心,惟语以子孙之报复,则其意自敛;告以再世之赏罚,则其心必惊。故言儒者之道,有听之欲卧者;言及刀山剑树,皇然其色动焉。吾侪欲化圣道所难化之人,故辄言圣人所未言之隐。所以是书之作,言礼义而不废因果,言因果而必本礼义。若以间杂释儒,援儒入墨为疵病,卑此区区之稗词,不足与于著作之林，不第不知墨之为墨，并不知儒之为儒，又焉能知余之为何如人，与何如心哉！则余亦惟正其心，以表白于天下万世而已。正一子手题。

（金钟传）跋

绝尘子

盖闻忠孝本生民之大道，三教统续一理；仁义乃天下之正途，九流枝系五常。"忠孝仁义"，此四字光明正大，所以为《正明集》也。且夫正者，正不正者心；明者，明明德之明。心正是克己复礼之本，心明为穷理尽性之源。三教无奇途，惟孝悌而已。弟子入则孝，疏（菽）水承欢；出则悌，视物为己。案实行去，即臻上品；但有虚妄，便入邪奇。如今世风不古，群邪峰（蜂）起。好学道者不少，入旁门者非一，皆是不尊三教所化，都是好异惊奇。无奈上真飞鸾开化，用竹笔传奇，演出三教的正脉，明显易入，浅者见浅，深者能见深矣。斯书不大而大，不奇而奇，妙义真传，莫外乎此。世人得之，可以由贤希圣，虽愚夫愚妇，化为孝子贤媳。人人敦伦，各各孝悌，其（岂）不是天下兴仁，民德归厚矣。由是文、武之风复现，尧、舜之天又新。凡神道设教，皆为化风成俗。但愿世人念报皇王水土之恩，千万莫私投外夷，勿行曲径小路，莫蹬悬崖峭壁。一脚失洺（落）沉于沟底，生限王难，死坠泥梨，令人可叹可惜矣。偈云：弘扬三教敦伦常，忠孝名为万法王。天地君亲师傅教，可称盖世大文章。清凉山绝尘子最后题。

　　说明：上数序、题词、导语及跋，均录自乐善堂本《增注金钟传》。此本内封三栏，右栏题"光绪丙申春镌"，中题"增注金钟传"，左栏题"乐善堂藏板"。首《三教序》，尾署"忘俗老人序"，次《序》，尾署"箪瓢主人序"，复次《序》，尾署"自非道人序"，又次两题词，分别题"苦竹老人题""克明子自题"。目录叶题"正明集目录"，凡八卷六十四回。正文卷端题"金钟传卷一　正一、克明子著　后学甫津天香居士正定注解　津门培一批　甫津静一、超凡居士录　冰斋校"，半叶十行，行二十字，版心单鱼尾上镌"金钟传"，下镌卷次、叶次，"乐善堂"。卷终有二跋，尾分署"正一子手题""清凉山绝尘子最后题"。

正一子、克明子、天香居士、培一、鬲津静一、超凡居士、冰斋、清凉山绝尘子，真实身份、生平事迹待考。

扫荡粤逆演义

《扫荡粤逆演义》叙

遭劫馀生

粤逆之乱,贼势猖狂,万民倒悬;蹂躏至十馀省之多,扰攘至十馀年之久;杀戮残忍,生灵涂炭,诚古今仅有之浩劫也。顾起初岂无良将,若向、吉、二张诸公等,皆足智多谋,勇猛善战,而不能遽灭此丑类者,亦由升平日久,黎民造孽多端,以致上天震怒,降此灾殃耳。及至曾、左、李、彭诸巨公起,练兵筹饷,转展剿伐,扫荡无遗。前十馀年间,王师之交战情形,万民之遭劫惨状,悍贼之奸淫掳掠,大将之奇谋制胜,忠良之殉难尽节,庸臣之误国殃民,余每惜无亲历之人,从头至尾,编辑成书,以行于世。迩来坊间之剿逆等书,要皆摭拾奏稿、邸抄及忠逆口供之类,既无章回之分,又失贯串之妙,纷纷杂凑,如断蚓然。阅之徒增厌恶,毫无娱目也。

今有无好无能客,以《扫荡粤逆》一书出以相示。翻阅一过,知为曾经浩劫人所撰,以身历目睹之事，笔之于书。自洪逆造反起始，至贼匪荡平为止，其间一切情形，历历如绘，而又编成章回，仿《三国》《水浒》之例，共成三十二回，绘图石印，精妙无伦。阅之者宛然身历其间，作壁上之观也。吾知是书一出，而不以先睹为快者鲜矣。光绪二十二年岁次丙申清明前一日，遭劫馀生撰并书。

说明：上叙录自清光绪二十二年上海书局石印本《绘图扫荡粤逆演义》。原本藏国家图书馆，此本首叙，尾署"光绪二十二年岁次丙申清明前一日，遭劫馀生撰并书"。叙谓"无好无能客"以是书相示，又谓书"为曾经浩劫人所撰"。序作者又署"遭劫馀生撰并书"，则书作者与序作者殆为一人。其真实身份待考。

《湘军平逆传》序

王鸣藻

古有黄巾、赤眉之乱，从未见有今之"长毛贼"之乱竟如此之势，如此之猖獗。所遭过之处，目不忍视，耳不忍闻。既有此一桩大事，当以笔记之，则可传流百世矣。予观诸小说演义等书，其笔法妙丽者，实属不易之事。今偶拾得此卷读之，其书虽则以记事为实，然细尝其味，而笔法之次序，遥遥相对之语，甚属温柔敦厚，况无半句淫乱。是书可为之《三国志》《水浒》等书之观而味之，句略相同，雅处甚雅，快之处甚快，层层叠叠，皆言其忠义。读到大快之处，手不能释。其雅趣风味，足以消遣。但书架之中，多此一部，胜观古之排圣门，上玉堂，撰芝房、宝鼎之歌，拟白麟、奇木之句，要皆从其性情之正而流露焉。予虽老钝，尚思泚笔以俟之。光绪乙未年夏五月，西庄王鸣藻撰于上海咏梅书屋。

说明：上叙录自清光绪二十五年上海书局石印本《绘图湘军平逆传》。原书藏国家图书馆、南京图书馆。有序，尾署"光绪乙未年（二十一年）夏五月，西庄王鸣藻撰于上海咏梅书屋"。正文卷端题"湘军平逆传"，署"勾章醴泉居士著　侄崇熙摹　男崇猷撰　甥礼焉校"。有绣像二十四幅，每卷前又有像二幅，四卷共八幅。实与《扫荡粤逆演义》为同书而易其名。

勾章醴泉居士，殆与遭劫馀生为同一人，其真实身份、生平事迹待考。

王鸣藻，真实身份、生平事迹待考。

仙卜奇缘

绘图仙卜奇缘全传序

吴毓恕

此书初名《大刀得胜传》,盖纪实也,而其名不雅。有识者阅曰:"何不以《仙卜奇缘》名之?"佥曰:"可。"乃以《仙卜奇缘》名之。至书中大意,迥不同风花雪月之词,不落小说科臼也。其意盖以命中注定、不可强求,为警世之金针。复以忠孝廉节能夺命为券,令人感发善心,力求为端人正士。书中如屈生之孝母,屈母之训儿,可为孤儿、慈母典型。若吴公之嗜子平,终身信之,不期然而然。果应其言,岂真命一定不可移也。屈生之命,虽由仙人改之,而究由改命,触怒泰山,力求陷之,乃陷之反成其名,于是悔之,以及身后之事托之,不可谓非知人也。贤如吴女,能相夫子,出妙计为亡父似续谋,有才有德,询无愧也。最奇者华秋容,以贫家女能卖身葬父,终身孝母,天果从其愿,生子承家,名正言顺,居然一吴二夫人矣。此其中有天焉。向使吴公不赘屈生，必无子；吴二之妻不患病，秋容亦不能在小星之列。无意中凑合，出人意外。非忠孝廉节之人，天有以全其志，遂其遇也？读是书者，谅其用意为劝人计，非敢言与稗官野史争能也。聊作如是观可耳。光绪丁酉九月，吴毓恕并序。（宏文书局藏板。）

说明：上序录自上海书局石印本《绘图仙卜奇缘全传》，原本藏国家图书馆。此本内封正面三栏，中题"绘图仙卜奇缘全传　宏文书局珍藏"，背面署"光绪丁酉冬月上海书局石印"。首序，尾署"光绪丁酉（二十三年）九月，吴毓恕并序"，又有"宏文书局藏板"字样。次"绘图仙卜奇缘全传目录"，凡八卷四十回。再次图像二十六叶，前六叶为绣像，绘书中主要人物，后二十叶绘四十回故事，每回一幅，有回目作图题，如"穷秀才古庙训蒙"之属（上合为一册）。正文自第二册开始，第一叶卷端题"绘图仙卜奇缘"，不署撰人。半叶十三行，行三十二字。版心单鱼尾下镌卷次、回次、叶次并"宏文局校印"字样。

吴毓恕，生平事迹待考。

续儿女英雄传

（续儿女英雄传自序）

无名氏

《儿女英雄传》一书，为燕北闲人文铁仙先生所作，初名曰《金玉缘》，又名曰《正法眼藏五十三参》，书故五十三回。蠹蚀之馀，仅存四十回。布局命意，遣字措词，处处周密。所不足者，后路稍嫌薄弱，添出长姐，尤属蛇足。然较之近日佳人才子各种小说，尚称杰作耳。至于卷末云安公子赴任山东，办了些疑难大案，政声载道，金玉姐妹各生一子等语，已留后来续集地步。且自石印之法兴，而小说多出续本，惟此书无之，亦一憾事也。今夏清和雨霁，予过厂肆，宏文主人谋于予，并出十数回已成之书，为夫己氏未竟之笔。予思作书之道，亦至难矣，必其情理兼尽，词意俱新，艳丽如美女簪花，冷淡如孤猿啸月，奔放如弦边脱兔，起伏如云里游龙，疏散如絮影随风，紧溜如鼓声爆豆，收束如群玉归笥，串插如一线穿珠。必是妙笔，方许作小说；必有是小说，方能传千古。试观今之小说不啻千百局，传世者不过四大奇书，以及《红楼》《聊斋》各种，其他则半归零落焉。作书之道，不至难哉！更有难者，是书之作，前十回为他人造端，笔涉俗俚，始基已坏，弃之则多费心思，取之则不易牵就。予迫于恳请，不得已而了草塞责。不半月，已得十馀回，大似《小五义》《彭公案》诸书。谓他人俗，而俗更过之，是以五十步笑百步也，遂置之不复作。迨秋初，又有批抗议，修则例等事，耽延两月馀，始得卒业，前后共成三十二回。嗟夫！世之作小说者，或写牢骚，或抒激愤，或夸学问渊博，或诩经济宏深，或以雪月风花荡人心志，或以蜃楼海市惑人听闻。予则何敢？不计年月，无名氏自序。

　　说明：上序录自宏文书局石印本《续儿女英雄传》。书凡六册。首自序，尾署"不计年月无名氏自序"。习斌《晚清小说经眼录》谓：光绪丁未（三十三年）上海炼石书局本"序文题署'光绪辛丑仲秋昆明赵子衡自藏于宣武湖南之寓斋'"。

四大金刚奇书

《海上名妓四大金刚》题识

抽丝主人

采访数年,经营半载,始克成书。虽无足重轻之言,自谓颇费心血。尚望书业同人格外见谅,勿再翻刻。如必欲寻新奇工作,则写有《人间魍魉传》一书,尽可奉赠也。谨布区区,谅邀公鉴。光绪戊戌(二十四年)仲夏夏吉,抽丝主人谨识。

《海上名妓四大金刚》序

出言而不关于经济性命之学者,君子宁默。故是风云月露之词,壮夫当鄙为雕虫小技,矧稗官野史徒以供人谈笑者哉!且风俗日浇,人心日薄,今日之稗官家,求有作《列国》《三国》之不离正宗者,已不可多得。类皆乡曲俚妓,徒以新舆台皂隶之耳目,士夫恒见而生厌,乃尚泚草研墨,不惮烦琐,觍缕述之?亦无聊矣。虽然,事有关于风化及有寓于劝惩者则异是。何谓风化？流娼土妓，原所以慰商旅之寂寥，虽不必禁绝之，然置而勿论可也，必思有以提倡之，谀媚之，斯左矣。甚或予以奇异之名，以炫庸耳俗目，谬不尤甚哉？偶得好事者，即其奇异之名，引而伸之，演成说部，而反其提倡谀媚之本旨，转以贬抑之，起伏线索之中，暗隐报施因果之理，虽于风俗劝惩无所裨益，或亦无伤于风俗劝惩乎！书成将付梓，乃作此弁之。

说明：上题识、序均录自《中国近代小说大系》本《海上名妓四大金刚》。另有光绪庚子石印本，题作《海上秦楼楚馆冶游传》，原本藏东北师范大学图书馆。

抽丝主人，即吴趼人(1866—1910)，原名宝震，又名沃尧，字小允，又字茧人，后改趼人，别署我佛山人、野史氏、老上海、中国少年等，尤以"我佛山人"最为著名。广东南海(佛山)人。先后主持《字林沪报》《采风报》《奇新报》《寓言报》及《月月小说》杂志总撰述。此书之外，另有《二十年目睹之怪现状》《九命奇冤》《瞎骗奇闻》《新石头记》《曾芳四传奇》《俏皮话》《两晋演义》《恨海》《近十年之怪现状》《劫馀灰》等。其中《二十年目睹之怪现状》和《恨海》轰动一时,影响深远。

附录:启事

绘图海上名妓四大金刚奇书出售

  年来海上游客多指林黛玉、陆兰芬、金小宝、张书玉四妓为四大金刚,后又以金小宝不胜金刚之任,而以傅钰莲补之。此虽游戏笔墨,而冥冥中殆有定数存焉。抽丝主人深悉其来历,乃撰成《四大金刚奇书》,以供同好。将四妓之前因后果,历历绘出,令阅者如身入个中。至于悲欢离合之情形,因果报施之奇巧,尤足令人拍案称奇。兹特另加绘像,付诸石印,每部连套价洋四角。所印无多,欲先睹为快者,速向上海四马路文宜书局购取可也。

续集海上名妓四大金刚奇书出售

抽丝主人

  此书续集五十回,系补初集之不足,所有姘识马夫、戏子,争锋吃醋等事,莫不描摹尽致,并于四大金刚之外,所有上海一切淫妓行状,尽皆罗致书中,亦皆历历如绘。虽一切情事为久居上海者所共知,而一经编辑成书,便觉有声有色。加以广征实事,所有坠鞭公子,走马王孙,无赖流氓,拆梢打降,均采发陪衬,尤觉洋洋大观也。想诸君茶馀酒后,无可消闲,定当先睹为快。惟所印无多,望速赐顾。专托上海四马路文宜书局代售,每部连套洋价四角。初集连套仍售四角。抽丝主人启。

评演济公传

评演济公传序

得古欢室主人

粤自黄州说鬼,终丽于虚;干宝搜神,尤嫌其幻。至欲正人心,化世道,讲循环果报,分别善恶,所谓实而不虚,真而不幻者,其惟《济公传》一书乎?是书历述济公始末,天理人情,因果报应,虽妇孺亦闻其名,俳优且演为剧。如梨园中之《赵家楼》《马家湖》诸节目,阅者终觉略而弗详。虽《醉菩提》一书,其中亦有警愚劝善、褒忠贬佞等事,然鲁鱼亥豕,不堪娱目,仅可例(列)于寻常小说而已。

余友张孝廉文海,本钱塘名士,以游学京师,公馀之暇,偶于俦(稠)人众多之区,见有谈是书之事者,一时脍炙人口,听者忘倦;及购,诸坊本皆无。适有友人阎君华轩,携郭小亭先生所著是书来。张君翻阅一过,觉文言道(通)俗,如历其境,如见其人。且所论皆除暴安良,奇闻奇事,光怪陆离,有五花八门之妙,其有裨于风化者,良非浅鲜。因击节叹赏，不敢自秘，遂商于津门煮字山房主人魏君岱坡，不惜重赀，付之石印，索余为弁言。余思此书一出，非特城隅闾巷乐于传诵之，意聊以培植世道，感发人心之一助云耳。光绪戊戌年春三月上浣之吉，娄江得古欢室主人谨序。

说明：上序出光绪戊戌（二十年）津门煮字山房石印序刊本，转录自竺青校点《评演后部济公》本附录。

郭小亭、得古欢室主人，均待考。

评演后部济公传

（评演后部济公传序）

翰臣氏

言非表诸浅近，其言不足以感人；事不设为神奇，其事不足以垂训。盖圣经贤传，原道义所攸关；而野史稗官，尤雅俗所共赏也。《济公传》一书，初刻方成，已不胫而走。阅之者不无遗珠之憾，乃复商于煮字山房主人岱坡魏君，求其完璧。遂重集重赀，出郭小亭先生所著续本，付诸石印，粲然大观，美乎备矣。第恐垄断者流，专心蝇利，仿而行之，则鱼目混珠，而魏君劝善之苦心汩没矣。故于其书之成也，爰为叙以记之。时光绪庚子清和之月，长白翰臣氏并题。

说明：上序录自江左书林本《绣像新加细图评演济公后传》。此本封面题"绣像新加细图评演济公后传"，内封题"绣像评演后部济公传""上海北市棋盘街江左书林发兑"。首序，尾署"时光绪庚子清和之月，长白翰臣氏并题"。次"绣像评演接续后部济公传目录",凡十二卷一百二十回。有图像十六幅。

长白翰臣氏,真实身份、生平事迹待考。

又有光绪煮字山房石印本,改题《评演接续后部济公传》,亦十二卷一百二十回,有《评演接续后部济公传》序,序之文字与上所录几同,惟尾署"光绪丙午六月中浣,芹阳姚聘侯"。

林文忠公中西战纪

《林文忠公中西战纪》序

余自束发就傅,时辄闻诸先达谈及林文忠公,其用兵之妙,阵法之精,无有过于此者。但耳闻而未目睹,怏怏如斯。虽然,林公往矣,而林公之勋业岂无传于后世?于是远采旁搜,得是书以究其原委,而叹林公之韬略宏矣。林公字则徐,先为澳门总镇。时英人贸易粤东,强横孰甚,竟无一人以制之者,于是而洋人益肆。林公不敢宽其责,破洋艘(舰),焚洋土,人民称快,声名灿然,洋人闻风而窜,一鼓而四海通静矣。迨林公既没,而洋人又复渐渐滋生,作通商计,百积而千,千积而万,不数载而洋人遍于宇内。嗟乎!林公往矣,假今日复有如林公者,其能使洋人之如是猖獗乎?故是书之首专述洋人之猖獗而叹我朝之柔懦。其词句之清浑如白话,即农工商贾之人阅之,亦一目了然云。

说明:上序录自光绪己亥(二十四年)香港书局

石印本《绘图林文忠公中西战纪》,此本内封前半叶分两行题"绘图林文忠公中西战纪",后半叶署"光绪岁次己亥　香港书局石印　翻刻必究"。首《序》,无题署。原本藏浙江图书馆。

平金川

(平金川序)

惜馀馆主

闻之故老,康熙雍正年间,多聂隐娘、磨镜者一流人物,向颇疑之,及阅张小山上舍《平金川》说部一书,始知其说不尽子虚。上舍本辽东人。大父嘉猷在日,曾充年幕,著有《西征日记》两卷,中间所载战事,于一切妖术尤为详尽。耳目所及,笔墨随之,其非臆说,可想而知。上舍于摊贩之馀,演为说部。成书后,录以示余。余维古今说部,载实事者莫如《三国》,逞荒诞者莫如《西游》,类皆多擅所长,以成体例。独是书颇能综二者而兼之。惜上舍因俗务繁冗,不及润色,而索观者已户限将穿,爰付石印以公同好而述其缘起如此。时光绪己亥仲春吉日,惜馀馆主撰并书。

说明:上序录自光绪己亥富文书局石印本《年大将军平四传》。此本内封及卷端均题"绘图平金川",四卷三十二回,有图像十八幅。正文半叶十三行,行三十二字。

据序,张小山,辽东人。大父嘉猷在日,曾充年幕,著有《西征日记》两卷。

惜馀馆主,真实身份、生平事迹待考。

七星六煞征南传

（七星六煞征南传叙）

西湖渔隐

自古大有为之人，必得大有为之人以辅之，而后丰功成，伟烈著。不然，虽抱大有为之才，大有为之志，亦置之于无用之地，徒呼负负而已。从未有孑然独处，赤手空拳，以成不世之勋者也。而况奸臣掣肘，死士暗谋，非有大有为之人以呵护之，其不死也几希矣。如《七星六煞》一书，其中历叙剑侠，男如柳白郎，女如李亚红等，一为须眉壮士，一为巾帼佳人，类皆义胆忠肝，锄强扶弱，卒能削平丑虏，克奏肤功，苟非大有为之人，断断乎不至此。非然者，万效忠虽熟娴韬略，盖亦危乎。其危矣，而猥曰成功哉。时在光绪庚子仲冬，西湖渔隐叙。

说明：上序出光绪庚子上海文宜书局本《七星六煞征南传》，转录自陈大康《〈中国通俗小说总目提要〉"未见"条目之补遗》（见《明清小说研究》

2013年第一期)一文。原本藏上海图书馆。

西湖渔隐,真实身份、生平事迹待考。

南朝金粉录

南朝金粉录原序

绿柳城郭山人

近时小说,大抵言情风月,娱人耳目,中人以下,莫不手执一编,以为赏心乐事。稍不自慎,贻害深焉。吾友牢骚子所著《南朝金粉录》一书,其中非无佳人才子、名士英雄,然皆指晚近人情,言之凿凿,而其设心之苦,用意之深,措词之雅,立论之确,虽不过十万言,其言简意赅,实足为软红尘之中当头棒喝,至于笔墨之妙尤其次言者也。直以为劝世之文可也,即以为讽世之文亦无不可。有心世道者,当亦有感于斯文。光绪己亥小阳月,绿柳城郭山人书于海上。

说明:上序录自光绪二十五年石印本《南朝金粉录》,此本内封正面分两行题"南朝金粉录己亥仲冬月羊城黄天桂书",背面分两行署"光绪己亥仲冬仿泰西法石印"。首《南朝金粉录原序》,尾署"光绪己亥(二十四年)小阳月,绿柳城郭山人书于海上"。原本藏郑州大学图书馆。

　　牢骚子、绿柳城郭山人，真实身份、生平事迹待考。

海天鸿雪记

《海天鸿雪记》序

茂苑惜秋生

《易》曰:"饮食男女,人之大欲存焉。"《孟子》曰,食色,天性也。吾生由少而壮,由壮而老。人非草木,则其情不能不动;人非金石,则其质不能不移。且也疾痛疴痒,足以戕贼其本真;忧愁哭泣,足以斫丧其固有,使非有怡悦心志之具,陶写性灵之资,则吾身尚可问哉?是说也,非为作者文过也,亦非为作者饰非也。天下古今人物,高者自高,卑者自卑,未可据一而论也。文王好色,孔子是之;卫灵好色,孔子非之。卢杞家无妾媵,卒为小人;谢安东山丝竹,卒为君子。杨笠湖曰:"仆非不好色,特不好妓女之色耳。"袁随园驳之曰:"试问,不好妓女之色,更好何人之色乎?好妓女之色,其罪小;好良家女之色,其罪大。"先哲辨难之语,大可作我辈护身之符,更不必"哀筝两行雁,约指一勾银","一曲清歌一匹绫,美人犹自意嫌轻"。牵涉文、寇二公,使为证见也。

昔管仲霸齐之后,首创女闾。盖奇材异能,既归其罗致,则阴谋狡智,渐即于销磨,与明太祖以八股取士同一命意,而人自不之觉耳。试读前人《板桥杂记》,其中岂乏磊落嶔奇之士,弛跅不羁之材,可以定大谋、决大难者?乃吴三桂以圆圆之故,勒马燕山;钱谦益以河东之故,忘情故主。参以遗闻轶事,其必恍然于吾之说矣。国朝定鼎,士大夫竞好优伶。趋向纵殊,沉溺则一。厥后,风流歇绝,光景变迁,虎阜绮罗,扬州金粉,乘时而出,以相与鼓吹明盛,歌舞升平,沿及于今,传为佳话。数百年后,求所谓烟花之窟宅,风月之渊薮者,厥惟上海。上海者,商贾之所会归,行旅之所来往,繁富够侈之状,罄纸难述。彼燕赵之名女、吴越之丽姝,于是乎儦儦俟俟,充塞其间矣。

今夫阅世久者,其媚人必工;慕利深者,其操术必巧。固有典裘货马,尽丧其赀斧而不悔者,牢笼之固,束缚之坚,不已狡乎?吾人征逐其间,其初视之,犹善舞之山鸡,能言之鹦鹉也。而若辈则竭其进退周旋之技,与夫操纵离合之方,务使矢之昭昭者,堕之冥冥而后已。亦有情与情相洽、性与情相投,愿为井臼之操,甘作箕帚之奉。既或不幸,一见格于堂上,再被阻于闺中,茹痛忍辱,之死靡贰,如书之中所褒者是也。至于色衰齿长,债累侵寻,得一知己为之折券,宜其可以发知恩感恩之愿,尽以德报德之心矣,而犹暮四朝三,视如传舍,见者切齿,闻者寒心,如书之中所贬者是也。狡童、荡妇,相引为缘,气类所感,若磁石之引针;性质所近,若琥珀之合芥。驯至违背礼法,悖逆伦常,一朝败露,身名并裂,书之中,又尝咨嗟太息,而言之嬉笑怒骂而出之矣。统观是书前后,其谋篇立意也如此,其敷词被文也如彼,殆非深造有得者,不能与于是也。古之人有悱恻缠绵之隐,忧愤郁结之私,而不能托之以言者,以文章写之,以诗词写之,不然而以稗官野史写之,所谓骨鲠在喉,必欲一吐为快也。作者其有心乎?其无心乎?光绪甲辰立夏前三日,茂苑惜秋生撰("撰"字系墨笔添加)。

海天鸿雪记题词

绮盦

舞衫歌扇换年年,鸿雪因缘纪海天。小劫鸳鸯修秘牒,下方兜率说痴禅。广征彭泽闲情例,细读徐陵本事篇。一瓣心香私祝取,愿花常好月常圆。

谢傅中年鬓已凋,且凭丝竹慰寂寥。芦城烟雨经三月,海国风花送六朝。筵上春衫歌白纻,楼前琼树狎红箫。应知参得楞严果,绝似余怀记板桥。

海天鸿雪记题辞

春色撩人到十分,锦衾良夜梦为云。漏声残后薰炉永,窈窕幽香说与君。

海风吹绿上窗纱,何处雕梁燕子家。试采断红供一笑,此身无赖是天涯。

乍可章台折柳条,莫同黄鹄便冲霄。江郎一种愁心得,点染风花送六朝。

秦镜分明照卷衣,云光霞彩万花围。临行不解连环赠,湛湛长江独自归。

海天鸿雪记纪事补遗诗

温郎自昔悔南华,间必便便富五车。记否红窗风雨夜,挑灯亲为读《茶花》?

静听天机过一宵,多情乌鹊又填桥。回翔仁在堂前路,珠箔银屏两寂寥。

秋河耿耿比绳低,风露侵寻水阁西。子反登床人月夜,一声无赖汝南鸡。

茂陵见说相如病,痛饮金茎渴未消。一点灵犀通澈后,莲脐姜胯总无聊。

巍然绛帐做康成,丝竹纷纷日有声。按到当筵《何满子》,便弹清泪上秦筝。

说明:上序、题词录自世界繁华报馆排印本《海天鸿雪记》,原本藏复旦大学图书馆。首有序,尾署"光绪甲辰(三十年)立夏前三日,茂苑惜秋生",复有《题词》。末有庚戌(宣统二年)横山旧主跋,中有"宣统元年二春居士编有《续记》若干回"云云,惜当时未录。书为"二春居士"著,阿英以为李伯元作。有《近代小说大系》本。

二春居士，据"《海天鸿雪记》按期出售"的广告，知系浙中人，曾为沪上寓公。馀则待考。

南亭亭长，即李伯元，参《官场现形记》条。

茂苑惜秋生，即欧阳钜源（1883—1907），原名欧阳淦，又字巨元，号茂苑惜秋生，又署惜秋生、惜秋，苏州人。曾协助李伯元办《世界繁华报》《绣像小说》，有传奇《玉钩痕》等，又与黄小佩合编《廿载繁华梦》《负曝闲谈》。

海天鸿雪记出售广告二则

一 《海天鸿雪记》按期出售

是书为浙中二春居士所著。居士曾为沪上寓公，追中年丝竹哀乐伤神，回首前尘，胜游如梦，于是追忆坠欢，以吴语润色成书。生花妙笔，令阅者恍历欢场，征歌选舞。原书仅成半部，本馆以重赀乞得，并函致居士足成之。兹先按期排印，逢一、六出书。书用洋纸印成，装订精雅，务极美观。每本暂收回工本大钱二十五文，准于廿一日出第一期，遇批预定，均照码八扣。诸君欲先睹为快者，请临本馆帐房及卖报人购取可也。

二　今日随报附送《海天鸿雪记》不取分文

《海天鸿雪记》第一期,定于今日出售,恐遐迩未及周知,特于今日附张附送两页,俾板报诸君先见一斑。原书已用洋纸装订成帙,务极美观,每本暂售大钱二十五文。第一期除预定外,所印不多,欲购者请惠临本馆帐房及售报人购取可也。本馆告白。

说明:上广告二则,一原刊《游戏报》第七四四号,一八九九年七月二十二日出版。二原刊《游戏报》第七五〇号,一八九九年七月二十八日出版。转录自魏绍昌《李伯元研究资料》。

附录:《海天鸿雪记》　阿英

《海天鸿雪记》二十回,署二春居士编,南亭亭长评,实则即李伯元所作也。世界繁报馆刊(一九〇四)。全书未完,大概是第一集。胡适云:"他死时,《繁华报》上还登着他的一部长篇小说,写的是上海妓家生活,我记不得书名了;他死后,此书听说归一位姓欧阳的朋友续下去,后来就不知下落了。"

(《官场现形记》序）。也许指的就是这一部书，可惜二十回以后竟没有印出来。这一部小说，虽是未完的稿子，但从文学的观点看起来，却是当时比较好的一部。卷首有茂苑惜秋生的序文，第一回的开场，是作者所写的一篇小引（略）。

跻春台

新镌跻春台序

林有仁

《易》曰:积善之家,必有馀庆;积不善之家,必有馀殃。《书》曰:作善降之百祥,作不善降之百殃。是经书中未尝不言善恶之报,以警惕中人,使之改恶从善也。然改恶从善之法,圣贤教人千言万语,不外劝惩。特精言之,则为性理,士知学者可解;粗言之则为报应,人不知学者可解。劝惩因人而语,未可徒重精深而概薄浅近也。昔明代大儒吕新吾先生所著《呻吟语》极精深,而教流俗、妇人、孺子、樵夫、牧竖诸人,专以俗歌俚语切训之,其书名曰:《吕书五种》。吾先师黄晓谷夫子,曾刊之以劝世。此浅近之言,最宜中人以下者也,而后世之效之者正夥,特借报应为劝惩,引案以证之,俾善宣讲者传神,警觉人也,闻清夜钟声也。

中邑刘君省三,隐君子也,杜门不出,独著劝善惩恶一书,名曰《跻春台》。列案四十,明其端委,出以俗言,兼有韵语可歌,集成四册,知交者怂恿付梓。省三问序于予,予曰:此劝善惩恶之俗言,即《吕书五种》教人之法也,读者勿以浅近薄之。诚由是,积善必有馀庆,而馀殃可免,作善必召百祥,而降殃可消,将与同人共跻于春台,熙熙然受天之祜。是省三著书之意也夫。光绪己亥九月中旬,铜山林有仁序于藜照书屋之戒欺轩。

说明:上序录自上海图书馆所藏光绪刊本《跻春台》。上海古籍出版社据以影印行世。此本未见内封。首《跻春台序》,尾署"光绪己亥(二十四年)九月中旬,铜山林有仁序于藜照书屋之戒欺轩"。次"跻春台卷一目录 元部",目后署"凯江省三子编辑",凡十则。

省三子,据序"中邑刘君省三,隐君子也,杜门不出",知即刘省三,中江(中邑)人。馀待考。

林有仁,字心甫,号爱三。刘省三之友。著有《读易日钞》《论语内省随笔》《孟子心学录》等(参苗怀明《稗海川音巴蜀情》)。

七剑十三侠

(七剑十三侠序)

江文蒲

尝见稗官小说,记载剑仙侠客之流,殊足娱心悦人,羡无已。第类皆雪泥鸿爪,略见一斑,偶叙一事,如神龙之首见尾隐,令人追想其生平,未必别无惊人事更有可观,惜无从考之为憾。友人宏仁堂主人,携来《七剑十三侠》一书,嘱余为序。翻阅一过,乃余门人唐生芸洲所纪有明宁藩作乱始末也。其时俞谏、王守仁手下一班豪杰,类飞檐走壁,技勇绝伦,如昆仑奴、古押衙一流。然卒难奏其全功,当时逆藩之势焰可知。幸赖众剑仙相助,始得荡平巢穴,藩逆成禽,其间奇踪异迹,不胜枚举,源源本本,尽致淋漓,令人色舞眉飞,拍案叫绝,诚足为历来剑侠之大观,稗官之翘楚也。吾知是书一出,其不胫而走也必矣。是为序。光绪二十二年四月立夏后三日,听珊江文蒲序并书。

说明:上序录自上海有正书局石印本《七剑十

三侠》。此本内封前半叶两行，镌"七剑十三侠　无好无能客题"，后半叶署"光绪丁酉首夏上海书局石印"。首序，尾署"光绪二十二年四月立夏后三日，听珊江文蒲序并书"。次"七剑十三侠目录"，凡六卷六十回。复次绣像七叶十四幅。正文第一叶卷端题"剑侠奇踪卷一"，署"桃花馆主编次"，半叶十六行，行三十四字。版心单鱼尾下镌卷次、叶次。

桃花馆主，即唐芸洲，号桃花馆主，姑苏人，生平不详。

江文蒲，生平事迹待考。《中国历代小说序跋集》"蒲"作"藻"。

七剑十三侠续集

(七剑十三侠续集识语)

有正书局主人

《七剑十三侠》一书为桃花馆主所作也。因明季藩王当国,欺凌主上,私通外邦,纠集亡命,割据城池,彼以为有恃而无恐也。无如天生剑侠以殄灭之,卒至身败名裂,遗臭万年。其初集六十回校刊以来,久已风行海内,兹将原稿续集六十回复行刊刻,以公同好。乃竟有无耻之徒,将别书改头换尾,分为四十回,其中秽亵之语不堪寓目,鱼目混珠,殊可痛恨。阅书诸君,幸勿受其愚耶!辛丑春月,本局主人特白。

(七剑十三侠续集)序

月湖渔隐

小说之作不一,或写牛鬼蛇神之怪状,或绘花前月下之私情,一种陈腐秽俗之气,障人心目。盖作者陈陈相因,而读者亦厌乎数见不鲜。今于世风颓靡中,得几个侠士,以平世间一切不平事,此虽属有激之谈,而要其侠肠义胆,流露于字里行间,不特令阅者赏心悦目,而廉顽立懦之义,即于是乎在,则有如《七剑十三侠》一书,前集已风行海内,几至家置一编。本局复将桃花馆主续集原稿六十回,再行校刊,借此以厉风俗,正不厌语之絮聒。吾知是编一出,天下有血性之士,又无不以先睹为快也。呜呼,抑强扶弱,大义斯昭,是书也,讵特稗官野史云乎哉?爰乐为之序。光绪辛丑正月,月湖渔隐撰并书。

说明:上识语与序录自上海有正书局石印本《绣像六十回真真七剑十三侠后传》。此本内封前半叶分三栏,由右向左,分题"桃花馆主撰""绣像六十回真真七剑十三侠后传""辛丑新春 楚道人书";后半叶为识语(见上),署"辛丑(光绪二十七年)春月,本局主人特白"。首《序》,尾署"光绪辛丑(二十七年)正月,月湖渔隐撰并书"。次"绣像七剑十三侠续集目录",凡六卷六十回(自六十一回起,至一百二十回止)。复次绣像三叶,六幅。正文第一叶卷端题"绣像七剑十三侠续集"。半叶十六行,行三十四字。版心单鱼尾下镌卷次、叶次。据识语,则此书行世之前,市面上尚有四十回本的《七剑十三侠续集》或《后集》在,惜未能得见。

桃花馆主,见《七剑十三侠》条。

月湖渔隐,真实身份、生平事迹待考。

七剑十三侠三集

《七剑十三侠三集》序

月湖渔隐

是书之作,所藉以抒愤懑者也。前者之百二十回已详叙大半,其中绘声绘色,久已脍炙人口,甚至有手不释卷者。然全豹未窥,诚不知奸王是何究竟,阅者不免憾焉。桃花馆主知阅者之亟求水落石出,复据原史而增撰之,仍得六十回,用以付梓。其笔墨之妙奇、惊人之怪事,尤较之初、续两集有过之无不及也。光绪辛丑夏六月中浣,甬上月湖渔隐撰并书。

说明:上序录自申江书局石印本《绣像六十回三续七剑十三侠》。此本内封前半叶由右向左分题"桃花馆主撰""绣像六十回三续七剑十三侠""辛丑孟夏　申江书局石印";后半叶为《序》,尾署"光绪辛丑(二十七年)夏六月中浣,甬上月湖渔隐撰并书"。目录叶题"绣像七剑十三侠三集目录",凡六卷六十回(自第一百二十一回起,至第一百八十回止)。次图像四叶,八幅。正文第一叶卷端题"绣像三续七剑十三侠卷一"。半叶十七行,行三十六字。版心单鱼尾上镌"七剑十三侠三集",下镌卷次、叶次。

　　桃花馆主,见《七剑十三侠》条。

　　月湖渔隐,真实身份、生平事迹待考。

仙侠五花剑

仙侠五花剑序

狎鸥子

繋夫凫舃朝飞,御清风而千里;麟铗夜吼,堕黑气之一团。积火自烧,随烟气上下;中矢不退,逐电光往来。拉揩惊猿,壁七迹而横躅;蹁跹似鸟,垣十重而偷逾。凡兹名托列仙,雄夸游侠,事多怪诞,语究荒唐。是知绝世文章,《春秋传》原非信史;空中楼阁,《山海经》半是谰言。好事为之,由来久矣。

仆友剑痴,闭户沪滨,枕流海上;胸罗星宿,身到嫏嬛。下笔成文,声协金石;拔剑斫地,气薄云霄。闻尝放眼古今,游心竹素。谓夫传奇述异,尽多充栋之书;说鬼搜神,不乏覆瓿之料。然朝报或嫌断烂,野语又病荒芜。若非博士买驴,文深义晦;即是贱工画虎,貌合神离。求其得意直书,惬心富贵,铅华洗尽,花样翻新。燃温犀以烛幽,铸禹鼎以象物,神仙任侠,两传合成,儿女英雄,双管齐下。而又老妪都解,如吟香山之诗;疟鬼可驱,似读孔璋之橄者。古人未作,后世无闻焉。用是磨砺词锋,指麈笔陈,匠心默运,生面独开,撰《仙侠五花剑》一书尔。其排云而出,人下九天,入水不濡,身经百练。镕金成液,耀匣里之芙蓉;切玉如泥,斩人间之荆棘。无远弗届,则飞廉莫能追;靡坚不摧,则夏育失其勇。雪来丹之愤,黑卵不得瓦全;扶洵美之危,素娥依然璧返。能使奸雄胆落,义士眉伸。诚艺苑之别裁,稗官之杰构也。至若精神团结,字挟风霜;藻采纷披,语有根柢。曹将军绘马,骨肉停匀;孙武子论蛇,头尾呼应。犹为馀事,无俟赘言。嗟呼!红羊劫急,白马盟新。强暴跳梁,桀黠构扇;弱肉争食,公道何存?言者颊鸣,闻之眦裂。痛中原之板荡,借箸谁筹?制南越之猖狂,请缨无路。人情汹汹,天意梦梦。兰成无取乐之方,屈子有《离骚》之作。则欲消靡岁月,开拓心胸,代梁父之吟,下东坡之酒,舍是编其奚属哉?辛丑七月下浣,古瀹洲狎鸥子序于海上语新楼。

仙侠五花剑说部题词

周忠鋆　黄鞠贞

游戏人间小谪仙,几回沧海变桑田。仓皇南渡浑如昨,何必春秋定记年。

飞仙剑侠事茫茫,我辈从来有热肠。敢说丰城饶宝气,霎时银海眩奇光。

笔花飞处剑花飞,豪气如虹信手挥。蓄得满腔忧国泪,为伤时局屡沾衣。

无剑原难斩佞臣,此情何日慰骚人?挥毫雪涕从容写,横扫阴霾大地春。

伤心南宋旧衣冠,留到如今哭也难。忍泪含愁说何处,偏安安忍问长安。

稗史奇观太认真,尽堪持赠有心人。文章报国知何许,搦管还惭草莽臣。

时事原难判五花,梁鸿应窜海之涯。孙登忽地发长啸,不怕山灵齿冷耶。

秋水凝霜不碍寒,愿教留取斩楼兰。世间巨眼知多少,漫作寻常笔默看。

歙县周忠鋆病鸳。

读罢奇书洵大欢,笔花飞舞剑光寒。辟邪别有风霜旨,敢作寻常说部看?

　　凛凛霜锋三尺持,干霄正气想当时。是真是假何须问,儿女英雄信有之。

　　世事嵚崎郁不平,谁将肝胆向人倾?儿家亦有须眉志,痴欲求仙叩玉清。

　　热肠一片托豪端,剑气森森照胆寒。尽许借书消块磊,豪情写与后人看。

　　　　　　鸳湖问业女弟子黄鞠贞。

　　说明:上序等均录自笑林报馆仿聚珍本《绣像仙侠五花剑》。此本内封正面题"绣像仙侠五花剑 辛丑中秋狎鸥题",背面题"辛丑八月仿聚珍板校印"。首《仙侠五花剑序》,尾署"辛丑(光绪二十七年)七月下浣,古瀹洲狎鸥子序于海上语新楼",次《仙侠五花剑说部题词》。有绣像十八幅,版心镌"笑林报馆校印"。正文第一叶卷端题"绣像仙侠五花剑卷一",署"海上剑痴撰"。版心镌"绣像仙侠五花剑",半叶十二行,行二十八字。原本藏复旦大学图书馆。有上海古籍出版社影印本。

　　海上剑痴,即孙家振(1864—1940),字玉声,号警梦痴仙、玉玲珑馆主、江南烟雨客，别署海上漱石生、漱石生等，曾任上海《大世界报》编辑，创办《笑林报》。此书之外，另有《海上繁华梦》《苦社会》《退醒庐书谭》等。其《退醒庐书谭》曰："余作《仙侠五花剑》，彼时海上之武侠小说，尚只有《七侠五义》及《小五义》《七剑十三侠》等寥寥数部。"

狎鸥子等，真实身份、生平事迹待考。

续七侠五义

续七侠五义序

程芎

去岁秋初,适值溽暑犹蒸,嫩凉未至,暂停五纹弱线,且阅三部新书,爱读侠义全篇,知为石先生之著作。写得有声有色,光怪陆离。又被俞太史点铁成金,文法之妙不待言矣。何乃太史公顿吝郢斤之削,就将安定军山作为收结,读者有未能得窥全豹为憾。下文《小五义》不知何人改笔,辞句鄙陋,间有矛盾,况与前传不能贯串。至于《续小五义》,虽与《小五义》一气贯通,但口气稍殊,总有原稿,姑置勿讨。虽然先生笔墨固佳,然有不可解者三:所载襄阳王既有异图,叛情已露,立盟书结草寇,已成一举响应之势,为何迟疑不反,只知株守铜网冲霄,以为得计。依余管见,事之成败,与楼网毫无干涉,何以楼网一毁,遂即逃亡,其数年之经营安在?此我所不解者一也;白玉堂乃是侠义传中出类拔萃上上人物,如何刚到襄阳,一事无成就此捐躯?于理似乎不合。以后又描写诸人触处感慨,在在堕泪,令阅者但觉满纸凄风,顿灰壮志,未免文章减色。此我所不解者二也;观侠义一流人自破铜网之后,俱愿效巢由之志,是何居心? 虽云不矜其能,羞伐其德,原是侠客义士之本来面目,否则,竟为忠臣良将矣。然而一侠五义业已授职,何妨七侠五义同列朝堂? 当仁宗之世,包公为政,正君明臣良之时,何必二丁隐居不仕,紫髯伯之遁迹空门,黑妖狐之游于方外。此我所不解者三也。有此三不解,不得不别开生面,再树一帜,非敢画蛇添足,节外生枝。顾文章变化,原无定规,但有一线之隙,即可另一家。闲书小说之重出,而说各异者,何可胜言。夫春秋事迹,三传尚有异同;国史之外,犹有诸家异说。正书尚然,何况稗官小说乎? 余本深处闺阁,才疏识浅,不过学步后尘,效颦而已。勉从续貂,愿得附骥,不胜幸甚。再前传所写军山,查与地图,洞庭湖只有君山,而无军山。今接前传,仍依前文为是。光绪乙未孟春,香草馆主人程莕书。

说明:上序录自河北人民出版社 1988 年点校光绪刊本《续七侠五义》。

香草馆主人程莕,待考。